# L'ILLUSION FANTASTIQUE

## SÉRIE SASHA URBAN : TOME 4

## DIMA ZALES

♠ MOZAIKA PUBLICATIONS ♠

Publié par Mozaika Publications, une marque de Mozaika LLC.
www.mozaikallc.com

Couverture par Orina Kafe
www.orinakafe.design

Traduit de l'anglais (États-Unis) par Suzanne Voogd
Révision linguistique : Ingrid Lombart, Lou Ledrut

e-ISBN : 978-1-63142-728-2
Print ISBN : 978-1-63142-729-9

# CHAPITRE UN

J'ENTENDS L'HORRIBLE SONNETTE.

À travers mes paupières encore fermées, je sens les rayons du soleil qui se déversent par la fenêtre. Bien que j'aie l'impression de m'être couchée à l'instant, c'est déjà le matin.

La personne à la porte n'est pas aussi déraisonnable que je le croyais.

— Felix ! crié-je en gardant les yeux fermés. Peux-tu aller ouvrir ?

— Il est parti travailler, affirme Fluffster dans ma tête.

J'entends presque ce qu'il semble vouloir ajouter : « contrairement à quelqu'un d'autre ».

— Et toi ? dis-je en tirant la couverture au-dessus de ma tête. Peux-tu y aller ?

— Moi ?

La confusion vient remplacer la condescendance de Fluffster.

— Je ne peux pas ouvrir la porte avec mes pattes minuscules.

Nous savons tous les deux que ses « pattes minuscules » peuvent se transformer en griffes géantes qui dépècent et tuent, mais je n'argumente pas. À la place, j'ouvre les yeux à contrecœur et je baisse la couverture.

Oui, il fait jour.

En grommelant, je me lève, enfile une robe de chambre, enjambe Fluffster et me traîne jusqu'à l'entrée.

Pendant que je marche, la raison de mon état vaseux m'apparaît.

Malgré mes espoirs, mon sommeil n'a pas été sans rêves. J'ai fait des cauchemars au sujet de gangsters dont les esprits étaient contrôlés et qui essayaient de me tuer. Pire, certains rêves faisaient apparaître mon patron et moi dans des positions compromettantes... et je ne parle pas de notre portefeuille d'actions.

— Qui est-ce ? lancé-je à la porte d'une voix rauque.

— C'est Rose.

Le judas confirme l'exactitude de cette affirmation, alors je lui ouvre.

— Quelle heure est-il ? demandé-je en me frottant les yeux.

— Oh, pardon, s'excuse ma voisine âgée en battant ses cils couverts d'une épaisse couche de mascara. T'ai-je réveillée ?

— Il est huit heures, indique Fluffster, sans doute

dans nos deux esprits. Sasha va être en retard au travail.

Zut. Avec tout ce qui est arrivé, j'ai complètement oublié de régler mon réveil.

— Nero va me tuer. Je vais être en retard pour mon premier jour de reprise.

— Oh.

Rose semble très déçue.

— Je voulais te demander quelque chose…

L'adrénaline chasse mon sommeil.

— Que se passe-t-il ? Est-il arrivé quelque chose ?

— Non, rien de ce genre.

Elle me jette un regard coupable avant d'observer Fluffster.

— Que dirais-tu de passer chez moi avant de partir au travail, je t'offrirai le petit déjeuner ? suggère-t-elle. Tu as besoin de te nourrir correctement.

Je me mords la lèvre, ayant conscience de l'heure.

— Je sais qu'il n'existe rien de tel qu'un petit déjeuner gratuit.

— Tu donnes l'impression que je suis vraiment machiavélique, dit-elle en gloussant. Je voulais simplement te demander une toute petite faveur.

— Très bien. J'arrive dans une minute.

Il faut bien que je mange.

Elle s'éloigne d'un pas traînant et je ferme la porte.

— Que veut-elle te demander, à ton avis ? m'interroge Fluffster lorsque je me dirige vers la salle de bains pour me préparer.

— Je n'en ai aucune idée. Quoi qu'il en soit, j'espère que ce sera rapide.

Je ferme la porte avant que Fluffster puisse entrer, puis je me prépare. Je finis en m'aspergeant de l'eau glacée sur le visage.

Je suis réveillée maintenant, mais profondément déçue.

J'avais espéré qu'une bonne nuit de sommeil clarifierait les événements de la veille, mais me voilà le matin et il n'y a toujours rien de compréhensible, particulièrement ce baiser…

— Alors, qu'est-il arrivé après ton départ ? demande Fluffster lorsque je me rends dans ma chambre.

— Felix ne te l'a pas dit ?

Je commence à m'habiller.

— Si. Mais il a également expliqué que tu lui avais raccroché au nez, alors je me demandais si…

— Il n'est pas arrivé grand-chose après ça, lui mens-je. Je suis sortie de là-bas et je suis rentrée.

Le chinchilla incline la tête d'un air étrangement humain.

— Eh bien… je suis là si jamais tu veux en parler.

Le message mental de Fluffster paraît-il particulièrement sage dans mon esprit, ou bien est-ce mon imagination ?

— Merci.

Bien sûr, je n'ai pas l'intention de discuter du baiser de Nero avec mon domovoi poilu.

Ni avec Felix.

Ni avec qui que ce soit, en réalité.

Je suppose que je peux m'imaginer en parler à Ariel si elle existe vraiment, mais elle est en cure de désintoxication pour son addiction au sang de vampire et elle ne me parlera pas avant un moment.

Je soupire. Ariel me manque déjà et je m'inquiète encore beaucoup pour elle, même si elle reçoit enfin l'aide dont elle a besoin.

Cependant, la culpabilité est bien ce qu'il y a de pire. Elle se cache juste sous la surface de mon esprit, prête à m'étouffer… comme Ariel a failli m'étrangler quand elle était sous le contrôle de Baba Yaga.

En secouant la tête, je me regarde dans le miroir et fronce les sourcils.

Logique.

Parce que j'ai fonctionné purement sur pilote automatique, j'ai enfilé mon pantalon en cuir, mes bracelets noirs, la veste en vinyle noir et le reste de ma tenue du restaurant.

Et alors ?

Quand Nero a si brutalement négocié mon retour, il n'a pas pris la peine de spécifier un code vestimentaire : je peux donc porter ce que je veux, même si j'ai l'air de me rendre en boîte de nuit gothique plutôt qu'au fonds d'investissement.

Je me précipite hors de la chambre, m'arrête près de la porte afin d'enfiler mes bottes coquées, puis je me rends chez Rose.

Elle ouvre la porte avant que j'appuie sur la sonnette et elle me fait un grand sourire.

— Entre, s'exclame-t-elle en me conduisant à la cuisine.

Mon estomac gargouille lorsque je sens les muffins fraîchement cuits et le thé au jasmin.

— Assieds-toi. Mange, dit Rose en indiquant le bout de la table, où elle a installé mon petit déjeuner.

— Je dois faire vite.

Je regarde son horloge murale et grimace.

— Nero n'aime pas que l'on soit en retard.

— Je suis certaine qu'il préfère t'affronter quand tu as mangé, plaisante Rose dont le sourire atteint les coins de ses yeux. Sinon, c'est lui que tu pourrais manger.

Je lutte pour ne pas rougir.

— Je ne sais pas ce que tu essaies de sous-entendre.

Je souffle sur mon thé d'un air aussi nonchalant que possible.

— D'accord, raconte-moi ce qui est arrivé après que Vlad vous a conduits à Gomorrah.

C'est donc ce que je fais. Je lui explique que j'ai espionné Nero et que j'ai trouvé un ancien contrat russe entre mon patron et l'homme qui se révèle être mon père biologique : Grigori Raspoutine. Lorsque Rose écarquille les yeux, je raconte comment Nero a rempli sa part du contrat en me surveillant toute ma vie et en interférant quand il estimait que c'était nécessaire. Je m'arrête juste avant de révéler le baiser, mais la façon dont elle bouge les sourcils quand j'explique qu'il m'a surpris avec le dossier dans les mains me pousse à me demander si elle a deviné.

— Ton anniversaire n'est donc pas en été? demande-t-elle lorsque j'arrête de parler.

Je m'étrangle presque avec mon thé.

— C'est *ça* que tu retiens de tout ce que j'ai raconté? Pas le fait que j'ai plus de cent ans, en quelque sorte? Ou ce que Nero a fait? Parmi un million d'autres choses, tu t'inquiètes de mon anniversaire?

— J'ai besoin de savoir à quel moment je dois trouver ton cadeau, se justifie Rose avec des yeux pétillants. Les cadeaux, c'est important.

— Je vais continuer à fêter mon anniversaire en été, dis-je en luttant pour ne pas lever les yeux au ciel. Ça marque le jour où mes parents adoptifs m'ont trouvée à l'aéroport, et je ne vois aucune raison de ne pas le fêter comme je l'ai toujours fait.

— Merveilleux, répond Rose. C'est noté dans mon calendrier.

Je mords dans mon délicieux muffin aux myrtilles et sirote plus de thé.

Elle reste assise là, à me regarder.

— Tu n'es pas outrée par le comportement de Nero? Tu ne penses pas que c'est incroyable qu'il…

— Le mauvais comportement de Nero est la raison pour laquelle tu es en vie… et Vlad aussi, me coupe-t-elle d'un ton maintenant plus sombre. Contrairement à toi, j'ai pour habitude de suivre l'adage « à cheval donné, on ne regarde pas les dents ».

— Eh bien, je te cède ce cheval avec plaisir, grommelé-je avant de me dépêcher de terminer mon muffin pour pouvoir partir.

Clairement, Rose ne comprend pas la perversité de la situation.

— J'ai mon propre cheval merveilleux que je peux chevaucher à loisir, merci beaucoup, rétorque Rose d'un ton pince-sans-rire. En outre, je suis certaine que tu ne penses pas ce que tu dis. Je doute que tu veuilles qu'une autre femme monte ce...

— Je suis en retard.

Le visage brûlant, je me lève d'un bond.

— Quelle était cette minuscule faveur que tu voulais ?

— Attends. S'il te plaît, ne t'enfuis pas ainsi.

Je me rassois en imputant mentalement mon impolitesse à Nero.

— Je suis désolée de t'avoir contrariée, s'excuse Rose lorsque je reprends ma tasse de thé. C'est juste que j'ai vu la façon dont Nero te regardait quand il t'a plongée dans ce sommeil réparateur, hier.

— Bien sûr. Comme Picsou regarde sa piscine de pièces d'or.

— La façon dont tu parles de lui te trahit, tu sais. Tu le désires, mais tu penses qu'il n'est pas approprié, alors tu ne veux pas lui laisser une chance.

Je me surprends à serrer la tasse avec tant de force que je suis étonnée qu'elle ne se casse pas.

— Tu n'as raison que sur une seule chose : ce scénario atroce serait vraiment inapproprié.

Les yeux bleus de Rose prennent un air lointain.

— Oh, mon enfant, je comprends ta situation bien plus que tu ne le penses.

— Ah bon ?

— Bien sûr.

Rose fixe la nappe comme si elle cherchait à connaître sa densité de tissage.

— Moi aussi, je me trouve dans une relation qui est la définition même de ce qui est inapproprié, et quand elle a commencé, j'étais dans le déni, comme toi, et sans doute pour les mêmes raisons.

J'ai très envie de crier qu'il n'y a pas de « relation » entre Nero et moi. Je veux également quitter la pièce et claquer la porte derrière moi, comme une adolescente. Cependant, je ne m'autorise pas à réagir ainsi. Rose parle enfin du mystère autour de sa relation avec Vlad, et je suis trop curieuse pour l'arrêter.

Je hausse légèrement les sourcils en restant silencieuse.

Cela ressemble peut-être à un tic nerveux.

— En théorie, l'espérance de vie de mon aimé est infinie, commence Rose doucement. Et de mon côté, il ne me reste que quelques décennies à vivre.

Je retiens ma respiration de peur que mon souffle la fasse taire.

— Nous n'avons jamais pu avoir d'enfant, et je voulais si désespérément une fille…

Elle continue à fixer la table comme si c'était un écran de cinéma affichant les images de sa longue vie.

— Son sang a le même effet sur moi que celui de Gaius sur Ariel, poursuit-elle d'une voix encore plus douce. Nous devons toujours faire extrêmement attention.

Incapable de retenir ma respiration plus longtemps, je laisse l'air s'échapper de mes poumons.

Ce bruit à peine audible ou bien un quelconque souvenir semble tirer Rose de son étrange rêverie. En levant la tête, elle surprend mon regard et fait une grimace.

— Je suppose que c'est une façon un peu élaborée de dire que quelles que soient les circonstances, cela vaut toujours la peine d'avoir de l'amour dans sa vie.

— Je ne vais pas contredire ça. Je reconnaîtrais ma chance si je trouvais quelqu'un d'aussi important pour moi que Vlad l'est pour toi. J'insiste sur le *si*.

Elle sourit, puis jette un regard gêné à l'horloge.

— Je vais te mettre en retard. Veux-tu que j'emballe un muffin que tu pourras manger en route ?

— Merci, avec plaisir.

Je finis mon thé pendant qu'elle se lève, qu'elle marche lentement vers le four et sort un muffin.

— Alors, au sujet de ce service, reprend-elle en emballant le gâteau. Vlad aimerait que l'on reprenne quelques vacances...

— C'est super, dis-je en me levant. Vous avez raison d'en profiter.

— Oui, mais voilà...

Elle me tend le sac en papier sans me regarder dans les yeux.

— Luci est très stressée par nos vacances. Et elle était tellement à l'aise chez toi hier. J'espérais que...

— Tu veux que je garde ta créature infernale ?

— Elle est déjà dans son panier, répond Rose, sur la défensive. Et elle a été lavée.

J'inspire profondément.

Rose mérite des vacances. Vlad également. Après la façon dont il a risqué sa vie pour nous hier, je pourrais même accepter de faire prendre un bain à ce chat. Sans même porter de tenue de protection.

— Où est-elle ? m'enquiers-je, résignée.

Rose me conduit au salon et soulève le panier. Lucifer dort dedans avec un air d'ange félin. Soit Rose l'a droguée, soit Vlad l'a ensorcelée… si ça fonctionne sur les chats ou les démons.

Ne souhaitant pas perdre un membre, je soulève la caisse avec précaution et la rapporte dans mon appartement. Rose me suit.

— Ne tue pas le chat, lancé-je à Fluffster lorsqu'il fixe la cage d'un air stupéfait.

— Une autre bouche à nourrir ?

Le chinchilla regarde Rose d'un air indigné.

— Je vais apporter sa nourriture et ses jouets, lui explique Rose. Sasha, tu devrais te dépêcher. Nero t'attend.

Elle m'adresse un clin d'œil et je lutte pour ne pas lever les yeux au ciel.

— Merci. Profite de tes vacances.

— Promis, répond Rose avant de retourner chez elle pour récupérer les affaires du chat.

L'ascenseur est toujours cassé depuis que j'ai foncé dedans en voiture, alors je prends les escaliers.

Lorsque je monte dans le taxi, je sors mon muffin et commence à le manger.

Non.

La nourriture ne fait rien pour disperser les papillons affamés qui semblent s'être installés au creux de mon ventre.

Vraiment ? Suis-je inquiète à l'idée de l'affronter ?

C'est vraiment bête.

Pourtant, l'angoisse augmente à mesure que nous approchons du travail. Des questions tournent dans ma tête, des questions de plus en plus difficiles.

Comment dois-je agir lorsque nous nous verrons ?

Dois-je faire semblant que le baiser n'a jamais eu lieu ?

Je devrais y arriver, mais ce serait comme se tenir au milieu des décombres de sa maison en niant qu'une tornade l'a détruite.

Avalant un autre morceau de muffin, je rejoue la fin de notre rencontre de la veille dans ma tête. Je surprends alors mes doigts sur mes lèvres et retire mes mains traîtresses.

Une pensée me ronge.

Embrasser le véritable Nero n'était pas du tout comme mon expérience avec Kit qui faisait semblant d'être lui. Avec le faux Nero, je me souvenais qu'il était mon patron, et je savais tout le temps qu'une liaison entre nous était impossible.

Ce n'était pas le cas dans la vraie situation.

C'était comme si mon cerveau s'était mis sur pause et avait laissé les commandes de mon corps à mes hormones – alors que l'aspect patron/mentor n'est que la pointe de l'iceberg des raisons qui font que c'est inapproprié.

Nero est assez vieux pour être un ancêtre éloigné, si l'on ne compte pas mon étrange naissance d'il y a un siècle… et il m'a vue grandir. Est-ce que ça n'en fait pas un genre de Humbert de *Lolita* ?

D'un autre côté, j'ai la vingtaine.

Une seconde, suis-je en train de le défendre ? Ai-je été ensorcelée par les paroles de Rose, ou bien ce baiser m'a-t-il causé des dégâts permanents au cerveau ?

— Nous y sommes, annonce le chauffeur de taxi en me tirant de mes pensées confuses.

Je le paie, fourre le restant du muffin dans ma bouche et pique un sprint jusqu'aux ascenseurs.

En arrivant à mon étage, je hoche la tête en direction de quelques collègues, dont la plupart me regardent bizarrement, et je me dirige vers mon bureau.

Sauf que mon bureau a disparu. Et pas seulement mon bureau. Ma chaise, mon ordinateur… tout est parti.

À la place, il y a un mot écrit à la main, ce qui est étrange dans ce bureau sans papier. Il est posé au milieu du sol maintenant vide. L'écriture impeccable est sublimée par des traits virils :

*Viens me voir quand tu arrives.*

*-Nero*

# CHAPITRE DEUX

JE PASSE à toute vitesse devant une Venessa outrée et fonce au bureau de Nero sans me faire annoncer.

Son bureau réglable est en position debout et il tapote joyeusement sur son clavier, n'ayant apparemment pas conscience de mon arrivée. Il est vêtu d'une chemise rayée et a enroulé ses manches jusqu'aux coudes, comme le font les magiciens pour prouver qu'ils ne cachent rien dans leurs vêtements.

N'importe quoi.

J'accorde autant de confiance à Nero qu'aux magiciens. C'est-à-dire, aucune.

Je me racle la gorge.

Il ne réagit pas à ma présence.

— Où est mon bureau ?

Même s'il est entièrement vêtu, je ne peux m'empêcher de l'imaginer nu. C'est sans doute par la faute de ses avant-bras exposés.

— Comment dois-je travailler sans chaise et sans ordinateur ? reprends-je.

— Tu nous fais enfin l'honneur de ta présence ?

Nero arrête de taper sur son clavier et me dévisage, son regard s'attardant sur mon pantalon en cuir.

— En plus du *Friday Wear*, existe-t-il aussi un *lundi* décontracté ?

— Les conseils mode font-ils partie de ton célèbre entraînement de mentor ?

Je me laisse tomber sur la chaise en face de son bureau sans y avoir été invitée.

— Si c'est le cas, j'aurais besoin de tes conseils en maquillage. ironisé-je.

— Tu n'as pas besoin de maquillage.

Les yeux de Nero scrutent mon visage comme s'il en créait un plan pour une imprimante 3D.

Je fronce les sourcils.

— Était-ce un compliment ?

S'il avait l'intention de me faire penser à autre chose, il a très bien réussi.

Nero baisse son bureau et s'assoit sur sa propre chaise, mettant nos yeux au même niveau.

— Dis-moi tout, ordonne-t-il d'un ton impérieux.

— Quarante-deux, lâché-je.

Il lève un sourcil, alors j'explique :

— C'est la réponse à la vie, l'univers et *tout* le reste.

— J'ai rencontré Douglas Adams, tu sais, l'auteur du livre auquel tu fais référence.

Les lèvres de Nero forment un sourire sardonique.

Avant que je puisse le bombarder de questions au sujet d'une telle information, il poursuit :

— Je vais être très clair. Comment t'es-tu retrouvée dans ce bazar avec Baba Yaga ?

— Je n'ai pas l'impression que c'est lié au travail.

Je croise lentement mes jambes couvertes du pantalon en cuir, canalisant mon *Basic Instinct* intérieur.

Ma manœuvre fonctionne comme prévu. Les anneaux cornéo-limbiques de Nero semblent croître et, pendant un instant, il paraît sur le point de me sauter dessus.

Une seconde. Pourquoi voudrais-je cela ? Mon pouls accélère, je décroise les jambes et me penche en avant d'un air belligérant.

— Pourquoi devrais-je te le dire ?

Il parvient à se contrôler en un clin d'œil et, avec un calme irritant, il réplique :

— Parce que tu ne veux pas m'énerver ?

Je suis sur le point de lui avouer du fond du cœur « Si, c'est ce que je veux faire », mais il doit comprendre mon intention, car il m'adresse un sourire entendu de requin en ajoutant :

— Peu importe. Je suis ton mentor. Savoir ce genre de choses fait partie de mes prérogatives, alors tu vas répondre. Est-ce clair ?

En soupirant, j'explique comment la recherche de mes origines m'a conduite vers Baba Yaga et ce que voulait la sorcière en échange du souvenir qu'elle a rendu à Fluffster concernant Raspoutine. Lorsque j'arrive au moment où elle voulait que je couche avec Yaroslav le bannik, le visage de Nero devient si sombre que je crains l'apparition de ses griffes capables de déchiqueter des orques.

Je me dépêche d'expliquer comment le sexe avec le bannik n'a pas eu lieu et n'aurait jamais eu lieu tant que mon corps était conscient, et Nero se détend légèrement. Je mentionne ensuite ma fuite, et comment j'ai appris qu'Ariel avait été kidnappée. Enfin, je lui parle du sauvetage jusqu'au moment où je l'ai appelé à l'aide.

— Tout était ta faute, dis-je pour conclure. Tu as toujours su qui était mon père. Si tu me l'avais simplement dit, je n'aurais pas rencontré Baba Yaga.

— Tu vas aller voir Lucretia.

Nero sort son téléphone et regarde l'écran.

— Dans deux minutes.

— Tu changes de sujet, comme ça ?

Je résiste à l'envie de me lever d'un bond.

— Voir Lucretia fera partie de ton mentorat, et c'est pourquoi le temps que tu passeras avec elle ne sera pas soustrait à ta charge de travail.

Ma charge de travail ? Il plaisante ? Et mes réponses ?

— Qui est ma mère ? Et où est…

— Lucretia te recevra dans son bureau.

Nero range son téléphone.

— Je ne vais nulle part tant que tu ne m'as pas parlé de mes parents.

— Nous avons conclu un marché, rétorque

froidement Nero. En ce qui concerne ton mentorat et ton travail ici, tu feras ce que l'on te demande.

— Est-ce à cause de la clause de confidentialité dans ce stupide contrat ?

Je croise les bras.

— Ne pouvons-nous pas trouver une façon de la contourner ? Tu pourrais m'écrire un mail, Internet n'avait pas été inventé en mille neuf cent seize.

Nero me regarde avant de jeter un regard appuyé vers la porte.

— S'il te plaît, Nero.

Laissant tomber mon attitude combative, je fais des yeux de chiot en espérant qu'il se fasse avoir comme cela arrive toujours à Felix.

— Imagine si quelqu'un te cachait *ta* famille. Si...

J'arrête de parler, car le visage de Nero devient terrifiant. Même les cieux au-dessus du Mordor sont moins effrayants que ça. Il devient flou, bougeant de la façon surnaturelle qui avait précédé le massacre des orques. Une fraction de seconde plus tard, il se tient près de la porte.

— Dehors, grogne-t-il en montrant la sortie avec le pouce. Maintenant.

Quelque chose dans sa voix me pousse à obéir sans poser de questions.

Je me lève vite et me précipite dehors comme si quelque chose d'extrêmement dangereux était sur le point de me pourchasser.

Et d'après ce que je sais, ça pourrait bien être le cas.

# CHAPITRE TROIS

— JE T'EN PRIE, assieds-toi, m'indique Lucretia lorsque j'entre dans son bureau.

Je me laisse tomber sur le fauteuil en cuir marron, étire mes jambes et respire de façon à me détendre comme elle me l'a appris.

Elle m'observe avec une patience apparemment infinie.

Quand je suis suffisamment calmée, j'examine à nouveau la pièce.

Maintenant que je sais que Lucretia est âgée de plusieurs siècles, l'ambiance traditionnelle de son bureau me paraît plus logique. Elle possède sans doute cette étagère antique depuis qu'elle a été fabriquée, et elle a vu sa collection de livres jaunir et prendre de la valeur au cours des années.

D'un autre côté, Nero est également ancien, pourtant son bureau est ultramoderne.

Elle se lève et ferme les rideaux chargés qui couvrent les parois en verre de son bureau.

— Penses-tu que ça protège ma vie privée ? demandé-je. Je suis certaine que Nero a installé du matériel de surveillance partout dans cette pièce.

— Nous avons un contrat, Nero et moi.

Elle s'avance vers une étagère, attrape quelque chose et s'approche de mon fauteuil.

— Ce qui se passe dans cette pièce reste confidentiel.

— Si ça ne te dérange pas, je vais supposer que cet homme est un menteur et un tricheur.

J'examine la pièce, mais je ne vois pas d'appareil caché, ce qui signifie simplement que quelqu'un a bien fait son travail.

— C'est un contrat écrit qui l'engage légalement.

Lucretia me tend l'objet qu'elle tient, une espèce de poupée ancienne. Suis-je censée la serrer entre mes doigts pour soulager mon stress ? Avant de pouvoir poser la question, elle ajoute :

— De tels contrats ne peuvent pas être rompus.

Je serre le jouet entre mes doigts. C'est bien un antistress.

— Il peut voler tes notes. Il l'a fait à la thérapeute de ma mère, souligné-je.

— La confidentialité de mes notes fait partie du contrat.

Elle s'assoit sur sa chaise ressemblant à un trône.

— Bon, d'accord, mais si ça se trouve, tu pourrais toi-même lui rapporter tout ce que je dis.

Elle pousse un soupir, comme si elle venait de prendre un coup de poing dans le ventre.

Je baisse le regard vers la poupée dans mes mains.

— Pardon. Je ne suis pas vraiment d'humeur confiante aujourd'hui.

— Pourquoi ne pas me parler de ça ? dit-elle doucement. Fais comme si rien ne restait confidentiel. Il y a sûrement des sujets dont nous pouvons quand même parler ?

— Tu as raison.

Je me redresse dans mon fauteuil et je la regarde.

— Que sais-tu de ma situation ?

— Pas grand-chose. Pourquoi ne pas tout me raconter depuis le début ?

Je me lance alors dans mon histoire – le passage télévisé qui a mal tourné, les attaques de zombies, les visions, le Conseil, faire équipe avec Ariel pour s'occuper d'une nécromancienne nommée Béatrice, les orques de Nero, la petite amie succube de Béatrice, Harper, et la vengeance de Harper.

Je lui raconte ensuite l'histoire avec Baba Yaga, et elle avance au bord de sa chaise quand j'arrive à la partie concernant le bannik.

Pourquoi est-ce cela, parmi toutes les choses horribles qui me sont arrivées, qui attire le plus l'attention ?

— Connais-tu Yaroslav ? m'enquiers-je, poussée par l'intuition.

Elle remue et ses joues se colorent légèrement.

— Quand il avait plus d'autonomie, Yaroslav était

un de mes clients. Nous nous rencontrons encore de temps en temps, mais moins formellement, étant donné sa nouvelle situation.

— Tu le vois encore ?

L'idée d'un bannik voyant une psy me semble étrange, mais d'un autre côté, je la consulte moi-même, alors pourquoi pas ? En fait, si j'étais à la merci de Baba Yaga, il me faudrait sans doute de nombreuses séances de psy.

— Pourquoi ne devrais-je pas le voir ?

Elle rougit davantage.

— J'ai le droit de m'offrir un spa de temps en temps, alors pourquoi ne pas bavarder avec quelqu'un qui s'y trouve déjà ?

— Je me dis que ça pourrait déranger Baba Yaga.

— Ce qu'elle ne sait pas ne peut pas la déranger.

Le visage de Lucretia reprend sa pâleur normale... pour une prévamp.

— Nous discutons seulement quand il n'y a personne d'autre dans son sauna. Le banya est ouvert à tous ceux qui acceptent de payer l'entrée, et Baba Yaga est fière des bénéfices qu'elle tire de l'endroit. En fait, il est assez populaire auprès de la communauté des Conscients, particulièrement chez les vampires.

— Sérieusement ?

Elle lève les sourcils.

— Et pourquoi pas ? Les vampires aiment les spas, eux aussi. J'y ai vu Gaius de nombreuses fois, et quelques autres Exécuteurs également. Quand j'étais là-bas la semaine dernière, il y avait...

— Tu y étais la semaine dernière ?

Je manque me lever de mon fauteuil.

— Bien sûr. Mais avant ta mésaventure.

Lucretia se mord la lèvre.

— Cependant, je ne peux pas te donner davantage de détails, c'est confidentiel, comme tu le sais.

— Mais…

— S'il te plaît, Sasha, me coupe Lucretia. Parlons de toi.

Elle est clairement revenue en mode professionnel et ne dira rien de plus sur ce sujet fascinant.

Pourtant, je ne peux m'empêcher d'y penser. Lucretia a-t-elle également une relation inappropriée ? Et avec un client ? Yaroslav était effectivement très agréable à regarder, alors je ne peux pas lui en vouloir de…

— Raconte-moi le reste de l'histoire, s'il te plaît, insiste Lucretia en se penchant en avant afin de scruter mon visage.

Oups. Mes émotions ont-elles trahi mes pensées ?

Il faut dire qu'elle est empathe.

— J'avais presque fini, dis-je avant de lui raconter le plan basé sur les visions du bannik afin de me faire évader.

Je conclus enfin par le fait que mes recherches concernant mes parents ont révélé le rôle de Nero dans ma vie la veille au soir.

Bien que je ne lui parle pas du baiser, j'ai la même sensation qu'avec Rose : que la psy a déduit cela d'une façon ou d'une autre.

Elle a un regard bien trop entendu.

— Cela fait beaucoup de choses à gérer, note Lucretia lorsque je me tais. Tes émotions partent dans tous les sens. Nero avait raison de suggérer que tu viennes me voir.

— Il ne l'a pas suggéré.

Je serre la poupée.

— Il l'a *ordonné*.

Elle me fait un sourire énigmatique.

— Bien. Au moins, il a le cœur sur la main.

— Son cœur est sûrement un morceau de métal qu'il conserve dans un bunker souterrain, grommelé-je.

Elle glousse.

— Quoi qu'il en soit, tu es ici, alors tu ferais aussi bien de profiter de la situation.

— Je suppose.

— Et si tu choisissais un sujet ? N'importe quel sujet de conversation. Nous pourrons alors simplement en parler en tant qu'amies, suggère-t-elle.

— Franchement, je ne sais pas par quoi commencer.

D'une manière que j'ignore, elle me met à l'aise par sa simple présence, chose que j'ai remarquée lors de notre première rencontre.

— J'ai senti beaucoup de culpabilité quand tu m'as raconté ton histoire, et la culpabilité est un lourd fardeau à porter. Alors, sauf s'il y a un rapport avec le sujet interdit qu'est Nero, pourquoi ne pas parler de ce qui te fait te sentir ainsi ?

Ai-je de la culpabilité liée à Nero ?

Je l'ai effectivement espionné en utilisant le gadget

de Felix et je suis aussi entrée par effraction dans sa maison.

Non. Pas de culpabilité pour ça. C'est presque de la fierté que je ressens de ce côté-là.

La seule chose que je regrette, c'est d'avoir réagi à son baiser. Peut-être. Malgré tout, ça ne me fait pas me sentir *coupable*. Si quelqu'un doit se sentir coupable de ce baiser, c'est Nero. Les cochonneries ne faisaient pas partie du marché qu'il a conclu avec mon père, à mon avis.

— Nous pouvons parler de tout autre chose, reprend Lucretia alors que je reste silencieuse. J'ai décelé des émotions très complexes vers la fin de ton histoire, et…

— La culpabilité est un bon sujet, dis-je rapidement.

Je n'ai absolument pas l'intention de fouiller dans les émotions éveillées par le baiser.

— Je me sens extrêmement coupable du sort d'Ariel.

— L'addiction au sang de vampire est une affliction terrible.

Lucretia joint les bouts de ses doigts.

— À vrai dire, j'ai travaillé dans cet établissement de désintoxication au début de ma carrière. Il est excellent. Si Ariel veut vraiment guérir, ils pourront l'aider.

— Je ne sais pas si elle veut guérir. Mais je l'espère.

Je remonte mes jambes et les serre contre moi.

— Mmmh.

Lucretia me fixe sans cligner des paupières, comme si elle examinait mon âme.

— Je sais que la logique ne règle pas de telles situations, mais c'est peut-être un bon début ?

— La logique ?

— Ce n'est pas toi qui as poussé Ariel à se battre contre Béatrice, c'était le contraire. Elle allait affronter la nécromancienne et tu l'as forcée à être accompagnée par toi. Pourtant, tu réagis comme si elle avait été blessée parce que tu l'avais poussée à y aller.

— Elle me protégeait de mes problèmes.

Je repose mes jambes sur le sol et serre le jouet contre moi, comme je le fais avec Fluffster.

— Sans moi, elle n'aurait pas été blessée et elle n'aurait donc pas goûté le sang de vampire.

— Sais-tu qu'une seule consommation du sang de Gaius n'aurait pas dû la rendre accro ?

— Ah non ?

— Non.

Elle grimace avant d'ajouter :

— Je le sais par expérience personnelle. J'ai été blessée il y a longtemps, et par coïncidence, Gaius m'a sauvée de façon similaire. Je ne suis pas du tout devenue dépendante. Cela ressemble beaucoup à la prise de morphine après une blessure horrible : les chances de ressentir de l'euphorie sont minimes.

— Même si ce que tu dis est vrai, je pense qu'elle a développé une addiction à cause de son stress post-traumatique.

— Tu dis cela comme si c'était encore ta faute. Tu ne l'as pas envoyée à la guerre. Tu n'as pas...

— Malgré tout, j'aurais pu faire plus.

Je me surprends presque en train d'étrangler la pauvre poupée et je desserre les doigts.

— Par exemple, j'aurais pu suggérer à Ariel de venir te voir.

— Crois-tu que cela aurait fonctionné ? N'est-elle pas dans le déni concernant son stress post-traumatique ?

— Ça aurait fonctionné si j'avais fait assez d'efforts, m'entêté-je. En outre, l'addiction n'est qu'une partie du tout. Je n'ai pas non plus vu que mon amie avait été enlevée.

— Tu as dit qu'elle ne rentrait plus chez vous avant l'enlèvement. Comment pouvais-tu savoir qu'elle n'était pas simplement partie avec Gaius ?

— Peut-être.

Je pose la poupée sur mes genoux.

— Pourtant, ça ne me fait pas me sentir beaucoup mieux.

À vrai dire, c'est un mensonge. Je me sens un peu mieux.

— Nous pourrons parler de cela plus tard, dit-elle en percevant sans doute mon soulagement avec ses pouvoirs d'empathe. Veux-tu parler d'autres problèmes liés à la culpabilité ?

Je me surprends en répondant :

— Peut-être. Ou plus précisément, mon absence de culpabilité.

Elle me jette un regard encourageant et je ressens un fort besoin d'avouer.

— J'ai abattu et tué les hommes de Baba Yaga.

J'attrape à nouveau la poupée.

— Et je n'ai ressenti aucun remords. J'ai continué à leur tirer dessus, soufflé-je à voix basse en frissonnant lorsque je me souviens de la scène. Et jusqu'à présent, je n'ai pas vraiment pensé à leur mort. À la mort de Béatrice et de Harper non plus. Il est vrai que je n'ai pas personnellement…

— Je ressens à quel point ces actes te perturbent, dit Lucretia en fronçant les sourcils.

Je me mords l'intérieur de la joue.

— Eh bien… j'ai peur d'être une sorte de monstre.

— Ne t'inquiète pas. J'ai connu de véritables monstres dans ma vie, lâche-t-elle brusquement.

Puis elle inspire pour se calmer et semble chasser l'étrange émotion qui s'infiltre en elle.

— Tu n'es pas comme cela, me rassure-t-elle d'une voix plus apaisée. Tes questions démontrent que tu es capable de remords.

Elle sourit légèrement.

— Les monstres ne racontent pas leurs problèmes à des psys. Les monstres ne se sentent pas tiraillés.

Je pose la poupée sur la table basse à côté de mon fauteuil.

— Je ne dirais pas que je me sens tiraillée. Ce que tu perçois est sans doute dû à une certaine personne que j'ai parfois *envie* de tuer.

Son sourire s'élargit jusqu'au coin des yeux.

— La source de ton angoisse pourrait bien ressentir la même chose.

Je fronce les sourcils.

— Je ne suis pas certaine qu'il – je veux dire, la source – puisse ressentir quoi que ce soit.

— Tu serais surprise, dit-elle avant de regarder les rideaux. Quand il s'agit de sentiments, la personne hypothétique pourrait être tout aussi effrayée que toi, même si ses raisons sont différentes.

— Effrayée ?

Je suis tentée de reprendre la poupée, mais à la place je la regarde sans comprendre, ne sachant pas ce que je trouve le plus incroyable : les choses ridicules qu'elle sous-entend à mon sujet, ou le fait que Nero puisse être effrayé par quelque chose.

— Je pense que je préfère te conduire vers ce genre de conclusion en plusieurs séances.

Elle baisse la tête avant d'ajouter :

— Je ne suis pas une très bonne thérapeute en te révélant ça.

— Mais maintenant que tu l'as fait, tu dois développer, insisté-je. En tant qu'amie.

Elle jette un coup d'œil à la porte.

— Tu as dit que personne ne pouvait nous entendre. Tu ne peux pas utiliser cette excuse quand ça t'arrange !

— Très bien.

Elle me regarde en face.

— Cela fait longtemps que tu n'as pas eu de relation. Et tu n'en as jamais eu une dans laquelle tu te sentais émotionnellement vulnérable. Ai-je raison ?

Une seconde. Je ne lui ai jamais parlé de ma période de creux ni des relations brèves et insatisfaisantes qui l'ont précédée. Vient-elle de le découvrir en utilisant des méthodes de psy à la Hannibal Lecter ?

La magicienne en moi souhaite une explication plus simple, alors je demande :

— As-tu tiré cette information des dossiers que Nero détient sur moi ?

Ses yeux bleus deviennent tristes.

— Je savais que c'était une mauvaise idée.

— Non.

Je desserre les poings que j'avais serrés sans m'en rendre compte.

— Tu as raison sur mon passé, et alors ? C'est juste de la malchance. J'étais concentrée sur l'école, puis sur ma carrière. Il n'y a pas de sens profond et sinistre.

Elle incline la tête.

— Tu as peur d'être abandonnée par la personne dont tu tombes amoureuse.

— Évidemment, comme tout le monde, non ?

— Pas comme moi, dit-elle. Pas Vlad et Rose. Pas...

— Très bien, la coupé-je sèchement. Même si ce que tu dis est vrai, ce qui n'est pas le cas, ça n'a aucun rapport avec le reste. Je ne dois pas avoir de sentiments pour la personne hypothétique dont nous parlions auparavant, car il est parfaitement normal de se méfier des enfoirés malveillants et manipulateurs.

Je me rends compte que je hausse la voix, alors j'inspire profondément et ajoute plus calmement :

— De quoi a-t-il peur, *lui* ?

— Qu'une autre personne dont il se soucie puisse mourir, répond-elle sombrement. Mais ne me demande pas les détails, car ce n'est pas à moi de te les révéler.

Comme s'il attendait cet instant précis, l'estomac de Lucretia gargouille comme un ours tiré de son hibernation. Elle couvre son ventre d'une main délicate et rit d'un air gêné.

— Sauvée par l'estomac, marmonné-je, toujours écrasée par notre conversation.

En avalant ma salive, je redresse le dos.

— Devons-nous mettre fin à la séance ?

Elle hoche la tête.

— Si tu le souhaites.

Je me lève.

— Et si je t'offrais le petit déjeuner avant que je retourne affronter une certaine personne ?

— Marché conclu, accepte-t-elle en se levant de son trône. Mais tu dois me promettre de revenir.

— Ça m'étonnerait que j'aie le choix, dis-je lorsque nous sortons de son bureau.

Moi aussi, une visite à la cafétéria me ferait du bien. Pour affronter Nero, il me faut consommer une dose d'expresso qui rendrait un rhinocéros surexcité.

# CHAPITRE QUATRE

FÉBRILE À CAUSE de toute la caféine, j'entre en trombe dans le bureau de Nero pour la deuxième fois de la journée. Cette fois, il s'arrête immédiatement de taper au clavier et me dévisage de haut en bas.

— Ça, c'était rapide, dit-il. Je n'ai jamais dit que tu étais obligée de te dépêcher pendant tes séances de psychothérapie.

— Je suis ici pour m'occuper de ma « charge de travail ». Il me tarde de savoir de quoi il s'agit et comment je peux l'accomplir sans bureau.

— Suis-moi, lance-t-il en sortant à grands pas de son bureau.

Lorsque je le rattrape enfin, il a déjà appelé l'ascenseur.

Me surprenant par un geste de gentleman, Nero empêche la porte de l'ascenseur de se refermer.

— Après toi.

Se moque-t-il de moi ?

Mon cœur battant plus vite pour une raison que j'ignore – sans doute la marche rapide –, je me faufile dans l'ascenseur et m'appuie contre la paroi du fond. Nero entre en sautillant et s'arrête à côté des boutons.

Je serre les dents d'irritation. Ce type parvient même à être superbe de profil.

J'ai la gorge très sèche lorsque je me rends compte que nous sommes confinés ensemble dans ce petit espace.

Occupe-t-il toujours plus de place que ce que dictent les lois de la physique ?

Ne tenant pas compte de mon inconfort, Nero sort une carte inhabituelle et la passe sur ce que je pensais être le bouton d'appel d'urgence de l'ascenseur. Ce dernier émet un tintement d'approbation. Nero appuie sur le bouton étiqueté B01, un bouton parmi plusieurs qui ne fonctionnent pas quand un simple pion de l'entreprise appuie dessus, malgré la curiosité dudit pion.

Nous descendons en silence. Un silence qui devient progressivement plus gênant.

— Descendons-nous vers ton repaire souterrain secret ? dis-je en ne plaisantant qu'à moitié.

Les rumeurs persistantes au sujet d'une grotte remplie d'argent et de trésors font souvent référence à ces étages interdits du sous-sol.

Nero lève un sourcil, mais ne répond pas.

— C'est sûr que j'aimerais beaucoup nager dans un tas d'or, ajouté-je.

— Pas le temps pour ça aujourd'hui, je le crains,

rétorque-t-il, impassible. La tâche est extrêmement simple. Tu dois me fournir une recommandation d'un type d'action en bourse. Juste un. C'est tout.

— Ça n'a pas l'air si terrible.

Je lui adresse un sourire soulagé et il sourit à son tour, mais quelque chose ne va pas. On dirait qu'il rit *de* moi et non pas *avec* moi.

L'ascenseur sonne.

Nous sortons dans un long couloir mal éclairé qui me rappelle les passages secrets menant à la plateforme de portails de l'aéroport JFK. Lorsque je suis Nero en tournant plusieurs fois à des embranchements, la ressemblance devient plus forte.

Au cas où, je sors mon téléphone et note les directions que nous prenons, comme je l'ai fait dans le labyrinthe de JFK quand Ariel me guidait.

Nous tournons à droite et le couloir se termine par une porte métallique. Un écran digital se trouve sur le devant de la porte. Nero tend la main et je me prépare à espionner discrètement ce qu'il tape.

Comme si c'était lui le voyant, Nero se sert de son corps pour m'empêcher de voir les touches du clavier sur lesquelles il appuie. Je ne peux bien voir que son dos, ce qui n'est pas si terrible comme lot de consolation.

— Est-ce un coffre-fort ? demandé-je lorsque la porte s'ouvre. Est-ce l'endroit où tu conserves ton argent ?

Nero me fait signe d'entrer, c'est donc ce que je fais.

Le coffre-fort n'en est pas un.

C'est une pièce meublée.

Un tapis épais avec un motif moderne couvre le sol, et un coussin de méditation à l'air confortable est posé au milieu. Ma vieille chaise est là également. Elle est posée sur le côté, mais il n'y a ni bureau ni ordinateur. Cependant, je vois un canapé dans le fond.

L'ordinateur se trouve-t-il dans une des pièces adjacentes ? Je vois deux portes à l'intérieur, alors c'est peut-être là que se trouve le bureau ?

Le seul écran ressemblant à un ordinateur est identique à celui à l'extérieur.

Encore une fois, Nero cache ce qu'il tape et quand il a terminé, « 8:00.00 » apparaît sur l'écran au-dessus du clavier numérique. Une seconde plus tard, ça devient « 7:59.59 ».

Une minute.

Il ne faut quand même pas…

— Voici ton temps de travail, indique Nero en pointant du doigt le décompte. Tu dois travailler huit heures par jour tous les jours de la semaine.

— C'est n'importe quoi.

Je regarde le scintillement métallique des murs avant de fixer mon patron.

Nero lève encore un sourcil.

— Tu seras la seule personne du fonds d'investissement à travailler si peu, et tu le sais. Même toi, tu travaillais plus, avant.

— Je parle de ça.

J'agite les bras en montrant l'espèce de coffre-fort.

— C'est le pire cauchemar de n'importe quel claustrophobe.

— La pièce fait quatre-vingt-trois mètres carrés, ce qui en fait le deuxième plus grand bureau de ce bâtiment.

Nero croise les bras avant d'ajouter :

— Et tu n'es pas claustrophobe.

— Après huit heures dans cette cage, je pourrais bien en souffrir.

— Si tu parviens à convaincre Lucretia que tu souffres vraiment de claustrophobie, j'échangerai mon bureau avec le tien.

Nero s'avance vers moi.

Je recule.

— Pourquoi fais-tu ça ?

— Cette pièce est insonorisée et personne ne pourra t'interrompre.

Je suis soulagée de voir qu'il s'arrête à quelques pas de moi.

— Peux-tu imaginer un endroit plus favorable à tes visions ?

J'ai envie de me gifler pour ne pas avoir compris plus tôt.

Bien sûr.

Cet endroit est parfait pour la contemplation méditative. Comme pourrait l'être une grotte en montagne, par exemple.

D'un autre côté, elle ressemble également beaucoup à une cellule d'isolement, ce qui est généralement une punition pire que la simple incarcération.

Et tout cela se rapporte à mes stupides visions.

Comment avais-je pu l'oublier ?

Grigori Raspoutine – ou dois-je dire mon père biologique ? – a donné une prophétie à Nero qui faisait la liste de tous les événements marquants de 1916 à 2016. Comme Biff, le méchant dans *Retour vers le futur II*, Nero a transformé la prévision de Raspoutine en une somme d'argent obscène.

Maintenant que nous nous trouvons à l'extérieur de la chronologie de la liste, Nero va m'utiliser afin de continuer à gagner de l'argent.

J'ai peut-être de la chance qu'il prévoie de me laisser quitter cette cage après huit heures. En tout cas, c'est ce que je suppose.

Il se tourne vers la porte.

— Qu'en est-il pour le déjeuner ? dis-je très vite.

Il s'avance vers une des portes et l'ouvre. En dehors de ses murs de métal, la pièce ressemble à une cuisine de luxe, avec un micro-ondes et un four, un grille-pain et un frigo géant aux parois en verre.

Dans le frigo, je vois assez de plats gastronomiques pour nourrir une armée de gourmets difficiles.

Certains plats ont l'air si bons que je regrette presque d'avoir mangé tous ces muffins.

— Et les toilettes ? demandé-je, accablée, en sachant ce qui va suivre.

Nero me conduit à l'autre porte, et bien sûr, elle ouvre sur une salle de bains élégante, avec une douche et un jacuzzi. Lorsqu'il ouvre un placard, je suis perturbée de voir qu'il est rempli de mes marques préférées de cosmétiques, de shampooing, de savon et même de produits féminins.

— Et s'il y a une urgence ?

J'essaie de m'empêcher de me demander comment il a su ce qu'il devait acheter.

— Compose le 911 sur le pavé numérique.

Il doit voir une lueur dans mes yeux, car il ajoute :

— Si tu le fais alors qu'il n'y a pas d'urgence, ton temps de travail de la journée sera doublé.

Je sors à grands pas de la salle de bains.

Il me suit.

— Et n'essaie même pas de deviner le mot de passe en prétextant que tu essayais de composer le 911. Si un mot de passe erroné est composé pour quelque raison que ce soit, je le saurai... et ta charge de travail doublera pour toute une semaine. Est-ce clair ?

— Comme de l'eau de roche.

Je lui jette un regard assassin.

Comment ai-je pu embrasser un homme aussi insupportable ? Je devais être folle pour le trouver attirant.

— Je te verrai quand tu auras terminé, conclut-il en marchant vers la sortie.

— Tu t'attends à ce que je te recommande des actions sans faire de recherches ? Sans utiliser de technologie ?

— Je crois en toi.

Nero se tourne et se tapote le front.

— Au travail, maintenant.

Il sort et l'épaisse porte en métal se verrouille avec le caractère définitif d'un contrôle fiscal.

— T'es trop nul ! crié-je, mais je ne pense pas qu'il puisse m'entendre à cause de l'épaisseur du métal.

Oui. Aucune réponse. En fait, la pièce est tellement silencieuse que c'est étrange pour une New-Yorkaise comme moi.

Dans le silence total, je peux entendre ma respiration rapide.

Il a un tel culot ! Comment peut-il s'attendre à ce que j'obtienne des visions s'il m'énerve de cette façon ?

D'un autre côté, il a fait une erreur de calcul. Il n'a pas explicitement dit que je devais avoir une vision pour lui fournir le conseil en bourse. En théorie, je pourrais lui dire d'acheter n'importe quelle action qui me vient en tête.

Nous n'avons jamais investi dans CAKE, par exemple, qui est le symbole boursier de la Cheesecake Factory. Nous n'avons jamais acheté EAT – une entreprise qui possède plusieurs autres chaînes de restaurants.

Non, ce doit être mon estomac qui parle. Il y avait un cake dans le frigo.

Sinon, je pourrais conseiller BOOM, qui est une entreprise de travail du métal utilisant des explosifs. L'investissement dans ces actions ferait boum aussi.

Je souris à la façon du Grinch en me prenant au jeu.

Dois-je dire à Nero d'investir dans les motos Harley-Davidson ? Ça lui irait bien : leur symbole boursier est HOG, ou « porc » en anglais, et c'est bien comme ça que Nero agit.

Ou bien comme un chien ? Dans ce cas-là, il y a WOOF, une entreprise de médicaments vétérinaires.

Non.

C'est trop évident.

Je vais lui dire d'investir dans Majesco Entertainment, une entreprise de jeux vidéo dont le symbole est COOL.

Sauf s'il pense que c'est « cool » entre nous, ce qui n'est pas le cas.

Mon sourire s'estompe.

Que se passerait-il si je lui donnais un de ces noms amusants et qu'il perdait une tonne d'argent ? Cela doublerait-il également ma charge de travail ?

Je soupire.

Maintenant que je suis plus calme, je dois essayer d'obtenir une action intéressante en bourse en me basant sur une vision, même si j'aurais aimé me venger en le voyant investir dans des actions au hasard.

En posant mon derrière sur le coussin de méditation, je ferme les yeux et essaie d'entrer dans l'espace mental.

Lorsque ma respiration devient régulière, mon esprit se vide agréablement. Je ne remarque plus que ma respiration. Je flotte dans cet état merveilleux pendant un temps indéterminé, jusqu'à ce que mes paumes se réchauffent.

Ça y est.

Des éclairs jaillissent de mes mains et s'enfoncent dans mes yeux, et je suis entraînée dans un tourbillon.

———

Je suis une nouvelle fois désincarnée et entourée par l'étrangeté habituelle de l'espace mental. Je flotte en essayant de me réadapter aux sens spécifiques à cet endroit. Je prends bientôt conscience des formes irréelles autour de moi, des formes représentant des visions.

Bon, et maintenant ? Je ne sais pas du tout comment localiser les formes qui feront gagner de l'argent à Nero.

Dois-je chercher des formes couleur vert menthe, comme les dollars ? Ou celles qui sont en forme de pièces ou de diamants ?

Et surtout, pourquoi dois-je toujours découvrir ces choses-là par moi-même ?

Pourquoi Nero a-t-il chassé Darian ?

Malgré tous ses défauts et ses objectifs évidents, Darian m'a sauvé la peau plusieurs fois, et je ne pense pas que j'aurais pu atteindre l'espace mental si vite sans son cadeau de Jubilé sous forme de cassette vidéo.

Ce bon vieux Darian manipulateur.

Où est-il maintenant ? Existe-t-il un moyen de lui parler sans risquer la colère de Nero ?

Je l'imagine presque maintenant, évitant mes questions, parlant comme un membre de la royauté britannique…

Soudain, quelque chose d'extrêmement bizarre se produit… enfin, bizarre même pour l'espace mental.

Une forme mouvante apparaît à côté de moi.

Une forme si différente des autres qu'il pourrait bien s'agir d'une espèce totalement nouvelle.

Non, c'est plutôt comme essayer de comparer un objet physique et concret comme un cornichon ou une mouffette à un élément intangible comme l'honneur ou la justice.

En plus des attributs de l'espace mental que j'ai triés sous les étiquettes de température, couleur, goût et musique, cette apparition en possède des millions d'autres, la plupart n'ayant pas de parallèle avec les sens.

Pourtant, ce n'est pas ce qu'elle a de plus étrange.

J'ai la conviction que cette apparition a été déclenchée par mes pensées sur Darian.

Ça, et elle est consciente.

Je ne sais pas comment je le sais, je sais simplement que cette chose est comme moi. Je parie que si je focalisais mon attention vers l'intérieur, je verrais la même complexité merveilleuse.

L'entité semble pulser en attendant quelque chose.

— Que veux-tu que je fasse ? ai-je envie de lui demander, mais je ne sais pas comment.

Impatiemment, l'entité fait bouger les myriades d'attributs comme dans un kaléidoscope.

Je flotte en me demandant quoi faire.

Et soudain, j'ai une idée.

Pourquoi ne pas essayer comme d'habitude ?

Pour les formes normales, je devais m'étirer et les toucher métaphoriquement afin de déclencher une vision.

Cela fonctionnerait-il dans ce cas ?

J'essaie.

L'entité pulse d'excitation et elle semble s'étirer vers moi comme moi vers elle… et c'est alors qu'un trou noir m'avale, comme pour les visions.

## CHAPITRE CINQ

JE FIXE une carte à jouer dans ma main. Mes doigts semblent étranges : plus gros et sans vernis à ongles.

Comme c'est bizarre.

J'essaie de bouger, mais je découvre que cela m'est impossible.

Hein ?

— Deux de carreau, pense une voix masculine dans ma tête avec un accent britannique marqué.

— Darian ? m'étonné-je. Que fais-tu dans ma tête ?

Pas de réponse.

À la place, mes yeux se détournent de la carte afin d'observer les environs. C'est alors que je me rends compte que je ne peux pas contrôler mon corps.

L'environnement m'est étrangement familier.

Il s'agit du restaurant où j'ai pratiqué la magie jusqu'à ce que ça me soit interdit… sauf que tout semble en quelque sorte délavé. C'est comme si tout avait été filmé avec un vieux caméscope et que quelqu'un avait transformé cet enregistrement en environnement de réalité virtuelle.

Les personnes aux autres tables ne peuvent pas être distinguées, et même la couleur a été retirée de la plupart des objets.

Sans le vouloir, j'attrape une bouteille de bière sur la table et en bois une gorgée. Je suis surprise de remarquer que la bière brune a bon goût, elle n'est pas amère comme d'habitude.

— Deux de carreau, prononce une voix féminine qui me ressemble, mais ça ne sort pas de ma bouche.

Je lève les yeux.

Je me tiens là, avec un paquet de cartes dans les mains et un grand sourire sur le visage.

Est-ce un autre tour de Kit ?

C'est possible, mais ce *moi* ne me ressemble pas exactement… alors que Kit est plutôt douée pour les détails.

Cette personne ressemble à une sœur jumelle bien plus canon ayant fait beaucoup de chirurgie esthétique et ayant été Photoshoppée pendant quelques années.

Je me focalise sur son visage comme si elle était sur le point de faire apparaître un halo angélique.

— Comment as-tu fait ça ? dis-je à l'autre moi avec la voix de Darian.

Une seconde, même ma voix est celle de Darian ?

— Très bien, dit la version mannequin de moi avec un clin d'œil séducteur. Maintenant, à vous d'essayer.

Elle se tourne vers la femme à ma droite.

Une seconde.

*Je sais ce qui va se produire.*

La femme est sur le point de choisir une carte dans des conditions tout à fait honnêtes et je vais la lui révéler.

Bien sûr.

Il s'agit d'une étrange répétition du jour où j'ai rencontré Darian pour la première fois : la rencontre qui a conduit à la performance télévisée fatidique et au reste de cette folie.

Mais pourquoi vois-je ce souvenir d'une façon si étrange ?

— Elle est tellement fougueuse, pense Darian dans ma tête. Comme l'était Matilda.

— Mais qui est Matilda ? essayé-je de demander, mais il ne répond pas… sans doute parce que je n'ai pas de bouche pour parler.

L'autre moi devine correctement la carte de la femme, puis nomme une autre carte choisie dans des conditions aussi régulières que pour une expérience de laboratoire, puis une autre et une autre.

— Elle est si courageuse, pense Darian. Adaptable et créative.

Mon double nomme sa carte. Darian applaudit et pense :

— Si joueuse avec son public, si brave… et si belle.

— Merci, mon vieux, mais sérieusement…

Mon double du restaurant me donne le paquet de cartes et me demande de le couper.

Lorsque ses doigts doux comme ceux d'un mannequin pour mains me frôlent, je ressens une étrange sensation dans l'entrejambe.

Une seconde.

Quoi ?

Depuis quand ai-je une tuyauterie pareille ?

Ai-je développé une sorte de schizophrénie narcissique ? Je commence à penser à la scène de *Dans la peau de John Malkovich*, quand le personnage éponyme entre dans sa propre tête.

Je comprends enfin.

D'une façon ou d'une autre – et je ne sais pas du tout comment –, je me trouve à l'intérieur du souvenir de Darian de notre rencontre.

C'est *son* excitation très masculine que je viens de ressentir.

Cela fait sens – si on peut dire qu'une telle chose fasse sens.

C'est pour cette raison que tout autour de nous est si étrange. La mémoire n'enregistre pas parfaitement les événements et Darian ne doit donc pas se souvenir de tous les détails, comme les couleurs des choses ou les personnes qui mangeaient aux tables d'à côté.

D'ailleurs, c'est pour cela que la sélection des cartes a été bien plus honnête que quand j'ai pratiqué mon tour. Il se souvient de ce que je voulais faire croire aux spectateurs après coup, pas de ce qui a vraiment eu lieu.

Cela explique aussi pourquoi mon double dans ce

souvenir semble si parfait. C'est moi, mais vue à travers le miroir déformant de l'ivresse de Darian…

La scène autour de moi tourbillonne et se désintègre comme un mirage, avant d'être remplacée par une nouvelle.

# CHAPITRE SIX

JE ME TIENS devant le miroir de la salle de bains. J'essaie de me réveiller.

Contre ma volonté, mes yeux me regardent dans le miroir et ma théorie est confirmée.

Darian me fixe. Il est torse nu.

Waouh.

Soit Darian réécrit l'histoire, ou bien il faisait beaucoup de musculation à cette époque de sa vie.

— Quelque chose ne va pas, pense Darian dans ma – dans *sa* – tête. Où est-elle ?

Un hurlement de loup résonne soudain.

— Elle doit être contrariée, pense Darian. Mais pourquoi…

La porte s'ouvre brusquement et une femme nue se précipite à l'intérieur.

Une femme enceinte.

Darian la dévisage et la siffle en souriant.

Son souvenir doit encore lui jouer des tours, car les

simples mortels ne sont pas aussi parfaits que cette dame. Sa peau sans défauts ressemble à du chocolat blanc ayant fondu sur de la soie. Même son ventre arrondi semble avoir été conçu par Léonard de Vinci.

Darian sourit.

— Super. Pourquoi s'embêter avec ces foutus vêtements ?

Puis quelque chose dans son visage le pousse à s'arrêter de parler. Malgré la fureur dans ses traits, ainsi que leur beauté presque surnaturelle, quelque chose dans le visage de la femme m'est vaguement familier.

Darian la connaît clairement intimement, mais où l'ai-je vue ? Sur la couverture d'un magazine *Maxim*, peut-être ?

— Comment as-tu pu ? dit-elle d'une voix mélodieuse.

— Que se passe-t-il, mon amour ?

Darian s'éclaircit la gorge.

— Est-il arrivé quelque chose ?

Elle lui/me donne une gifle.

Ça fait mal.

— Matilda !

Il se frotte la joue.

— Que se passe-t-il ?

— Alors, c'est donc la Matilda à laquelle tu m'as comparée au restaurant ? constaté-je en sachant très bien que Darian ne répondra pas. Pourquoi as-tu dit qu'elle *était* fougueuse ?

— *Je sais,* tonne-t-elle en faisant porter assez de sens

à ces deux mots pour remplir un roman. Arrête ta mascarade.

— Elle ne peut pas savoir, pense Darian. Comment pourrait-elle savoir ?

La peur qui accompagne cette pensée est plus vive que tout ce que j'ai pu ressentir moi-même… et je pensais être une experte dans le domaine, après tout ce qui m'est arrivé.

D'un autre côté, la peur des souvenirs est peut-être stockée sous forme plus forte que quand on la vit. Particulièrement si quelque chose d'horrible est sur le point de se produire et de graver cet épisode dans la mémoire de Darian.

— Je ne comprends toujours pas de quoi tu parles, ment-il.

— *Ça*, je veux bien le croire, réplique Matilda en serrant la mâchoire. Tu as du mal à me « suivre » depuis un moment, n'est-ce pas ?

La peur se solidifie en iceberg au creux de l'estomac de Darian.

— Tu n'as pas…

— Si, dit-elle. J'ai demandé à Chester de m'abriter du regard des voyants.

— Espèce de folle, pense Darian. Son mari n'est pas stupide. Il devinera…

Le regard sur son visage court-circuite les pensées de Darian.

— Tu ne voulais pas me dire ce qui n'allait pas, lui reproche-t-elle en serrant les dents. Alors je me suis abritée de ton pouvoir, juste assez longtemps pour engager un arpenteur de rêves afin de découvrir ce que tu caches.

Les émotions négatives de Darian sont difficiles à trier désormais.

Je me souviens vaguement d'avoir entendu Felix parler d'une amie arpenteuse de rêves qui travaille au centre de désintoxication où nous avons laissé Ariel. Il a expliqué que ces gens peuvent entrer dans les rêves des autres et les manipuler.

Apparemment, ils peuvent également voler des secrets.

— Tu vas faire confiance à un charlatan ? demande Darian en forçant de l'indignation dans sa voix, tout en sachant qu'il a l'air désespéré.

— Ne fais pas ça.

Si les regards pouvaient couper les têtes, Darian aurait perdu la sienne.

— L'arpenteur de rêves t'a dit *pourquoi* ? demande-t-il d'une voix dans laquelle transparaît maintenant la panique.

— « Pourquoi » ? crache-t-elle. Pourquoi tu ne m'as pas dit que mon bébé allait mourir, tu veux dire ?

Il se recroqueville comme si elle venait encore de le gifler.

— Je peux le deviner, poursuit-elle. Tu sais que c'était *son* bébé. Tu as sûrement vu un avenir où je finissais par mettre fin à notre relation, ou quoi que ça ait pu être, pour le bien de mon bébé. Tu as sûrement…

À la vitesse de l'éclair, Darian se concentre d'une

façon que je ne comprends pas entièrement, et il se retrouve instantanément dans l'espace mental.

Waouh. Comment l'a-t-il fait si vite et sans méditer ?

Il fait autre chose trop vite pour que je puisse l'appréhender… et il entre dans une vision. Pour moi, c'est donc le souvenir de sa vision, ce qui est assez délirant.

Darian se tient au bord d'un cimetière.

— Je rôde et je me cache comme un lâche, pense-t-il par-dessus son chagrin.

Chester et d'autres personnes vêtues de noir se tiennent autour d'une sépulture fraîchement creusée.

Le visage de satyre habituellement joyeux de Chester est déformé par un profond chagrin. Un chagrin qui n'est rien par rapport à ce que ressent Darian…

La vision est terminée, et nous sommes de retour dans la salle de bains, avec Matilda nue et furieuse qui dit :

— … préféré que le bébé meure afin de m'avoir pour toi tout seul…

— L'avenir a changé, pense Darian en ignorant ses paroles. Maintenant, elle meurt, sauf si…

La scène autour de nous tourbillonne et se désintègre encore, remplacée par une nouvelle.

# CHAPITRE SEPT

DARIAN EST dans l'espace mental.

Il s'étire vers une forme près de là et une vision se déclenche.

Et quelle vision !

Waouh.

Là, c'est vraiment trop d'informations.

Je ressens le plaisir de Darian lorsqu'il pénètre une femme de derrière.

Si j'avais mon propre visage, il serait de la couleur d'une tomate trop mûre.

Darian saisit la taille fine de la femme.

Elle gémit.

— C'est donc comme ça pour les hommes ? dis-je à personne en particulier. Est-ce toujours si agréable ?

Non.

Impossible.

C'est certainement un autre tour de sa mémoire.

Oui. Concentrons-nous *là-dessus* au lieu des

grognements de Darian et des gémissements de la femme. Il vaut mieux se focaliser sur les aspects métaphysiques, sur le côté hallucinant de tout ça. Je veux dire, je suis en ce moment à l'intérieur d'un type pendant qu'il est dans une autre personne...

Non. Cette voie mène à la folie.

Je dois m'occuper en pensant au mystère de l'identité de cette femme. Elle est à quatre pattes et regarde vers l'avant, je ne vois donc pas qui elle est... seulement qu'elle passe un bon moment.

L'esprit de Darian est complètement submergé par le plaisir, alors il ne pense à rien d'utile, même pas à son prénom.

Bien qu'elle semble trop pâle, j'espère encore qu'il s'agit de Matilda.

A-t-il trouvé le moyen d'empêcher la vision du cimetière ? A-t-elle quitté son mari et travaillé sur ses différends avec Darian ? Le bébé est-il encore en vie ?

Je suis alors frappée par une pensée tandis que l'orgasme foudroie la partenaire de Darian. En tout cas, je suppose que c'est la raison pour laquelle elle cambre le dos et fait un bruit de chatte en chaleur.

Je sais déjà ce qui est arrivé à Matilda.

Et la raison pour laquelle son visage m'était légèrement familier.

Et qui est le bébé.

Gaius m'a raconté une version de cette histoire avant le Rite... sauf que sa version était apparemment différente de la vérité.

En expliquant la querelle entre Chester et Darian,

Gaius m'a dit que Darian avait livré une prophétie à la femme de Chester, lui disant qu'elle serait la cause du trépas de sa fille… et que c'était cette prophétie qui avait poussé la mère à se suicider.

Il avait dit que c'était une épouse loup-garou, ce qui explique le hurlement que j'ai entendu dans le souvenir de Darian, ainsi que sa nudité.

J'ai appris plus tard que l'enfant en question était Roxy, ma camarade de classe désagréable. C'est pour ça que le visage de Matilda m'était si familier. Roxy a hérité beaucoup des traits de sa mère.

L'histoire complète est pourtant très différente de ce que Gaius m'a raconté. On dirait que Darian n'a pas seulement eu une vision qu'il a révélée à la femme de Chester.

D'après ce que je sais, elle – Matilda – et Darian entretenaient une liaison, puis il a eu une vision au sujet de la mort de Roxy, mais il ne l'a pas révélée à Matilda. Cependant, elle a compris que Darian lui cachait quelque chose et elle a trouvé un moyen de faire éclater la vérité malgré tout… avec des résultats désastreux.

Si j'avais des poumons, je pousserais un soupir.

Chester était-il au courant de leur liaison ?

Étant donné que Matilda lui a demandé de l'abriter de la vue d'un voyant – et en tenant compte de l'animosité persistante entre les deux hommes –, je parie que Chester a bien compris une partie de l'affaire.

Si j'avais une tête, je la secouerais de frustration.

Pas étonnant que Chester veuille me tuer.

Il a dû penser que Darian s'intéressait à moi… et il a voulu frapper son ennemi là où ça fait mal.

Son objectif n'était donc pas seulement d'empêcher la consécration d'une nouvelle voyante, comme il l'a prétendu au Earth Club. Cela explique également pourquoi il m'a fichu la paix depuis sa première attaque. Il a dû décider que Darian n'allait pas me fréquenter à cause de Nero et tout ça. Ou peut-être m'a-t-il laissée tranquille parce que Nero est mon mentor ?

L'instinct de survie surpasse-t-il la vengeance ?

Bien sûr, tout cela suppose que Chester m'a laissée tranquille, ce dont je ne suis pas certaine…

Soudain, l'extase frappe le cerveau de Darian, gâchant complètement mes tentatives d'ignorer ce qu'il se passe.

Waouh.

Est-ce mon abstinence prolongée, ou bien était-ce mieux que tout ce que j'ai pu ressentir ?

Darian se penche et serre la femme dans ses bras. Elle rit et se retourne. Je fixe son visage en regrettant de ne pas avoir de bouche, car je serais bouche bée.

C'est *mon* visage.

— Je t'aime, souffle celle qui a intérêt à être Kit avec ma voix en souriant bêtement à Darian.

— Je t'aime encore plus, me/lui répond Darian.

Dans ses pensées, il ajoute :

— Je t'aime presque autant que j'aimais Matilda… et j'ai pu te sauver, contrairement à elle.

Il m'a sauvée ? De quoi ?

Avec un peu de chance, il pense aux sauvetages qui ont déjà eu lieu. Comme la fois où il m'a envoyé un texto quand j'allais au travail après le désastre télévisé… un acte qui d'après lui m'a suffisamment retardée pour que je puisse survivre. Ou alors, il pourrait parler de l'avertissement d'hier, quand il a dit : « Attention au feu rouge ».

Ce qui est intéressant, c'est qu'il ressent vraiment ce sentiment romantique.

Maintenant qu'il n'est plus en plein coït, le reste de ses pensées deviennent toutes mièvres envers la Sasha satisfaite devant lui.

C'est alors que je comprends enfin.

Quand nous avons dansé au Earth Club, Darian m'a dit qu'il avait vu un futur où nous étions ensemble. Et ce souvenir a commencé dans l'espace mental… Il doit donc s'agir d'une vision d'un avenir possible.

J'ai envie de frapper mon front absent, mais à la place, je fixe la version nue de moi à travers les yeux de Darian.

Cette Sasha semble terriblement heureuse d'être entre ses bras.

Une partie de moi rejette ce que je vois, mais une autre partie se demande si ce futur serait une si mauvaise chose.

N'ai-je pas envie d'être aussi heureuse un jour ?

Non, une minute. Que suis-je en train de penser ?

Est-ce un effet secondaire de l'acte de se baiser soi-même ?

Je ne peux pas faire naître des sentiments pour

quelqu'un en me basant sur ce qui arrive dans son souvenir d'une vision d'un avenir risquant d'avoir lieu… ou pas. Ce serait une prophétie autoréalisatrice paradoxale.

De plus, même dans ce futur optimiste, Darian semble me comparer à sa Matilda. Ai-je envie d'être toujours en concurrence avec un fantôme ? Mais surtout, pourrais-je être plus heureuse avec quelqu'un d'autre ? Quelqu'un comme, par exemple…

La scène autour de moi se dissout à nouveau et je me trouve à l'extérieur des souvenirs de Darian… dans un endroit qui ne ressemble à rien de ce que j'ai déjà vu.

# CHAPITRE HUIT

IL NE DOIT PAS s'agir de l'espace mental habituel, car je dispose de ma vue normale. Je suis entourée par une obscurité ressemblant au vide, et au milieu se trouve une sorte d'hologramme.

Un hologramme de Darian.

Si les synapses de cerveau vertes de mon cours de biologie devaient constituer une personne fantomatique, ceci serait le résultat.

La silhouette transparente de Darian semble être attachée à l'étrange forme qui m'a entraînée dans cette mésaventure de l'espace mental. Cependant, je ne vois pas cette connexion avec mes yeux. Je la perçois avec ma conscience spéciale de l'espace mental. Cette même conscience qui m'indique que l'entité semble avoir grandi.

Non, ce n'est pas ça. Elle s'est mêlée à une autre entité.

C'est alors que je baisse le regard et que je me rends

compte que je suis moi-même un hologramme de synapses, attaché à la deuxième forme.

— Ne sois pas inquiète, articule Darian.

A-t-il prononcé ces mots de façon traditionnelle ?

Ses lèvres fantomatiques ont bougé, mais j'ai la forte impression qu'il n'y a pas d'air ici que l'on peut faire vibrer. Et ses oreilles transparentes n'ont pas de tympans. Je suppose donc que c'est pareil pour moi.

— Qu'est-ce que c'est ? lui demandé-je.

Cool. Je peux m'entendre dans ma tête comme si j'avais parlé dans le monde réel.

— Tu as pensé à moi à l'intérieur de l'espace mental.

Sa silhouette fantomatique flotte vers le haut.

— J'étais dans l'espace mental en même temps, alors voilà.

Il pointe le doigt vers nos entités entremêlées.

— D'accord, dis-je d'un ton sarcastique. Ça explique tout. Merci.

Il flotte dans ma direction, mais je flotte instinctivement vers l'arrière.

Cool. Je sais flotter aussi.

Il redescend à ma hauteur.

— Laisse-moi t'expliquer. Pensais-tu que l'espace mental était un espace dans ta propre tête, comme le nom assez mal choisi le suggère ?

Je hausse les épaules. À vrai dire, je pensais qu'il pouvait s'agir d'une autre dimension, mais je n'y ai pas vraiment réfléchi après la première conversation avec Felix.

— Eh bien, cette rencontre invalide clairement cette idée fausse assez courante.

Il hoche la tête en direction des entités étranges.

— En réalité, c'est le mot « espace » qui est crucial. L'espace mental est une sorte de, eh bien, d'espace, que tous les voyants peuvent visiter.

Il écarte les bras.

— Un espace partagé entre tous. Et, au cas où ça ne serait pas clair – il montre encore une fois les entités auxquelles nous sommes accrochés –, il s'agit de manifestations de toi et de moi comme nous apparaissons dans l'espace mental. Nos corps transparents actuels ne sont que le fruit de notre imagination et servent à faciliter la conversation.

J'ai la tête qui tourne plutôt bien pour une tête imaginaire.

Tout d'abord, il y a eu les Autremondes, des univers parallèles. Maintenant, j'apprends que l'espace mental est encore un autre domaine, un domaine complètement étranger à notre monde habituel en trois dimensions.

— Ça ne devrait pas être une si grande surprise, poursuit Darian en ne comprenant pas mon silence. Il faut se trouver hors du temps pour voir le futur.

— Je suppose, murmuré-je. J'essaie de digérer la chose. C'est juste que l'idée de se trouver en dehors du temps est difficile à admettre pour mon cerveau transparent.

— Je ne peux pas te le reprocher, répond-il en me faisant un clin d'œil. Des voyants plus puissants que moi ont échoué à comprendre l'espace mental. Ils ont simplement appris à l'utiliser pour des visions et pour communiquer en secret comme nous le faisons maintenant. Seulement, il peut être dangereux de communiquer ainsi, raison pour laquelle j'ai accepté ta convocation aujourd'hui. Je voulais t'avertir.

— Dangereux ?

J'essaie de croiser les bras, mais ils se traversent, comme ceux d'un fantôme.

— Pour commencer, ça peut être dangereux pour la santé mentale, explique Darian d'un air très sérieux. Les voyants ont parfois des hallucinations lorsqu'ils se contactent de cette façon pour la première fois. Plus le voyant est puissant, plus les hallucinations peuvent être fortes, et plus le danger est grand. Ça devrait aller aujourd'hui, parce que ton pouvoir est nouveau. Malgré tout, avec ton talent potentiel augmenté par la télé, le risque est réel.

Il me scrute et demande avec autant de nonchalance que possible :

— Tu n'as rien remarqué d'étrange, si ?

— Non, mens-je en espérant être aussi discrète que lui.

Et il a certainement menti avec un talent rivalisant avec celui d'un magicien.

Sauf si… Est-il possible que les souvenirs que je viens de voir soient des hallucinations ? Si c'est le cas, pourquoi Darian était-il dedans, et surtout, comment se fait-il qu'elles aient si bien correspondu à ce que je savais ?

Le souvenir/l'hallucination du restaurant correspondait exactement au mien, et celui avec Matilda fait écho à la querelle entre Chester et Darian. Même la scène de Darian et moi au lit était quelque chose qu'il avait affirmé avoir vu dans une vision.

Quoi qu'il en soit, si je devais halluciner que je couchais avec quelqu'un, ce serait avec un partenaire encore moins approprié que Darian. Comme, disons, mon patron…

Darian s'approche légèrement et dit avec un soulagement suspect :

— Je suis ravi d'entendre que tu as évité la partie désagréable.

— J'ai de la chance, je suppose. Et toi ?

Il semble essayer de retenir un sourire.

— Je n'ai pas été aussi immunisé aux affreux effets secondaires que toi.

Oh non.

A-t-il vu un ou plusieurs de *mes* souvenirs ? Est-ce pour cela qu'il donne l'impression de cacher un air satisfait ?

Pourvu qu'il ne s'agisse pas de la fois où j'ai eu mes premières règles en classe de géométrie, ou de la fois où j'ai glissé et suis tombée dans les marches mouillées du métro. En jupe. Devant toute l'équipe de lacrosse.

Je remarque alors qu'il y a des choses pires qu'il pourrait avoir vues, comme tout ce qui implique Copperfield, mon appareil de « massage ».

Toute la myriade de scénarios défile devant mes yeux, chacun étant pire que le précédent, comme les fois où j'ai fantasmé au sujet de Criss Angel en utilisant Copperfield… ou la fois où j'ai pensé à Nero quand Harper m'avait émoustillée.

D'ailleurs, j'espère qu'il n'a pas vu le souvenir du baiser de la veille avec Nero… mais quelque chose me dit que Darian ne serait pas d'humeur si enjouée si c'était le cas.

— J'espère que ton hallucination ne t'a pas rendu fou, lui dis-je en m'efforçant de garder un visage impassible.

— Pas encore.

Il laisse enfin apparaître son sourire.

— Mais la folie n'est pas le seul danger d'une telle conversation.

Il redevient plus sérieux en poursuivant :

— Si on ne fait pas attention, un voyant plus puissant peut drainer nos pouvoirs lors d'une rencontre dans l'espace mental.

— Ah bon ?

La curiosité me donne de l'entrain et je me surprends à flotter légèrement vers le haut.

— Au cas où tu ne le savais pas, les visions plus longues nous drainent plus que les courtes.

Il monte afin d'être au même niveau.

— J'ai remarqué.

Comme en réaction à mon irritation, je descends de quelques centimètres. Pourquoi ne m'a-t-il pas avertie de la baisse de nos pouvoirs sur sa vidéo ? Il aurait facilement pu le faire.

— Parler de cette façon, c'est comme avoir une

vision.

Il se replace encore au même niveau que moi.

— Plus nous parlons, plus nous utilisons de pouvoir.

— Merde.

Je descends encore un peu, comme si c'était lié à mon inquiétude.

Les émotions positives me soulèvent-elles alors que les négatives me font descendre ?

Darian semble capable de flotter comme il le veut.

J'essaie de descendre volontairement et je souris quand ça fonctionne.

— Oui.

Il me regarde monter et descendre avec plus de patience que j'en aurais eu à sa place.

— Il faut aussi savoir que ce type de conversation ne peut se terminer que quand nous le souhaitons tous les deux, ou si un de nous n'a plus assez de pouvoir, ou encore si un voyant accepte d'utiliser une grosse irruption de pouvoir afin de se déconnecter. Un voyant plus puissant peut donc en drainer un autre de cette façon.

— Ça ne serait pas très sympa.

Je me surprends à descendre et force mon hologramme à rester au même niveau.

— Est-ce que tu le fais en ce moment ?

— En réalité, j'essaie d'accomplir le contraire.

Il monte et descend, comme un flotteur sur un lac qui ondule.

— Je veux te donner des informations aussi vite que

possible afin que nous puissions partir tous les deux. N'oublie pas que lorsqu'il s'agit de pouvoir pur, je pense que tu n'es pas la plus faible ici. Et dans tous les cas, je n'ai aucune raison de te drainer.

— Si cette forme de communication est si dangereuse, pourquoi les voyants prennent-ils le risque de l'utiliser ?

Je me laisse remonter.

— Imaginons que toi et moi souhaitions avoir une négociation secrète.

Il remonte à mon niveau.

— Ensuite, supposons que nous avons accepté de nous rencontrer quelque part sur Terre, ou dans un Autremonde à un moment donné du futur.

— D'accord. Supposons-le.

— En théorie, un autre voyant peut avoir une vision de cette conversation... annulant la confidentialité de notre rencontre.

Je redescends, mais je ne dis rien. Il me rejoint et continue :

— Ce qui est le plus important, c'est que si seulement un seul de nous a prévu la conversation, il ou elle a l'avantage dans cette négociation.

— Je crois comprendre.

Je joins le bout de mes doigts... et je découvre qu'ils se traversent comme une fourchette traverse le brouillard.

— Même si nous avions tous deux des visions de ce rendez-vous hypothétique, nous pourrions alors avoir une nouvelle vision du nouvel avenir où nous sommes tous deux au courant de la réunion, puis un autre jeu de visions, de façon récurrente.

— Exactement. En tout cas, jusqu'à ce que l'un de nous n'ait plus assez de pouvoir.

Il secoue la tête.

— Tu as une compréhension assez sournoise de la chose, ce qui confirme les soupçons que j'ai depuis longtemps : tu deviens une voyante qu'il ne faudra pas prendre à la légère.

Je monte en flottant.

— Alors, laisse-moi deviner. Les conversations de l'espace mental ne peuvent pas être vues à l'avance ?

Il remonte encore à mon niveau.

— Exactement.

— Et c'est pour cela qu'un voyant plus faible accepterait de prendre le risque associé à une telle rencontre, complété-je. De cette façon au moins, il est certain que ce qu'ils disent n'est pas déjà connu du voyant le plus puissant.

Il m'observe intensément avec ses étranges yeux holographiques.

— Il y a ça, et puis la confidentialité totale.

Je comprends soudain et j'essaie de me frapper le front… mais ma main traverse ma tête imaginaire.

— C'est pour ça que tu me parles malgré l'ultimatum de Nero. Même s'il payait un voyant, celui-ci ne serait pas au courant de cette rencontre. Personne ne le peut.

— Sauf s'il s'avère que tu es une cafteuse.

Il descend, puis il se reprend et remonte en flottant.

— Même dans ce cas, je verrais les répercussions de ton intention de lui dire : comme le fait que je me fasse embrocher dans tous mes avenirs.

— Intéressant.

Je me rends compte juste à temps que j'allais remonter, et je reste à sa hauteur. J'ai besoin d'apprendre à cacher mes émotions dans cet endroit.

— Je suppose que je ne te dénoncerai pas... en tout cas si tu continues à te comporter en gentleman.

— Tu ne trouveras pas de gentleman plus authentique, réplique-t-il avec un accent britannique plus fort que d'habitude. Maintenant, je suis désolé de précipiter les choses, mais je le dois.

— Je comprends, dis-je vite. Je veux simplement te poser quelques questions de plus.

Ce que je ne dis pas, c'est qu'il a admis avoir besoin de ma participation pour mettre fin à notre conversation métaphysique sans dépenser énormément de sa puissance.

— Je t'en prie, concède-t-il en gardant un visage impassible.

— Dois-je simplement penser à un voyant si je veux parler dans l'espace mental pour initier une conversation comme celle-ci ?

— Tu dois plutôt invoquer son essence. Mais ça ne fonctionne que si l'autre voyant se trouve aussi dans l'espace mental, ce qui est assez compliqué. Cela nécessite aussi que le voyant ait envie d'accepter la convocation... et il y en a peu qui acceptent sans s'être mis d'accord auparavant.

— Comment peuvent-ils rejeter mon appel ? Leur suffit-il de ne pas toucher ma forme en retour ?

— C'est plutôt une histoire de volonté. Bien qu'une participation volontaire soit habituellement requise, quelques voyants très puissants peuvent forcer l'appel. L'acte le plus sûr est de quitter l'espace mental quand on sent arriver un appel. En gros, c'est quand tu vois autre chose que les formes des visions.

— Quitter l'espace mental ?

Je monte en flottant.

— Comment puis-je faire ça ?

— Oh, c'est la simplicité même, répond-il.

Il monte également, un sourire naissant au coin de ses lèvres fantomatiques.

— Il te suffit de te toucher.

Il le dit d'un ton pince-sans-rire, mais je vois qu'il réprime un autre sourire irritant.

— Je suis certain que tu sais comment faire *ça.*

Je descends de presque trente centimètres. Il a effectivement dû voir un de mes souvenirs en lien avec Copperfield... Que pourrait-il sous-entendre d'autre ?

Hé, au moins je n'ai jamais pensé à *lui* pendant mes séances. N'est-ce pas ?

Une minute, je dois me concentrer sur ce qui est important.

On dirait que je peux quitter l'espace mental sans avoir de vision en me touchant *métaphysiquement*. C'est-à-dire que je dois agir sur moi comme sur les formes... Ça n'a rien de cochon. Si ça fonctionne comme je le pense, ça pourrait être très utile pour mes entraînements dans l'espace mental…

— Le temps presse, souligne Darian et j'imagine que s'il avait une montre, il la regarderait.

— D'accord, mais pouvons-nous refaire ça ?

Je me force à remonter afin d'être à sa hauteur.

— J'ai envie d'en apprendre plus…

Il regarde l'obscurité au-dessous de nous.

— Je suis désolé. Je crains que nous ne puissions pas nous parler avant longtemps. Que ce soit de cette manière ou en personne.

Même si son affirmation est décevante, il y a des implications intéressantes. Cela pourrait signifier que nous avons utilisé une trop grande partie de son pouvoir et qu'il lui faudra se reposer un moment. Si c'est vrai, et à supposer que je ne perde pas complètement mes pouvoirs pendant aussi longtemps que lui, ça me permettrait d'évaluer lequel d'entre nous est le voyant le plus puissant.

Ou alors, il pourrait simplement ne pas avoir beaucoup de puissance maintenant parce qu'il en a utilisé plus tôt dans la journée.

— Ne sois pas triste, lance-t-il. Loin des yeux, près du cœur.

— Mais bien sûr. Dans tes rêves.

Je monte et descends comme une plume dans le vent.

— Comment suis-je censée apprendre à être une voyante dans ce cas ?

— Pas auprès de Nero, c'est certain, répond-il alors

que ses traits fantomatiques s'assombrissent. En parlant de lui, je voulais te dire une chose extrêmement importante.

Il descend considérablement avant de remonter.

— Ne tombe pas amoureuse de Nero... Je te le dis en tant que voyant, pas en tant qu'homme.

Je tremble presque à cause des millions de réponses possibles allant de « Ça ne te regarde pas » à « Ça ne serait jamais arrivé de toute façon, alors ne te prends pas la tête pour ça ».

Je choisis le milieu de ces deux extrêmes et, d'un ton sarcastique exagéré, je rétorque :

— Je vais le prendre en considération. As-tu d'autres paroles de sage à me transmettre ?

— Entraîne tes pouvoirs de voyante. Ce sera une question de vie ou de mort dans un futur proche.

Je descends d'un mètre.

— Que veux-tu dire ? La vie ou la mort de qui ? Que va-t-il arriver ? Dois-je m'inquiéter de quelque chose en particulier ?

— Oui. La priorité est...

Je n'entends pas ce que Darian dit ensuite, car notre conversation est court-circuitée à ce moment précis.

# CHAPITRE NEUF

— NON ! essayé-je de crier, mais impossible de le faire au moment de sortir d'une vision.

Je me retrouve assise sur mon coussin de méditation dans la cage en métal de Nero.

— C'est *quoi* ? crié-je inutilement.

Il pouvait être sur le point de dire « ton ami » ou « ta mère » ou « ton futur enfant ».

Je donne un coup de poing frustré au coussin.

C'était clairement un avertissement important.

Et puis j'avais tellement d'autres questions.

Darian connaissait-il mon père ?

Si oui, connaissait-il également ma mère ?

Je me relève brusquement et fais les cent pas d'un mur en métal à un autre mur en métal.

Pourquoi la conversation a-t-elle pris fin si brutalement ? Darian a-t-il menti en affirmant qu'il ne pouvait pas y mettre fin sans mon consentement, ou bien l'un d'entre nous a-t-il été vidé de toute sa puissance ?

Si c'est le cas, j'espère que ce n'était pas moi, ou si c'était moi, j'espère me remettre très vite afin de pouvoir utiliser mes pouvoirs, comme il me l'a conseillé.

Non pas que j'aie besoin de ce conseil. Je vais m'entraîner de toute façon.

Quelque chose me dit que ce n'est pas moi qui n'avais plus assez de puissance. J'ai eu cette vision de plusieurs heures où je jouais à un jeu vidéo avec Felix et je me suis remise en quelques jours. Notre conversation a duré quelques minutes, au maximum.

Sauf si ces conversations utilisent plus de puissance que les visions.

J'arrête de marcher.

J'ai besoin de me calmer pour tenter de retourner dans l'espace mental. Quelques instants plus tard, ça fonctionne, ce qui signifie sans doute que Darian n'avait plus de puissance. Est-ce que cela veut dire que je suis plus puissante que lui ?

Non.

Comme je l'ai imaginé avant, il peut avoir eu une longue vision récemment et il ne lui restait alors que peu de jus quand il a reçu mon appel.

Je me surprends à refaire les cent pas et je m'arrête à côté de l'écran sur lequel est affiché le décompte de Nero.

J'ai seulement occupé une heure sur les huit.

Tout espoir de détente s'estompe quand je me rends compte que je me sens déjà très confinée.

Je sors mon téléphone pour vérifier mes e-mails. Au début, j'ai l'impression de ne pas en avoir, mais c'est alors que je comprends.

Il n'y a pas de réseau ni de Wi-Fi.

Alors ça, c'est cruel, même pour Nero.

Dois-je être une espèce de Robinson Crusoé moderne, coincée sur cette île inhabitée sans accès Internet ? En fait, je suis plutôt Edmond Dantès, placé dans une horrible prison par un ennemi.

Je respire profondément.

Je dois sérieusement trouver un moyen de me calmer.

Je me souviens alors que Nero m'a laissé le confort que n'avait pas le comte de Monte-Cristo dans sa cellule au château d'If. Je me rends dans la salle de bains et ouvre le robinet du jacuzzi tout neuf.

Laissant l'eau chaude se déverser, je me rends à la cuisine et me prépare un encas gastronomique. Je suis surprise de remarquer que les escargots sont encore meilleurs que leur apparence.

Est-ce le chef privé de Nero qui a préparé ça ?

Je me sers une deuxième fois, puis une troisième.

Bon. Je vais devoir faire attention à ma ligne si je reste dans cette pièce pendant huit heures chaque jour. Avec de la nourriture aussi bonne et pas de place pour faire du sport, je pourrais enfler de façon incontrôlable.

Quand j'ai fini de manger, je retourne à la salle de bains. L'eau du jacuzzi est pile à la bonne hauteur, alors je ferme la porte, je prie pour que Nero ne regarde pas, et je me déshabille.

Les jets d'eau sont presque aussi agréables qu'un masseur, et je me détends très vite, particulièrement quand ma nourriture se pose au fond de mon estomac.

Quand je suis bien fripée, je sors avec précaution de la baignoire et me sèche.

*Maintenant* je suis prête à méditer.

Je me remets en position et commence la respiration. Peu après, je me trouve dans l'espace mental.

------

JE FLOTTE ENTRE LES FORMES, songeuse.

On dirait bien qu'il me restait du pouvoir de voyante.

Je perçois mes environs comme pour la première fois.

Ceci est un *endroit*.

Un lieu.

Si n'importe quel voyant, où qu'il soit dans la multitude des Autremondes, essaie en ce moment d'obtenir une vision, il est là quelque part, entouré de formes qui ressemblent à celle-ci.

Pourrais-je en rencontrer un par hasard ?

Quelle taille fait l'espace mental ?

Si mon intuition est correcte, il doit être vaste : de la taille d'un univers complet ou plus, ce qui rend improbable la chance de le croiser par hasard. Ce qui vaut sans doute mieux, étant donné ce que Darian m'a expliqué.

Je me demande… Puis-je encore discuter avec lui si vite ?

Penser à Darian me rappelle le visage heureux de la Sasha de cet avenir étrange… un avenir où elle semble aimer Darian.

Cependant, je refuse de penser à finir dans cette position… littéralement.

Ai-je envie de cet avenir ?

Les formes autour de moi se transforment pendant que je réfléchis à cette question, mais Darian n'apparaît pas.

Enfin, je ne m'y attendais pas vraiment. Clairement, c'est lui qui est à court de puissance.

J'ai soudain une idée.

Mon père biologique est un voyant.

Puis-je l'appeler dans l'espace mental ?

Vibrant d'excitation, je pense encore et encore au mot « père ».

Il ne se passe rien.

Merde.

Il faut peut-être que j'invoque son essence, quoi que ce soit… ce qui pourrait être compliqué, étant donné que je ne sais rien de lui.

— Grigori Raspoutine, me répété-je en boucle.

Raté.

J'essaie de me souvenir de tout ce que j'ai lu sur cet homme.

Rien.

Je m'attarde sur les récits fictifs, comme ces rôles de méchants dans le dessin animé d'*Anastasia* et la franchise *Hellboy*.

Cette fois, je suis contente que ça ne fonctionne pas. Si son essence ressemble à ces descriptions fictives, je ne suis pas certaine de vouloir le rencontrer.

Quand je me lasse d'essayer en vain d'appeler mon père biologique, j'envisage d'utiliser la même méthode pour convoquer ma mère biologique… en supposant qu'elle est aussi voyante.

Je fais de mon mieux, mais je n'obtiens aucun résultat.

Je pense alors à quelque chose.

Je ferais mieux de ne pas passer des appels dans l'espace mental à des gens importants comme Raspoutine alors que mes pouvoirs sont à plat. Sinon, ce qui est arrivé à Darian m'arrivera aussi. Si je veux m'entraîner à utiliser mes pouvoirs aujourd'hui, je ferais mieux de me concentrer sur l'acte de quitter l'espace mental mentionné par Darian.

Très bien.

Ça me permettra peut-être de partir et de revenir ici encore et encore, jusqu'à ce que j'apprenne à activer les visions aussi facilement que Darian l'a fait dans son souvenir.

Si j'avais des poumons, j'aurais soupiré.

Il me suffit maintenant de me toucher.

# CHAPITRE DIX

BON, Darian a rendu la tâche plus ardue en évoquant une idée cochonne. En tout cas, je pense que c'est pour cette raison que je n'y arrive pas. Je ne sais même pas par où commencer.

D'habitude, lorsque j'active une forme dans l'espace mental, j'ai effectivement recours à une sorte d'appendice, mais j'ai des difficultés à le ressentir maintenant… particulièrement en lien avec moi-même.

Le problème est que j'ignore où je suis. Ce qui passe pour mes sens n'a pas la capacité de « se regarder ».

Une minute.

Cela fonctionne peut-être comme les appels ?

Dans ce cas, la première étape est-elle de penser à ma propre essence ?

C'est plus facile à dire qu'à faire. Quelle peut être mon essence ?

Dans son souvenir, Darian a pensé que j'étais audacieuse… et je suis sans doute d'accord, jusqu'à un certain point. Je suis certainement culottée lorsqu'il s'agit des méthodes de magie, mais je ne crois pas vraiment en mon audace en dehors de ce contexte.

Il a également affirmé que j'étais adaptable et créative… mais je ne sais pas non plus dans quelle mesure c'est vrai, du moins en dehors de mon personnage de magicienne. Je m'amuse effectivement avec le public comme il l'a suggéré, mais peut-on considérer cela comme une essence ?

Je ne sais pas non plus si je me considère comme étant courageuse, une autre chose qu'il a pensée. Il y a des domaines dans ma vie où ce n'est pas du tout le cas. Ma vie amoureuse en est un très bon exemple.

Quant à l'idée d'être, je cite, « si belle », c'est ridicule. Au mieux, je suis mignonne, et surtout, je n'imagine pas que mon apparence fasse partie de mon essence.

Cette séance d'introspection ne donne aucun résultat. Cela signifie-t-il que je dois creuser plus loin ?

Qui aurait pu croire que « se toucher » ressemblait tant à une séance de thérapie avec Lucretia ?

Je suis sournoise, ça, je peux l'admettre. J'essaie de canaliser ma perversité espiègle dans mes illusions, mais ça ne fonctionne pas toujours. Parfois, Felix finit avec un clavier dans lequel pousse de l'herbe, ou du gâteau extrêmement acide…

Il se passe enfin quelque chose.

Waouh.

C'est psychédélique.

Les expériences extracorporelles doivent

ressembler à ça... sauf que je n'avais pas de corps pour commencer.

Laissant la métaphysique de côté, je sens la forme à laquelle j'étais reliée pendant ma discussion avec Darian dans l'espace mental.

Quelque part dans mes entrailles inexistantes, je sais que c'est *moi*.

Maintenant, il me faut simplement trouver un moyen de la « toucher ». Cette partie-là est facile. Je fais comme je l'ai expérimenté avec les formes et avec l'entité de Darian.

Cependant, commençons par le début. Mon esprit souillé par les idées de Darian exige une nouvelle terminologie. À partir de maintenant, ce que j'ai appelé mon *appendice* métaphysique et nébuleux sera ma *volute éthérée*.

Car si je dois « me toucher », je préfère le faire avec ça plutôt qu'avec un mot évoquant les tentacules d'une monstruosité de Lovecraft.

Utilisant donc ma volute éthérée, je me touche enfin. Et j'ai l'impression d'imploser... directement hors de l'espace mental.

Je contemple la cellule métallique qui est maintenant mon bureau.

J'ai réussi.

J'ai quitté l'espace mental sans avoir eu de vision.

Cela utilise-t-il du pouvoir de voyance ? La meilleure façon de le découvrir est d'essayer de retourner dans l'espace mental. Avant de le faire, je sors mon téléphone et cherche une playlist que Felix m'a préparée. Je trouve une chanson des Divinyls intitulée *I Touch Myself* et je la lance avec un grand sourire.

La méditation se passe mieux avec cette musique joyeuse et je retourne plus vite que jamais dans l'espace mental.

Au début, j'ai un peu de mal à invoquer mon entité, mais j'y parviens. Ensuite, je touche la moi invoquée avec ma volute éthérée et me retrouve dans la cage en métal de Nero.

Je répète encore et encore l'épreuve, jusqu'à avoir des crampes aux jambes.

Puis, je me lève et me prépare un autre encas.

Je peux maintenant sortir de l'espace mental presque naturellement… bien que je ne sois pas du tout au niveau de Darian pour y entrer. Je dois sûrement m'entraîner davantage. Ce n'est pas comme si j'avais mieux à faire pendant ma « charge de travail » en prison.

Je m'assois sur la chaise et entre dans l'espace mental, puis je ressors rapidement. Je recommence jusqu'à le faire aussi bien sur une chaise que dans la position du lotus.

Ensuite, j'essaie de le faire debout, ce qui fonctionne, mais prend un peu plus de temps. Je m'entraîne donc à entrer dans l'espace mental debout jusqu'à ce que mes jambes me fassent vraiment mal.

À cet instant, je suis tout aussi douée debout que je l'étais assise.

Je regarde le décompte de Nero.

Il me reste une heure.

Le temps passe vraiment vite quand on se fixe un objectif.

La maîtrise de l'espace mental me rappelle toutes les heures que j'ai passées à apprendre les tours de passe-passe. Cet entraînement faisait également très vite passer le temps.

Debout près du clavier numérique, je rentre une nouvelle fois dans l'espace mental, mais je ne ressors pas.

Je devrais au moins essayer de trouver le conseil boursier de cet esclavagiste.

Les pensées vertes ne fonctionnent pas, alors j'essaie de penser à Nero heureux, en me disant que gagner de l'argent lui apporte de la joie.

Une forme apparaît devant moi.

C'est une sorte de flocon de neige à température ambiante, rouge et au goût de caviar dont émane une musique mélodieuse.

On dirait que ma vie n'est pas en danger dans cette vision, sinon la musique serait bien moins amicale.

C'est bon signe. En général, les conseils boursiers ne sont pas dangereux. En tout cas, pas pour la survie immédiate.

Je zoome plusieurs fois sur la forme afin de m'assurer que la vision sera bonne et courte. Je ne veux pas utiliser trop de mon pouvoir en une seule fois.

Satisfaite par la taille de la forme, je pousse ma volute éthérée à la toucher, et je tombe dans une vision.

———

LE TEMPS SEMBLE RALENTIR lorsque je me focalise sur le visage de Nero, bloquant tout le reste.

Mon poing vole vers l'avant et, à ma grande surprise, lui frappe la mâchoire.

Même à travers le gant, j'ai terriblement mal à la main.

Cependant, Nero ne semble pas s'en soucier. C'est comme si je venais de lui donner un conseil boursier ennuyeux au lieu de commettre une agression.

Non. Il y a bien de l'émotion sur son visage, mais elle est dissimulée.

A-t-il l'air satisfait ?

Que…

————

J'OUVRE les yeux et me trouve debout près de l'écran. Je regarde furtivement autour de moi comme si Nero aurait pu espionner ce qui vient de se produire dans mon esprit, ou quel que soit l'endroit où ont lieu les visions.

C'est ça que j'obtiens en essayant d'invoquer une vision de son bonheur ? Moi qui lui donne un coup de poing ? Cela signifie-t-il qu'il est secrètement masochiste ? Si c'est le cas, étant donné qu'il m'énerve énormément, la vision que j'ai eue était peut-être un arrangement mutuellement bénéfique ?

Sans rire, à quoi pensais-je dans le futur ? Qui oserait donner un coup de poing au croque-mitaine de la communauté des Conscients, sans ajouter que c'est mon mentor et mon patron ?

Entre le fantasme de Darian et ceci, je commence à avoir l'impression que mon moi du futur ne réfléchit pas avant d'agir… pas autant que je le ferais à sa place. Ne devenons-nous pas plus sages en vieillissant ?

Je vérifie le décompte du temps de travail.

Pas encore terminé.

Je me rassois sur le coussin et essaie d'entrer dans l'espace mental.

Et j'échoue.

J'essaie encore et échoue à nouveau. On dirait que je n'ai plus de jus, finalement… en tout cas pour l'instant. Avec un peu de chance, tout sera revenu demain.

En retournant à la cuisine, je mange encore, puis je passe le reste du temps avec un paquet de cartes dans la main, répétant mes gestes préférés.

Lorsque le minuteur détestable atteint enfin le zéro, la grande porte en métal s'ouvre, révélant Nero.

Je marche jusqu'à la porte, mais il bloque mon passage.

Nous nous fixons comme deux cow-boys sur le point de sortir les pistolets.

Je suis la première à cligner des yeux.

— Puis-je partir ?

— Le conseil boursier, dit-il. Donne-le-moi et tu pourras partir.

J'inspire.

— Tu devrais regarder du côté de ML Macadamia Orchards.

En luttant pour garder un visage sérieux, j'ajoute :

— Leur code boursier est NUT.

— Oh, je le connais, répond Nero d'un air indéchiffrable. Ce que je veux savoir, c'est : as-tu utilisé ton temps dans cette pièce de façon productive ?

— Oui, réponds-je en essayant de ne pas penser à ma séance de jacuzzi. Tout à fait.

Il fronce les sourcils.

— Je vais être plus précis. As-tu utilisé tes pouvoirs ?

— J'ai fait de bons progrès avec mes pouvoirs aujourd'hui, affirmé-je avec précaution.

Je ne dois pas oublier que cet homme est un polygraphe ambulant.

Après le froncement de sourcils, il plisse les yeux.

— Laisse-moi être encore plus précis. As-tu utilisé ton pouvoir pour deviner les cotations en bourse pour moi aujourd'hui ?

— Oui, je l'ai fait.

Bien sûr, je ne l'ai fait que peu de temps, et j'ai échoué, mais avec un peu de chance, ça ne rend pas mon affirmation fausse à ses oreilles. S'il suppose ensuite que j'ai obtenu la recommandation de NUT en utilisant mes pouvoirs, et pas parce qu'il me rend dingue, ou *nuts* en anglais, c'est son problème, pas le mien.

Il se détend.

Je soupire en me rendant compte que j'avais retenu ma respiration.

— Pourquoi est-ce si important pour toi ? lui

demandé-je sans vraiment savoir en quoi ça m'intéresse.

L'air notablement moins satisfait, il lève les sourcils.

— De m'enfermer, je veux dire, précisé-je en me redressant. Tout ça pour t'enrichir alors que tu es déjà extrêmement riche.

Il fait un pas vers moi.

— Te donner l'occasion d'utiliser tes pouvoirs n'est pas…

— S'il te plaît, ne fais pas comme si c'était pour moi, le coupé-je.

Je fais un pas en arrière.

— Ta voiture t'attend, dit-il en tournant les talons.

— Quoi ? Quelle voiture ?

Mais il est déjà parti devant.

Irritée, je le suis pendant qu'il marche à grands pas. Quand nous atteignons l'ascenseur, je suis déjà essoufflée. Mais bon, au moins je brûle les calories d'un de mes encas.

Il appuie sur le bouton du vestibule et je remarque qu'il n'a pas besoin de sa carte spéciale pour nous faire quitter l'étage secret, seulement pour y aller. Nous montons dans un silence maussade. Puis, sans se tourner, Nero me répond enfin :

— Ce n'est pas pour la fortune.

— Faire de l'argent n'est pas pour la fortune ?

Je suis surprise qu'il réponde à ma question antérieure.

Les muscles de son dos se raidissent. Je lutte contre

l'envie de lui caresser le dos parce que… qu'est-ce qui ne tourne pas rond chez moi ?

— C'est pour le pouvoir, affirme-t-il toujours sans me regarder. Le pouvoir, c'est la survie.

L'ascenseur s'arrête avant que je puisse poursuivre. Nero sort si vite que l'on pourrait croire qu'il cherche à me fuir. Perplexe, je le suis. Le pouvoir, c'est la survie ? Que veut-il dire ? Perdue dans mes pensées, je sors du vestibule… et heurte le torse dur de Nero avec un bruit de claque.

Si nous étions dans un dessin animé, je glisserais contre lui jusqu'à former une flaque sur le sol, mais dans cette réalité très palpable, il me saisit doucement par les épaules, comme pour vérifier que je tiens encore sur mes jambes.

Je me demande bêtement à quel moment il s'est arrêté de marcher vite pour se retourner.

— Est-ce que ça va ? demande-t-il dans un chuchotement qui tient du grognement.

Je retrouve suffisamment mes esprits pour le regarder et murmurer :

— Ça va.

L'éclat dans ses yeux bleu-gris montre qu'il a décelé mon mensonge.

— Voici ta voiture.

Nero me fait doucement pivoter vers la route et je vois une limousine élégante.

— Elle va te ramener chez toi.

Une limousine ?

C'est nouveau.

Que…

— Porte des vêtements de sport demain, lance Nero derrière moi.

— Pardon ?

Je me tourne pour le fixer.

— Tu vas me rejoindre à la salle de sport à sept heures, explique-t-il. Ne sois pas en retard.

— Quoi ?

Je le regarde en cherchant des traces d'humour, mais je n'en trouve pas.

— Une brassière de sport serait pas mal. Peut-être un pantalon de yoga ?

Cette fois, il se pourrait qu'il y ait une touche d'humour dans ses yeux. Il me dévisage de la tête aux pieds avant d'ajouter :

— Je suis sûr que tu trouveras quelque chose.

J'inspire à pleins poumons, préparant une tirade, mais avant d'avoir l'occasion de la déverser, Nero se tourne et repart à grands pas vers l'immeuble.

Était-il sérieux ?

Des vêtements de sport ?

Sauf si… S'inquiète-t-il de ma prise de poids à rester assise dans une cellule remplie de nourriture gastronomique ? Si c'est le cas, ça ne va pas du tout, et c'est sûrement illégal, en plus.

Un chauffeur de la taille d'un orque sort de la limousine et m'ouvre la portière. J'examine attentivement le type, essayant de décider s'il s'agit vraiment d'un orque. Il n'a pas d'aura, mais les autres orques qui travaillaient pour Nero n'en avaient pas non plus. Le chauffeur n'a pas le visage maquillé, ce qui est un indice bien plus probant.

Hésitante, je décide que c'est juste un humain extrêmement costaud.

— Merci, dis-je en montant dans la voiture.

Il se contente de hocher la tête et ferme la portière.

Est-il incapable de parler ? Nero serait en mesure de m'attribuer un chauffeur aux cordes vocales endommagées ou sans langue.

Comme la séparation entre l'avant et l'arrière de la voiture est levée, je ne peux pas tester sa capacité à parler. À la place, j'explore la voiture.

La limousine est encore plus élégante à l'intérieur qu'à l'extérieur.

Je mange une cuillerée de caviar noir, me verse un verre de bière Vieille Bon Secours à cent dollars le litre, puis je regarde la télé grand écran en me détendant sur le siège super confortable qui s'avère être un fauteuil de massage avec toutes les fonctionnalités.

Je pourrais bien m'habituer à ce genre de trajet domicile-travail.

Nous nous arrêtons plus tôt que je m'y attendais. Nous avons dû rouler plus vite que ce qu'il me semblait. Le grand type ouvre la portière et me tend même la main. Décidant d'ignorer sa main, je descends et le remercie… mais il ne répond pas.

En m'approchant de mon immeuble, je suis surprise de voir que tout a l'air entièrement réparé.

Ma clé habituelle ouvre la nouvelle porte sans

problème, et l'ascenseur fonctionne aussi bien qu'avant que je fonce dessus en voiture.

En songeant au pouvoir de Nero sur les réparateurs et les sous-traitants, je me dirige vers l'appartement. L'image qui m'accueille en entrant me donne envie de me frotter les yeux d'incrédulité.

Le chat et le chinchilla dorment l'un contre l'autre dans le couloir... comme un agneau dormant auprès d'un lion.

Cependant, je me demande lequel d'entre eux est le lion : Lucifer, parce que c'est le chat, ou Fluffster, qui est capable de vous découper en petits morceaux ?

Contournant l'étrange duo sur la pointe des pieds, je passe dans le salon. Des bruits venant de la chambre de Felix éveillent ma curiosité, alors je frappe doucement à la porte.

— Entre, dit Felix.

Une puce électronique craque sous mon pied.

— Qu'est-ce que tu fabriques ?

On dirait que la plus grande usine d'Intel a explosé dans la chambre, disséminant des transistors, des câbles et autre matériel informatique.

Felix pose son fer à souder et me regarde en souriant.

— As-tu dévalisé un RadioShack ? Ou un magasin Apple ?

— J'ai discrètement rapporté une partie de ce matériel de Gomorrah, chuchote Felix d'un ton de conspirateur. Je rendais visite à Ariel et...

— Ariel ? crié-je avec tant de force que Felix

grimace. Comment va-t-elle ?

— C'est difficile à dire. Ils utilisent différentes méthodes pour la soulager, mais l'effet secondaire est que nous ne savons pas si elle a conscience de ce qui l'entoure.

— J'aimerais la voir. Pouvons-nous y aller ensemble la prochaine fois ?

— Pas de problème, accepte Felix. Demain, je rentre tôt à la maison, alors nous pourrons nous y rendre après.

— Je vais essayer de rentrer tôt également, dis-je avant de froncer les sourcils. Nero est très strict concernant mes huit heures de travail, mais je suppose que si je commence la journée plus tôt, je devrais pouvoir y arriver.

Je sors mon téléphone et règle le réveil. Sans compter la visite à Ariel, je ne veux pas découvrir ce qu'il se passe si je ne me présente pas à la salle de sport à sept heures précises, comme Nero l'a demandé.

— Au sujet de Nero…

Felix observe les différents morceaux d'ordinateur sur le sol.

— Qu'est-il arrivé quand tu as raccroché ?

J'ai soudain une nouvelle fascination pour l'Armageddon informatique sur le sol.

— Rien. Tu es à peu près au courant de tout.

Felix est la dernière personne à qui je dirais avoir vu Nero nu, ou à qui je parlerais du baiser.

Il lève la tête.

— Ah bon. Il m'avait semblé qu'il y avait autre

chose.

— Non. Bonne nuit.

Je m'échappe avant que Felix puisse poser d'autres questions. Une fois dans ma chambre, je prépare mon plus beau débardeur. Ensuite, je choisis un pantalon de yoga particulièrement joli inspiré par les bas résille… Il a des trous sur les côtés qui révèlent pas mal de peau.

Est-ce assez « sportif » ? Difficile à dire sans savoir ce que Nero a prévu pour moi demain. Quoi que ce soit, j'ai le sentiment que ça ne va pas me plaire.

Oh, et si Nero essaie de me faire une plaisanterie avec cette tenue, ma vengeance sera bien pire que les cervelles de poisson légendaires que j'ai un jour laissées dans le casier d'une brute du lycée.

Je sais exactement ce que je ferais, en plus. J'achèterais un durian, le fruit asiatique, à Chinatown et je le laisserais moisir dans un coin du bureau de Nero. Ça sent tellement mauvais qu'une université australienne a un jour évacué cinq cents personnes quand ils ont confondu l'odeur nauséabonde avec une fuite de gaz.

Je me couche et souris en imaginant le visage de Nero remarquant pour la première fois cette nouveauté malodorante.

Sa super vitesse s'accompagne-t-elle d'un super odorat ? Ce serait encore mieux.

Ces pensées malveillantes me bercent, mais une fois dans les bras de Morphée, mes rêves au sujet de Nero se transforment, passant de la vengeance à un contenu classé X.

# CHAPITRE ONZE

MON RÉVEIL SONNE.

Une créature poilue file sous ma couverture.

— Fluffster ?

Je chasse le sommeil en me frottant les yeux. En jetant un coup d'œil sous la couverture, je vois qu'il ne s'agit pas de Fluffster. Lucifer me jette un regard sévère semblant dire : « cette couverture royale est la propriété de notre majesté. Que fait une simple paysanne là-dessous ? ».

La porte de la chambre grince, suivie par le bruit de pas minuscules sur le sol.

Le chat cache la tête sous la couverture.

Fluffster saute sur le lit, couine et bondit à la suite de Lucifer.

Perplexe, je m'extirpe vite du tourbillon d'activité poilue sous la couverture.

— Fluffster, qu'est-ce que tu fabriques ? lancé-je en enfilant ma tenue sportive.

— Nous jouons à cache-cache, comme toi et moi nous le faisions autrefois, répond-il dans mon esprit. Si je n'occupe pas cette bête, elle détruira toutes les poteries coûteuses de la maison.

Comme pour ponctuer ses paroles, il se précipite hors du lit, Lucifer le suivant de très près.

— D'accord, murmuré-je quand les sifflements et les couinements excités se dirigent vers la chambre d'Ariel. Tu ne le fais que par devoir de domovoi, pas parce que tu *adores* jouer à cache-cache ?

Fluffster ne répond pas, alors je finis de m'habiller, puis je marche d'un pas mal assuré jusqu'à la cuisine et prépare à manger pour les deux joueurs.

Je sors après avoir fait un rapide sandwich que je peux engloutir en route.

Je ne suis pas surprise de voir que la limousine m'attend. Je n'aurais même pas été choquée de découvrir qu'elle était restée là toute la nuit.

— Bonjour, salué-je le chauffeur muet quand il ouvre la portière.

Il hoche la tête et ferme la porte derrière moi.

Abandonnant mon sandwich, je m'attaque au minibar.

La limousine me dépose au bureau juste à la fin de mon festin.

Je descends en essuyant un reste d'huile de truffe de mes lèvres.

Quelques anciens collègues de travail me jettent des regards curieux en me voyant sortir d'une belle limousine, et quelques autres font de même lorsqu'ils remarquent ma tenue.

Quand j'appuie sur le bouton de l'étage réservé au sport, les voisins d'ascenseur semblent soudain comprendre. Ils doivent penser que j'ai une tenue correcte dans un casier.

Il est six heures cinquante-neuf lorsque j'arrive devant l'entrée de la salle de sport.

Nero se tient là, fixant sa montre.

Comme moi, il porte des vêtements de sport, et ils s'adaptent aussi bien à sa silhouette musclée que ses chemises et ses pantalons de costume habituels. Si je ne savais pas qu'il travaillait dans la finance, j'aurais deviné que c'était soit un nageur, soit un gymnaste, ou peut-être un champion d'arts martiaux. Quoi qu'il en soit, il est bien trop beau à regarder pour...

— C'est un peu juste, observe Nero sans lever les yeux, chassant toute pensée positive.

Comment sait-il que c'est moi sans lever les yeux ? M'a-t-il sentie ?

— Bonjour également, dis-je d'un ton neutre. Qu'y a-t-il au programme aujourd'hui ?

Nero lève la tête de son téléphone et me dévisage des baskets jusqu'à la queue-de-cheval.

Il fait un pas vers moi.

Je recule d'un pas.

Je le vois gonfler les narines et les anneaux limbiques de ses yeux semblent s'agrandir.

— Tu m'as dit de porter des vêtements de sport, dis-je en luttant contre un étrange sentiment de panique.

Un homme se racle la gorge derrière Nero.

Mon patron se retourne si vite qu'il surprend à la fois le nouveau venu et moi.

Le nouveau possède une aura de Conscient et ressemble à Po… le héros de *Kung Fu Panda*. Les cercles noirs à la oncle Fétide autour des yeux renforcent cette impression, tout comme le ventre rebondi visible sous son jogging noir et blanc.

— Je suis prêt, intervient le nouveau, et il parle aussi comme son personnage.

Existe-t-il des pandas-garous ?

Sans attendre de réponse, l'inconnu retourne dans la salle de sport.

— Allons-y, me dit Nero par-dessus l'épaule.

La salle de sport est vide lorsque nous la traversons. Nero l'a-t-il réservée pour nous ?

Nous nous arrêtons à côté de la salle où ont généralement lieu des cours de yoga.

— Enfile ça.

Nero me tend des genouillères, un casque de boxe, un protège-dents et une paire de gants qui me semblent vaguement familiers.

J'enfile l'attirail et j'examine la salle.

Quelqu'un a installé un tapis épais sur le sol et l'homme panda se tient debout dessus, les jambes légèrement écartées, dans une position d'art martial qui ressemble assez à celle qu'adopterait l'ours dans le dessin animé.

— Sasha, voici Bentley, nous présente Nero. Bentley, voici Sasha.

Je fais un salut de Miss à Bentley avec ma main gantée, et il m'adresse un sourire de ses joues rondes.

Nero lui jette un regard sévère et l'homme redevient sérieux.

— Bentley sera ton entraîneur d'arts martiaux, m'informe Nero en me regardant. Tu as tendance à te mettre dans des situations compliquées, alors en tant que mentor, j'ai décidé de faire en sorte que tu puisses te défendre.

Waouh. On sait que les frasques ont trop duré quand Nero se sent finalement obligé de remplir ses responsabilités de mentor.

— D'accord, déclaré-je avec nervosité en posant un pied sur le tapis. Comment nous y prenons-nous ?

— D'abord on t'évalue, affirme Bentley dont le sourire revient. Donne-moi un coup de poing. Si tu peux.

Je m'avance vers mon adversaire.

— D'accord, Morphéus. C'est toi qui l'as cherché.

Je lance mon poing vers le ventre rebondi de Bentley.

Ma main traverse l'air.

Avec un sourire encore plus grand, Bentley se tient à soixante centimètres de l'endroit où il était il y a un instant.

Je m'étais attendue à ce qu'il fasse quelque chose dans ce genre, étant donné que c'est un professeur d'arts martiaux, mais je l'ai quand même sous-estimé. C'est une erreur que je n'ai pas l'intention de reproduire.

Je place les poings devant moi afin de l'induire en erreur et je vise son tibia avec le pied.

Mon attaque inspirée par la magie échoue. La jambe de Bentley n'est pas à l'endroit que je croyais.

— J'ai dit un coup de poing, pas un coup de pied, lance-t-il joyeusement. Mais les deux peuvent…

Je tente de lui mettre un coup avant qu'il ait terminé sa phrase.

Il se déplace avant que mon poing touche sa tempe.

Il me fait un clin d'œil.

— Arrête *d'essayer* de me frapper, frappe-moi !

A-t-il traîné avec Felix avant de venir ici ? C'est la deuxième citation de la scène préférée de Felix dans *Matrix*.

J'attaque… et j'échoue.

Et encore.

Et quatre fois de plus.

Des gouttes de transpiration coulent sur mon front et je suis à bout de souffle. Je suis embêtée de voir que Bentley semble moins essoufflé qu'un panda mangeant une feuille de bambou.

Lorsque j'essaie encore de le frapper, il saisit mon poignet et, d'un geste minuscule, il me jette à plat ventre sur le tapis.

La chute heurte un peu plus ma fierté que mon visage.

Je roule sur le côté en grognant et me lève, haletant comme une gagnante de marathon.

Dans ma vision périphérique, je vois que Nero semble irrité.

— C'est tout vu, annonce Bentley. Je pense avoir terminé de t'évaluer.

Je scrute la réaction de Nero, mais son irritation a été remplacée par un air très froid et indifférent.

— Je vais commencer par t'apprendre un style de combat utilisé par les nonnes des montagnes du Jinto.

Je lutte pour reprendre mon souffle.

— La géographie n'est pas mon fort, mais je n'ai jamais entendu parler de montagnes de ce nom.

— Tu ne les connais pas ?

Il regarde Nero comme pour dire « qu'as-tu bien pu lui apprendre ? ».

— Ce sont les plus grands et les plus sacrés des volcans éteints sur Voikomlya.

Je hausse les épaules.

— Ça ne m'évoque toujours rien, j'en ai peur.

— C'est un des Autremondes, soupire Bentley. Les nonnes en question se concentrent sur deux activités plutôt contradictoires : l'autodéfense et le jeûne.

Il frotte son ventre comme si l'idée de sauter un repas défiait le bon sens.

— C'est pour ça que je pense que ce style sera parfait pour toi. Tu n'es pas aussi maigre que les nonnes – il me dévisage de la tête aux pieds –, mais tu es plutôt chétive et leur style de combat te correspondra parfaitement.

Nero hoche la tête d'un air approbateur. Pense-t-il aussi que je suis chétive ? Parce que c'est n'importe quoi.

— D'abord, laisse-moi t'apprendre la posture, dit Bentley en s'avançant.

Il s'arrête si près de moi que je sens une odeur de pâte à gâteau dans sa bouche.

— Place ta jambe de cette façon, m'intime-t-il en attrapant ma jambe et en la tirant vers l'avant.

Lorsqu'il positionne mon autre jambe, ses doigts boudinés me chatouillent à travers les trous du pantalon, et je ne peux m'empêcher de glousser.

Nero croise les bras sur sa poitrine, le visage orageux.

— Maintenant, tes mains, dit Bentley en positionnant mes bras à la façon d'un insecte que je ne pense pas pouvoir imiter sans aide.

Il prend alors la même pose, ce qui lui donne l'air d'une coccinelle blanche et noire debout sur ses pattes arrière.

— Projette ton bras de cette façon.

Il montre une sorte de mouvement de tai-chi. J'imite le geste au mieux de mes capacités.

— Non.

Il prend mon poignet et bouge mon bras comme si j'étais une marionnette.

— De cette façon.

Le regarde Nero s'assombrit encore. Il doit penser que je suis vraiment nulle.

Ignorant mon patron, je répète le geste, faisant des efforts pour copier le mouvement requis.

— C'est mieux. Mais il faut faire un peu plus comme ceci.

Il saisit encore mon poignet et me montre l'arc de cercle correct.

Nero semble sur le point de déchiqueter des orques.

Mince. Il veut vraiment que j'améliore très vite mon autodéfense.

Faisant de mon mieux pour éviter de déclencher la colère de mon patron, je répète le mouvement aussi soigneusement que possible.

— Bien. Enfin, fais ceci avec l'autre bras.

Il me montre un nouveau geste encore plus compliqué.

J'échoue.

Bentley s'approche et prend mon poignet.

— Ça suffit, grogne Nero si brutalement que Bentley et moi grimaçons. Ta propre posture manque de précision, lance-t-il à Bentley. Tu es censé te tenir ainsi.

Il prend la pose que Bentley m'apprenait, et je dois admettre qu'elle semble bien plus naturelle quand c'est mon patron mince et musclé qui la montre.

Bentley sourit nerveusement à Nero.

— Je ne savais pas que vous connaissiez la technique. Juste…

— Regarde-moi, le coupe Nero en s'avançant sur le tapis.

En traînant des pieds, Bentley part se mettre à l'endroit où était Nero tout à l'heure, et ce dernier prend la posture.

Je fais de mon mieux pour l'imiter et je trouve que c'est plus facile maintenant que je copie Nero. Peut-être parce que mon regard apprécie de parcourir les formes de ses muscles et…

— Décale la jambe gauche de deux centimètres vers l'arrière, aboie Nero. Et lève ta main droite de quatre centimètres.

Même si je suis tentée de lui dire que « s'il te plaît » serait gentil, je fais ce qu'il m'ordonne.

Nero s'avance vers moi et se tient à distance de gifle.

— Maintenant, essaie le coup de tout à l'heure, mais de cette façon.

Il montre sa propre version de la manœuvre de Bentley, et lorsqu'il le fait, on dirait un cobra attaquant une petite souris.

— Je vais te frapper si je le fais maintenant, déclaré-je, hésitante.

— Si tu me touches, je déposerai dix mille dollars sur ton compte épargne.

Il ricane avant d'ajouter :

— Si tu n'as pas pu toucher Bentley, je ne risque rien.

Bentley se racle la gorge.

— Je ne suis pas certain d'être assez payé pour être insulté.

Je n'attends pas qu'ils aient réglé leur différend.

Ma seule chance d'obtenir les dix mille dollars, c'est une attaque sournoise… même si je ne connais pas assez bien le mouvement compliqué. D'un autre côté, Nero a seulement dit « si tu me touches ». Il n'a pas précisé que ce devait être un coup dans le style correct d'une nonne Jinto.

Je serre les poings alors que le temps semble ralentir. Bloquant tout le reste, je me concentre sur le visage trop satisfait de Nero.

Mon poing vole en avant et, à ma grande surprise, je lui frappe la mâchoire.

Même à travers les gants, ma main explose de douleur.

Une minute. J'ai eu une vision de cette scène, hier.

Comme dans ma vision, Nero ne semble pas du tout avoir mal.

Comme dans ma vision également, il a l'air satisfait.

Il jette un regard appuyé à Bentley.

Celui-ci hausse les épaules.

— Elle n'a pas utilisé le bon mouvement.

— Mais elle m'a touché, souligne Nero. Avec assez de motivation…

— Puis-je avoir l'argent ? interviens-je.

— Un marché est un marché, concède Nero. Maintenant, si tu le veux, je te donnerai l'occasion d'en gagner encore plus. Il te suffit de mettre encore un coup, mais avec la bonne posture, au moins une fois cette semaine. Si tu y parviens, je te donnerai dix fois ce que tu as gagné jusque-là.

J'ai le souffle coupé.

— Et si je perds ?

— Je garde mes dix mille, indique Nero. Qu'en dis-tu ?

— Marché conclu.

J'essaie immédiatement de lui mettre un coup en imitant de mon mieux le mouvement montré par Bentley… avec un peu de chance, avant même que mes paroles parviennent aux oreilles de Nero.

Mon patron bouge la tête exponentiellement plus vite que Bentley.

Mon poing rate sa cible.

Puis, en me touchant si doucement que l'on aurait dit une caresse, Nero parvient à me faire perdre l'équilibre et je tombe sur le tapis.

— Ta posture était atroce.

Nero me tend la main pour m'aider à me relever. Je le laisse faire et fais semblant d'être légèrement endolorie.

— Mais tu as droit à des points spéciaux pour avoir essayé d'utiliser la surprise.

Aussi soudainement que je le peux, j'essaie de le frapper avec le mouvement appris.

La tête de Nero ne se trouve plus là où elle était une seconde auparavant.

D'une façon ou d'une autre, je finis encore sur le tapis, et pendant que je reste allongée là un instant, une vérité simple m'apparaît : cet enfoiré s'est joué de moi. Il m'a laissée le toucher la première fois, en sachant très bien que j'allais devenir une joueuse compulsive à la recherche de ce boost de dopamine originel. Et le pire, c'est qu'être au courant de sa manigance n'enlève en rien mon envie de le frapper encore… et pas seulement parce que dix mille – ou cent mille – dollars en dépendent, ni à cause de son air satisfait.

C'est parce que j'ai *envie* d'apprendre à me défendre.

Il tend encore la main, et je m'appuie dessus en me relevant, puis j'essaie de le toucher à la taille en me disant qu'il n'avait pas précisé que je devais le toucher au visage.

Son torse ne se trouve pas là où il était un instant auparavant… et sa main non plus.

Je perds l'équilibre et tombe.

Cette fois, mon dos frappe le tapis d'une façon qui chasse douloureusement tout l'air de mes poumons.

— Ouille, soufflé-je lorsque j'arrive à émettre un son. J'espère que tu as pris rendez-vous chez un chiro pour moi.

Nero s'agenouille sur le tapis et m'examine de près, le visage indéchiffrable. Maintenant, ce serait le moment idéal de le frapper, sauf que j'essaie encore de reprendre mon souffle.

— Tu ferais mieux d'apprendre les techniques pendant un moment, suggère Nero. Ensuite, tu auras un avantage quand tu feras une attaque-surprise… En outre, je serais moins apte à la voir venir si tu me rendais complaisant par ton bon comportement.

C'est irritant quand Nero a raison.

Quand j'ai besoin de faire un tour de passe-passe pour une illusion, je répète les mouvements jusqu'à ce qu'ils deviennent instinctifs. Le frapper n'est pas très différent de le tromper en détournant son attention. Mon approche habituelle d'illusionniste est donc la voie qu'il me faut suivre.

À commencer par ce coup de poing du cobra, ou quel que soit son nom.

En grognant, je roule sur le côté et commence à me relever.

Des mains solides atterrissent sur mes épaules nues, m'aidant à me redresser. J'ai à nouveau le souffle coupé, et une électricité chaude se met à pulser dans mon corps.

Oh non. Pas ça.

Repoussant les sensations malvenues, je prends la posture requise.

Nero s'approche et place une main sur ma jambe droite, sans doute pour corriger ma posture.

Pourquoi, mais pourquoi ai-je mis un pantalon avec des trous ?

Je sens les mains calleuses de Nero sur la peau sensible de mes cuisses, et les arts martiaux ne sont plus du tout ma préoccupation principale.

Ignorant apparemment mon malaise, Nero corrige ensuite ma jambe gauche, me laissant avide de son contact.

— Penche-toi ainsi.

Il place une grande main chaude au creux de mon dos et me pousse doucement en avant.

— Tu dois sentir la tension en ton centre.

Ses doigts frôlent mes abdos… et je commence effectivement à ressentir quelque chose en mon centre, mais sans doute pas ce qu'il voulait dire.

— Maintenant tes bras, dit-il en touchant mon épaule droite, étalant de la chaleur en fusion…

— Vous devriez peut-être vous trouver une chambre ? suggère Bentley en ouvrant la veste de son survêtement.

Ses joues sont rouges et il a l'air de regretter d'être ici.

C'est ce que doivent ressentir les pandas au zoo… ceux que l'on force à regarder du porno pour pandas afin de les motiver à propager leur espèce qui décline.

Nero fait un pas en arrière et jette un regard noir à Bentley.

— Tu es viré.

Sa voix est assez piquante pour embrocher quelqu'un.

— Tu as fait un travail acceptable en découvrant quel style elle doit apprendre, alors tu seras payé pour ça, mais…

Bentley file hors de la pièce comme s'il était poursuivi par un feu de forêt.

— Bon, où en étions-nous ?

Nero me dévisage.

Je m'éclaircis la gorge qui est devenue très sèche.

— La posture. Tu me montrais comment…

— C'est vrai.

Il adopte facilement la position requise.

— Frappe l'air, cette fois.

C'est ce que je fais.

— Non. Comme ceci.

Son bras musclé transperce l'air en sifflant.

— À toi maintenant.

J'essaie de faire du mieux que je peux.

Nero grimace. En s'approchant, il saisit mon bras et me montre le mouvement. Je déglutis. Maintenant que nous sommes seuls, je perçois encore plus son contact.

Suis-je en train de rater mes gestes afin qu'il me touche ?

Non. C'est une théorie idiote.

— Concentre-toi, murmure Nero en me relâchant. Une partie des arts martiaux est d'être présent dans l'instant… d'être conscient.

— D'accord, dis-je d'une voix étranglée. Compris.

— Maintenant, recommence.

Je fais le mouvement. Il hoche la tête d'un air approbateur, marche vers un coin de la salle et attrape une paire de gants de frappe.

À mon avis, c'est pour me protéger moi, et non lui.

— Maintenant, frappe l'un d'entre eux de cette façon précise, indique Nero en tendant ses mains couvertes. Fais de ton mieux pour garder la forme en bougeant.

Je donne un coup de poing dans son gant droit, puis dans le gauche. Une goutte de sueur roule de mon visage jusque dans ma brassière de sport, et je remarque le regard de Nero qui la suit.

Je rougis. On dirait que je ne suis pas la seule à être affectée.

Chassant cette pensée, j'essaie de me concentrer. Nero est distrait, alors c'est le moment ou jamais de gagner les cent mille dollars.

En faisant semblant de frapper son gant, je vise son visage à la place.

Il se baisse sans mal avant de ricaner.

— Pas mal. Il se pourrait que tu y arrives. Maintenant, continue à frapper les gants.

Je fais ce qu'il dit, canalisant toute ma frustration dans mes coups de poing.

En tout cas, c'est un excellent exercice physique. J'espère que mon pouls galopant est dû à l'activité physique et non à la proximité d'une certaine personne.

Au bout de quelques minutes, Nero pousse un grognement approbateur. Encouragée, je répète le mouvement, encore et encore, jusqu'à ce que mes muscles se mettent à brûler.

— Tu t'améliores, observe Nero après quelques nouvelles minutes d'un entraînement éreintant.

J'ai envie de dire « Et si nous testions cette théorie ? », mais je lance mon poing vers son visage au lieu du gant. Avant même d'avoir terminé le mouvement, quelque chose de similaire à mon intuition au volant m'indique que ma tentative va échouer, alors j'ajoute un coup de poing de l'autre main, visant l'endroit où je pense que Nero finira en évitant le premier coup.

Mon premier coup frappe l'air, il me tire légèrement vers l'avant.

Le deuxième s'arrête à une fraction de millimètre du visage surpris de Nero.

Est-ce que ça signifie que j'ai failli le toucher ?

Je n'ai pas l'occasion de découvrir la réponse, car Nero me pousse du doigt juste au moment où je reprends l'équilibre après le deuxième coup de poing.

Je commence à tomber en agitant les bras.

Si je dois tomber, ce sera avec mon bourreau.

Fermant les doigts comme des pinces, j'attrape le tee-shirt de Nero dans ma chute. Il y a un bruit de vêtements déchirés, suivi par un juron étouffé.

Mon dos frappe encore le tapis.

Nero tombe vers moi, mais il parvient à atterrir gracieusement en position pour faire des pompes : les bras tendus et les mains fermement posées sur mes poignets.

Mon pouls bat tous les records et ma respiration haletante devient supersonique.

Il plie les bras comme pour montrer son talent aux pompes.

Est-il sur le point de m'embrasser ?

Il s'arrête juste avant de toucher mes lèvres, respirant vite lui aussi, les muscles raides sous le morceau déchiré de son tee-shirt.

— Je pense que ça suffit pour aujourd'hui, marmonne-t-il après m'avoir fixée pendant ce qui me semble être une heure. Nous reprendrons demain à sept heures.

Il se lève d'un bond avec une vitesse surnaturelle, mais je reste allongée là quelques secondes afin de reprendre mon souffle.

Quand je me sens presque humaine à nouveau, j'accepte la main tendue de Nero et je me lève.

Devons-nous refaire ça ?

Et dire qu'hier, je m'inquiétais de prendre du poids.

# CHAPITRE DOUZE

NOUS ENTRONS dans ma cellule en métal et Nero remet le compte à rebours.

— Huit heures ?

Je tente presque de récupérer les cent mille dollars en lui donnant un coup de poing au visage maintenant.

— L'entraînement aux arts martiaux fait partie de ton mentorat.

Il marche vers la sortie et ajoute par-dessus son épaule :

— S'il te plaît, prépare-moi une recommandation boursière.

Il quitte la pièce et, un instant plus tard, la porte impénétrable se verrouille. Je fixe le clavier de la porte, en me souvenant de la punition sévère qui m'attend si j'essaie de deviner le mot de passe et que j'échoue.

Au moins, Nero a dit *s'il te plaît*, cette fois-ci. Je ne me souviens pas qu'il ait déjà dit ça auparavant.

Debout, les muscles endoloris, je stabilise ma

respiration afin d'entrer dans l'espace mental. Si ça fonctionne, je peux tester toutes les réussites d'hier.

En peu de temps, je me retrouve à flotter parmi les formes.

Ça n'a pas demandé beaucoup d'efforts. Ma puissance est clairement revenue, et je peux entrer dans l'espace mental même quand je ne suis pas installée confortablement.

Tout d'abord, sans doute motivée par son « s'il te plaît », je fais de mon mieux pour initier une vision concernant la bourse. Tout comme hier, au lieu d'une idée boursière, j'aperçois mon entraînement à venir avec Nero.

C'est une vision ennuyeuse, car je ne fais que frapper les gants de Nero encore et encore, comme je l'ai fait aujourd'hui.

En sortant de l'espace mental, je fais couler de l'eau chaude dans le jacuzzi et me prépare un encas.

Puis-je m'améliorer dans les arts martiaux si je suis témoin de mon entraînement dans une vision comme je viens de le faire ? La logique voudrait que non… Une part de l'entraînement consiste à développer la mémoire musculaire, et je soupçonne que mon corps n'est pas affecté par ce qui lui arrive dans une vision.

Après tout, j'ai été blessée et tuée dans des visions, mais j'en suis sortie indemne.

D'un autre côté, j'ai un jour rêvé que je m'entraînais à faire un tour de cartes et, en me réveillant, j'aurais pu jurer être bien meilleure qu'avant. Je m'étais dit que c'était l'effet placebo, mais Felix avait trouvé des articles au sujet d'athlètes qui s'entraînaient dans leurs rêves et qui s'amélioraient.

Ai-je méprisé trop vite les découvertes de Felix ?

D'ailleurs, mon rêve sur le tour de cartes était-il un rêve-vision ?

N'importe quel moyen par lequel je peux améliorer ma capacité à donner un coup de poing à Nero vaut le coup d'être exploré.

À ce propos, entraîner mes pouvoirs de voyante est sans doute la meilleure voie pour gagner ces cent mille dollars. Tout ce que j'ai à faire, c'est de devenir assez rapide pour entrer dans l'espace mental pendant un combat.

Et pourquoi pas ? Si Darian a pu le faire pendant une joute verbale, il est logique que je découvre un moyen de le faire pendant un combat physique.

D'ailleurs… Darian a eu cette vision devant Matilda, alors comment se fait-il qu'elle ne s'en soit pas rendu compte ? Ou bien l'a-t-elle vu sans rien dire ?

Poussée par l'intuition, je règle mon téléphone pour enregistrer une vidéo et j'entre et sors de l'espace mental.

Lorsque je regarde la vidéo, j'ai ma réponse.

D'une façon ou d'une autre, entrer plus vite dans l'espace mental réduit ou accélère l'effet des éclairs qui me frappent les yeux. Je dois rejouer la vidéo image par image pour l'apercevoir. Une personne normale ne le remarquerait pas du tout.

C'est bien. Lorsque je maîtriserai un accès encore plus rapide à l'espace mental, je pourrai donc utiliser mes pouvoirs devant les gens normaux sans rompre le Mandat.

Après l'encas et le bain, je retourne dans l'espace mental et j'essaie d'invoquer Darian.

Pas de chance.

J'essaie ensuite d'appeler Raspoutine avec la même absence de résultat.

Dommage que l'espace mental ne permette pas les messages vocaux ou les textos.

Pendant le restant de mon séjour en cellule, je m'entraîne à entrer et à sortir de l'espace mental et je parviens à réduire encore mon temps de concentration de quelques secondes cruciales.

— Quelle est la recommandation boursière ? me demande Nero en déverrouillant la porte.

— BioTelemetry, affirmé-je en essayant de ne pas sourire. Ils développent des technologies permettant de surveiller les battements du cœur.

— BEAT ?

Nero fronce les sourcils.

— As-tu utilisé tes pouvoirs pour moi *aujourd'hui* ?

— Je l'ai fait, réponds-je franchement, ravie d'avoir pris soin de chercher une vision en rapport avec la bourse.

— Doit-on acheter ou vendre ? demande-t-il lorsque ses soupçons ont disparu.

J'ai un flashback de notre baiser et je suis tentée de dire « on achète ». Et plus si affinités.

En rougissant, je me rends compte combien de termes financiers ont des sous-entendus sexuels quand on se souvient de son patron nu. Il y a la position sur le marché, les écarts, la pénétration du marché…

— Eh bien ? demande Nero en fronçant les sourcils.

— On vend.

Je me dis que si j'ai soudain envie de vendre mon âme au diable, pourquoi ne pas le refléter dans notre choix boursier ?

— D'accord. Allons-y, lance Nero en me conduisant dehors.

Ouf. Combien de temps me reste-t-il avant qu'il perde de l'argent sur mes conseils boursiers ?

Nous montons dans l'ascenseur et il me tourne le dos.

— Peux-tu me dire quoi que ce soit au sujet de mes parents ?

J'estime qu'il vaut mieux poser la question maintenant et non pas quand il aura perdu beaucoup d'argent et qu'il sera énervé contre moi.

Le silence dans l'ascenseur est assourdissant.

Bon, je peux au moins essayer de toucher le jackpot.

Sans hésiter, je lance le poing vers l'arrière de la tête de Nero.

Sa tête ne s'y trouve plus.

Ma main frappe le panneau métallique de l'ascenseur et une douleur horrible s'étale dans mes articulations.

— Aïe !

Je retire ma main en jetant un regard assassin à Nero pendant que l'ascenseur s'arrête brusquement. J'ai dû frapper le bouton d'arrêt.

— Fais-moi voir ça, ordonne-t-il en tendant la main vers mon poignet.

Je tends prudemment le bras, essayant d'ignorer ce qu'éveille son contact pendant qu'il serre ma paume dans sa grande main.

Il examine mes articulations avec autant de soin qu'un chirurgien. D'un autre côté, il en est peut-être un ? Après tout, il connaissait un style de combat aléatoire que Bentley a paru sortir de nulle part.

— Ça devrait aller, déclare Nero en lâchant mon poignet. Mais si tu as mal demain, tu pourras entraîner seulement tes jambes au lieu de l'entraînement habituel.

— S'il te plaît, dis-moi quelque chose sur mes parents.

Je chuchote en me disant que je pourrais utiliser ma douleur pour gagner quelques points de compassion.

Nero secoue la tête.

Comme je suis bête !

La compassion nécessite de l'empathie.

— Tu ne peux pas me le dire ? dis-je en essayant une autre tactique.

Il hoche la tête.

— Alors, tu me le dirais si tu pouvais ?

Je ne sais pas pourquoi ça compte pour moi.

— Car je peux trouver une…

— Non.

Nero se détourne et trafique le panneau, redémarrant l'ascenseur.

— Même si je le pouvais, je ne le ferais pas. Remets

ça sur le tapis et je doublerai la charge de travail pour la journée suivante.

Le reste du trajet se fait dans un silence furieux. La seule raison pour laquelle je n'essaie pas encore de le frapper, c'est parce que j'ai trop mal.

Sans dire au revoir, je sors de l'ascenseur et plonge dans la limousine. Je prends des glaçons dans le bar et les pose sur ma blessure, puis je sors mon téléphone.

J'ai une douzaine de textos de Felix.

Il commence par me rappeler gentiment que nous devons aller rendre visite au centre de désintoxication d'Ariel, puis il me reproche de ne pas répondre, et enfin d'être en retard. Finalement, à dix-neuf heures, Felix m'informe qu'il part sans moi.

Je lui envoie mes excuses par texto, mais je n'ai pas de nouvelles pendant le reste du trajet.

Quand j'entre enfin dans l'appartement, la douleur de ma main s'est estompée et je peux bouger mes doigts sans souffrir.

Lucifer m'accueille près de la porte avec l'expression la plus amicale que j'ai pu voir sur son visage plat et poilu.

« Un grand honneur t'attend, vassal », semblent exprimer ses yeux. « Tu pourras préparer le beau festin de notre majesté ce soir. Va laver tes mains sales et mets-toi au travail. »

Pendant que je verse la nourriture pour chat dans le bol, Fluffster me rejoint dans la cuisine, alors je le nourris aussi.

— Comment s'est passée ta journée ? demande-t-il mentalement.

Je lui raconte donc.

— Tu dois frapper Nero, affirme Fluffster dès que j'ai terminé. Pour une telle somme d'argent, tu ne dois rien faire d'autre que t'entraîner à le frapper. Tu dois…

Je ne l'écoute plus, regrettant d'avoir parlé d'argent à mon ami rongeur frugal.

Lorsque Fluffster se concentre sur sa nourriture, je me rends dans la chambre de Felix, au cas où il serait de retour. Il y a des bruits dans sa chambre, alors je frappe à la porte, penaude.

— Oui ? Qui est-ce ?

— Qui ça peut être ?

Je passe la tête à l'intérieur.

— Je suis désolée de ne pas avoir répondu à tes messages. Ça ne capte pas dans ma chambre de confinement solitaire, et Nero…

— Ce n'est pas un problème, dit Felix sans lever la tête de ses soudures. Tu n'as pas raté grand-chose. Ariel va passer le restant de la semaine sous contrôle mental. Ils ont dit qu'ils la laisseraient peut-être penser par elle-même ce samedi.

Il lève la tête et m'étudie attentivement.

— Je serai là peu importe ce qu'il se passe, déclaré-je solennellement. Peu importe si je dois…

— Bien, me coupe-t-il. Je suis certain qu'Ariel aimerait voir des visages familiers.

— Oui.

J'observe enfin le bazar dans sa chambre. Le matériel informatique qui traînait au hasard commence à se coaguler au centre de la chambre, même s'il est encore impossible de voir ce que sera le résultat final.

— Je construis quelque chose d'énorme, m'informe Felix en suivant mon regard. Regarde ça.

Il tend la main et un amas de pièces qu'il vient de souder imite son mouvement.

— C'est comme un bras en métal, remarqué-je en examinant le méli-mélo de câbles formant les capillaires du bras, un servomécanisme imitant les muscles, et les supports en métal qui servent d'os.

— Un bras majestueux.

Felix lève le pouce avec sa vraie main et le bras artificiel squelettique répète le mouvement.

— Tu es passé en mode Skynet, n'est-ce pas ? Ce Terminator va tuer la mère de qui dans le passé ?

— Si j'étais Skynet, j'ordonnerais simplement à mon robot de mettre une pilule contraceptive dans ses boissons, ou bien…

— Mais sérieusement, l'interromps-je en sachant très bien que Felix pourrait imiter une IA malveillante pendant un moment. Qu'est-ce que c'est ?

— Je vais l'appeler Golem, dit Felix en imitant le Docteur Denfer.

D'une voix normale, il ajoute :

— C'est un robot que j'ai l'intention de contrôler à distance.

— Et tu as besoin d'un robot télécommandé parce que… ?

— Parce que je ne pense pas pouvoir vous rejoindre physiquement la prochaine fois que quelqu'un sera enlevé, explique-t-il en examinant les intestins métalliques du Golem étalés à nos pieds. J'ai eu des cauchemars terribles.

— Ah, dis-je en pensant que je suis une très mauvaise amie.

Je n'ai même pas songé à lui demander comment il allait après tout le massacre... et j'aurais dû. Il n'est pas fan du sang, et il y en avait des rivières.

— Dans ce cas, c'est une très bonne idée... que j'espère inutile.

— Que j'aie besoin de Golem ou pas, le travail occupe l'esprit.

Il serre le poing et le bras robotique l'imite.

— Tu devrais en parler à Lucretia. Et puis, je suis là pour toi si tu as envie de te confier.

— J'ai demandé de l'aide à mon amie arpenteuse de rêves.

Il desserre le poing.

— Elle est certaine de pouvoir faire disparaître les cauchemars, alors ça devrait aller.

— Bien, dis-je en me retenant de lui demander si son amie peut bannir les images pornos de Nero de mes rêves.

Je n'ai pas l'intention d'avouer l'existence de ces rêves à Felix.

— Je ferais mieux d'aller me coucher. Une autre longue journée m'attend demain, déclaré-je en bâillant.

— Bonne nuit.

Felix bâille également. Puis il sourit et sa création et lui me disent au revoir de la main.

Je me glisse au lit aussi vite que possible et m'endors en un temps record. Cependant, sans l'aide de l'arpenteuse de rêves, Nero envahit encore une fois mon sommeil.

Et c'est du triple X, cette fois.

# CHAPITRE TREIZE

AU COURS des deux jours suivants, je m'entraîne au combat avec Nero le matin et c'est tout aussi brutal que la première fois. Chaque fois que j'essaie de le toucher ailleurs que sur les gants de frappe, il anticipe ma tentative. Finalement, il me donne des compliments mitigés sur ma forme qui s'améliore, mais je ne parviens toujours pas à le surprendre avec un coup de poing à cent mille dollars.

La pratique de mes pouvoirs de voyante est aussi mitigée : invoquer Darian et Raspoutine ne mène à rien, mais je suis capable d'entrer bien plus vite dans l'espace mental. En fait, à la fin de la journée de jeudi, j'y entre aussi facilement que lorsque j'avais utilisé un cachet de Focusall.

Le vendredi matin, je décide de tricher. Je prends un des cachets restants dans l'espoir d'atteindre l'espace mental au cours de ma séance de combat avec

Nero… et d'avoir ainsi une chance de gagner le gros lot.

Au bout d'une demi-heure d'entraînement, je suis certaine d'être sous l'effet du médicament. Ma concentration améliorée m'aide si bien à exécuter les gestes que Nero me fait le premier compliment semblant sincère.

— Merci, dis-je en frappant ses gants avec un coup parfait, puis un autre, et un autre.

Nero sourit.

Il *sourit*.

Chassant mon trouble malvenu, je danse autour de Nero jusqu'à placer l'horloge du mur derrière lui. Puis j'essaie d'atteindre l'espace mental.

Et j'échoue.

— Je vais déléguer ton entraînement à un professionnel dans quelques minutes, m'informe Nero, m'empêchant de me concentrer pour tenter de nouveau d'entrer dans l'espace mental. Je pars pour l'Europe aujourd'hui et je ne reviendrai qu'en milieu de semaine prochaine.

J'arrête de frapper ses gants et je lève un sourcil.

— Si tu n'es pas là, qui va m'enfermer dans ma cellule ?

— Tu utiliseras mon bureau.

Nero baisse les gants.

— Je ferai en sorte que Venessa organise tout.

Je glousse. Venessa aura sans doute une rupture d'anévrisme quand il lui expliquera qu'une simple analyste va camper dans le grand bureau.

Je réalise soudain.

Il va passer le relais de mon entraînement à quelqu'un dans *quelques minutes*.

Mes chances de gagner cent mille dollars sont sur le point de s'envoler pour l'Europe.

D'un autre côté, il a les mains baissées en ce moment et je ne suis pas en train de donner des coups de poing dans ses foutus gants.

Je le fixe, feignant un regard interrogateur, alors qu'en réalité, j'essaie d'entrer dans l'espace mental de toutes mes forces.

Allez, le Focusall.

Allez, l'entraînement acharné.

Quelque chose se met en place dans mon cerveau, j'atteins ce sentiment insaisissable et j'y arrive enfin.

Je saute dans l'espace mental au milieu de l'entraînement au combat.

———

JE FLOTTE dans l'espace mental et j'observe les formes qui m'entourent.

Presque par habitude, j'essaie d'invoquer Darian et Raspoutine, mais je ne m'y attarde pas lorsque j'échoue. Je ne suis pas là pour ça. Je suis là pour me faire cent mille dollars… sauf que je ne sais pas du tout comment.

Enfin, ce n'est pas vrai. J'ai un moyen détourné d'obtenir une vision où je me bats avec Nero. Pour une raison que j'ignore, c'est arrivé chaque fois que j'ai essayé de trouver un conseil boursier pour Nero.

Eh bien, ça vaut le coup d'essayer, mais qu'ai-je fait dans ces cas-là ?

Je pense à des billets verts, puis à Nero content, ou à Nero cupide, ou…

Un nuage de formes apparaît devant moi. Chacune est une variation de quelque chose à température ambiante, orange et au goût de poisson. Chacune peut généreusement être décrite comme ayant la forme d'un flocon de neige, et presque toutes produisent une musique calme et mélodieuse.

Super.

Elles ressemblent beaucoup à la forme qui m'a donné la vision dans laquelle j'assénais un coup de poing à Nero, l'autre jour. Pourrait-il s'agir de la preuve de ce que je soupçonne depuis longtemps : que le contenu de la vision et sa représentation dans l'espace mental sont corrélés ?

Ne me laissant pas distraire par la métaphysique, j'étire ma volute éthérée et touche une des formes.

———

Nero et moi nous affrontons du regard.

Il est 7 h 59 sur l'horloge derrière lui.

Je fais le geste que j'ai appris.

Les gants sont baissés. J'espère qu'il évite le coup, raison pour laquelle je frappe également à l'endroit où je pense qu'il va m'éviter, car c'est ainsi que j'ai failli le toucher l'autre jour.

Faillir ne suffit hélas pas à recevoir cent mille dollars.

Le visage beau et ténébreux de Nero se trouve à deux centimètres de l'endroit où mon deuxième coup fend l'air. Comme la dernière fois que c'est arrivé, Nero fait quelque chose avec sa super vitesse et je tombe sur le tapis…

JE SORS de la vision avant d'atterrir sur le tapis.

Était-ce une vision de la semaine prochaine ?

Non.

Nero a les gants baissés, et nous nous regardons comme dans la vision. De plus, l'heure sur l'horloge est la même.

Sans réfléchir, je le frappe comme je l'ai fait dans ma vision, mais pour le deuxième coup, j'ajuste en fonction des deux centimètres cruciaux.

Ma main gantée heurte tout juste le visage de Nero, mais il semble aussi stupéfait que si j'avais réussi à le mettre KO.

— J'ai réussi ! crié-je en levant les bras. L'argent est à moi.

Il sourit encore… Il doit s'agir d'un record.

— Un marché est un marché, déclare-t-il. Tu mérites une prime pour les dernières recommandations boursières, de toute façon.

« Ah bon ? » pensé-je presque à haute voix. Nero se moque-t-il de moi ? Il est impossible que NUT ou

BEAT lui aient fait gagner de l'argent. J'ai suggéré ces actions pour rire.

Nero regarde derrière moi et son sourire s'évapore. En redressant le dos, il ajoute :

— Je savais que si je lui donnais la bonne motivation, elle…

Quelqu'un applaudit au ralenti.

Je me tourne face à la nouvelle venue. C'est une femme au visage squelettique. Elle me regarde avec une étincelle dans ses yeux marron. Son aura montre qu'il s'agit d'une Consciente, et son corps frêle est sans doute catalogué dans les textes médicaux sous « anorexie ». Twiggy à son époque la plus mince serait potelée en comparaison. A-t-elle été maudite, comme dans le film *La peau sur les os* ? Le petit haut tissé qu'elle porte est si transparent que l'on voit ses tétons, et son bas m'évoque ce que portent les sumos au combat… quoique si un sumo devenait si maigre, il se ferait sans doute hara-kiri.

— Sasha, voici Thalia, la présente Nero. Quand ça n'a pas fonctionné avec Bentley, je lui ai demandé de prendre le relais… et la voilà.

D'accord… Nero a-t-il essayé de trouver le contraire de Bentley ?

Thalia s'avance sur le tapis d'un pas plutôt vif, étant donné son air famélique. Elle fait signe à Nero, puis montre sa bouche.

— Pardon, lui dit Nero en s'écartant du tapis.

En me regardant, il explique :

— Thalia a fait vœu de silence.

— Vraiment ?

J'observe la femme et elle hoche la tête, les yeux toujours étincelants.

— Tu n'aimes pas que les gens parlent, n'est-ce pas ? lancé-je à Nero. D'abord, le chauffeur de limousine qui ne peut pas parler, maintenant une entraîneuse en arts martiaux qui refuse de le faire.

— Kevin *peut* parler.

Nero croise les bras sur son grand torse.

— Je lui ai dit qu'il devait se comporter en professionnel avec toi. Je suppose qu'il a interprété ça comme une interdiction de te parler.

— Mais qui peut bien faire vœu de silence ?

Je regarde Thalia et comprends soudain.

— Vous êtes une des nonnes, n'est-ce pas ? Celles qui ont inventé le style de combat que j'essaie d'apprendre ?

Thalia hoche la tête.

— Alors, en plus du jeûne, vous ne parlez même pas… observé-je en secouant la tête. Rappelez-moi de ne *pas* m'inscrire.

Thalia rit, puis elle regarde Nero et gesticule avec les mains, montrant ses yeux, puis son aura, puis sa bouche.

— Je pense qu'elle veut que je t'explique que tu ne serais pas acceptée de toute façon.

Thalia lève le pouce.

— Seule une Consciente sans pouvoirs peut rejoindre l'ordre Jinto.

— Oh non, me lamenté-je avec sarcasme. Pauvre de moi.

Thalia croise ses bras maigres.

— C'est bien ton genre de contrarier ta toute nouvelle sensei, dit Nero d'un ton caustique. C'est Thalia qui décide quand tu rentreras chez toi aujourd'hui. J'ai suspendu ta charge de travail pour te récompenser de ce coup de poing.

La nonne jette un regard appuyé à Nero, puis elle prend la pose de combat que j'ai essayé d'apprendre.

En la voyant faire, je doute soudain de mes progrès. Quand Thalia le fait, sa posture évoque ces insectes femelles qui aiment déguster les malheureux mâles après le coït.

La nonne effectue alors quelques mouvements à une vitesse qui rivalise avec celle de Nero… sauf qu'il est surnaturellement rapide et qu'a priori, elle ne l'est pas.

— Je pense qu'elle estime qu'elle te laissera partir quand elle aimera l'évolution de ton travail d'aujourd'hui, m'indique Nero, pince-sans-rire.

Thalia hoche la tête avec sagesse.

— Impossible que tu comprennes ça d'après ses gestes. Elle t'a écrit ça à l'avance, n'est-ce pas ?

Impressionnée, Thalia sort un téléphone portable de ses sous-vêtements primitifs et imite un texto.

— C'est malin, dis-je. Mais cela ne rompt-il pas l'esprit du vœu de silence ?

Thalia hausse les épaules, puis se dirige vers un coin

de la pièce, pose son téléphone et sort une paire de gants.

Oh-oh.

Il ne s'agit pas de gants de frappe. Va-t-elle engager un vrai combat avec moi ?

D'un autre côté, peut-elle vraiment frapper fort ? On dirait qu'une brise pourrait la renverser.

— J'ai un avion à prendre, nous lance Nero. Amusez-vous bien.

Je suis surprise de constater que je ne veux pas qu'il parte. Enfin, je n'aime pas l'idée d'être seule avec cette nonne étrange, c'est tout. Impossible que Nero puisse me manquer, surtout pas lui.

Thalia s'avance vers moi et touche mes gants avec les siens d'un air solennel. Ensuite, elle prend la pose. Je fais de même.

Elle m'examine, secoue la tête d'un air désapprobateur et donne un coup de poing dans le vide comme j'ai essayé de le faire toute la semaine.

J'imite le mouvement.

Elle secoue la tête d'un air légèrement moins désapprobateur, lève les gants devant son visage, puis montre mon visage et le sien.

— Vous voulez faire un vrai combat ?

Elle hoche la tête et me fait signe de commencer.

J'essaie prudemment de la toucher. D'un côté, je sais qu'elle est rapide, mais de l'autre, j'ai peur que si j'arrive à la toucher, elle se brise comme la branche à laquelle elle ressemble.

Mon inquiétude est inutile. Son visage ne se trouve pas du tout là où je frappe.

Elle me glisse un clin d'œil, puis me touche au visage. Je vois des taches blanches danser devant mes yeux avant de m'effondrer sur le tapis.

# CHAPITRE QUATORZE

JE REVIENS à moi et me rends compte que je ne suis pas dans mon lit. Je suis sur le tapis et j'ai été assommée.

Par une nonne toute maigre.

Je reste allongée si longtemps que si c'était un match de boxe, l'arbitre aurait facilement pu compter jusqu'à dix.

Nero a-t-il menti au sujet de l'absence de pouvoirs de cette femme ? Comment une personne ayant si peu de muscles a-t-elle pu me mettre KO si facilement… avec des gants rembourrés, en plus ? Ce qui est encore plus mystérieux, c'est que je n'ai pas non plus l'impression d'avoir quoi que ce soit de cassé. Ça ne fait même plus mal… enfin, en dehors de la profonde blessure de ma fierté.

Je me lève péniblement.

Elle me fait signe de parer ses coups.

— Nero et Bentley ne m'ont pas appris à bloquer les coups, lui dis-je.

Elle lève les yeux au ciel et me montre au ralenti comment il faut faire. Je l'imite et elle recommence… beaucoup plus lentement et avec un impact moins fort, cette fois.

— Bloquer le coup avec le bras est beaucoup plus agréable qu'avec le visage, remarqué-je en lui souriant.

Elle me fait un clin d'œil, puis elle attaque encore. J'essaie de parer, mais sa main s'écrase malgré tout sur mon front. Je retombe sur le tapis, les taches blanches faisant la même petite danse devant mes yeux, mais je ne perds pas connaissance.

Les genoux tremblants, je me relève.

Elle me montre encore comment bloquer, mais ensuite elle me frappe avant que j'aie le temps de le faire.

Je me relève. Encore une fois, je suis étonnée de remarquer que mon visage ne semble pas endommagé, mais je commence à avoir mal à la tête.

Je m'essuie le nez et je fronce les sourcils.

Si j'avais une enceinte IA près de moi, je demanderais la chanson *Eye of the Tiger*, car j'ai l'impression d'être tombée dans un film de *Rocky*, mais avec un art martial inventé par des nonnes.

Thalia confirme mon impression en m'assommant au moins dix fois de plus. Chaque coup est légèrement différent… donc même lorsque je parviens à placer les mains d'une façon qui aurait bloqué le coup précédent, ça ne fonctionne pas.

Pendant tout ce temps, Thalia ignore mes plaintes indignes de Rocky au sujet de mon mal de tête grandissant.

À ma vingtième chute, à travers le brouillard de ce qui est maintenant une migraine, je me souviens de mes pouvoirs et du Focusall dans mes veines.

Je me lève et lui fais face.

Lorsqu'elle m'adresse son clin d'œil, j'essaie de passer dans l'espace mental.

Non.

Je tombe encore sur le tapis et je reste allongée là une seconde.

C'est vraiment horrible.

Même Rocky n'a pas été assommé si souvent.

Quand je me lève et que j'essaie encore d'atteindre l'espace mental, je prends un autre coup au visage.

Dois-je réguler ma respiration avant de me lever ? Même si c'est difficile à faire après autant de coups, je contrôle ma respiration et me relève face à la terrible nonne.

Elle commence un clin d'œil.

J'entre dans l'espace mental et je flotte là, profitant de l'absence de mal de tête : un effet secondaire appréciable de ne pas avoir de tête dans cet endroit. Maintenant que je suis là, comment dois-je faire pour déclencher une vision qui m'aidera à gagner ce combat ? Dois-je penser à la salle de sport ou à mon bourreau tout maigre ?

Comment Nero a-t-il fait pour convaincre une nonne des montagnes d'un autre monde de venir m'entraîner ? Avec leur vœu de silence et leur jeûne, ces nonnes ne me semblent pas être du genre cupide. Si ce n'est pas pour l'argent, comment l'a-t-il attirée là ?

Un jeu de formes apparaît, interrompant ma rêverie.

Ces formes ont une apparence et une odeur différentes de celles que j'avais avec Nero, mais elles sont assez proches pour être des cousines éloignées.

Quand je touche la plus proche de moi avec ma volute éthérée, j'obtiens exactement ce que j'espérais.

En inclinant son corps de trente degrés, la nonne me frappe et je commence à tomber.

Je sors de la vision avant que mon corps touche le tapis. Mes mains bloquent instinctivement le coup que je viens de voir. Son coup atterrit sur mes gants et elle me jette un regard approbateur.

Elle me fait signe de la frapper. Étant donné le nombre de coups que j'encaisse depuis un moment, j'ai vraiment envie de la toucher, peu importe sa fragilité.

Je rectifie : j'espère qu'elle aura mal quand je la toucherai.

Le problème est que lorsque j'essaie de l'atteindre, elle ne bloque même pas. Elle m'évite aussi rapidement que le faisait Nero.

Eh bien, il me suffit d'utiliser la même solution.

Je commence encore un mouvement et essaie d'entrer dans l'espace mental. Malheureusement, celui-ci m'échappe et mon coup la rate de loin. Elle me tire la langue, comme si elle avait cinq ans.

Si quelqu'un m'avait dit que j'allais avoir très envie

de frapper une stupide nonne au visage, je ne l'aurais jamais cru.

Je tente encore d'atteindre l'espace mental en donnant un autre coup.

Encore une fois, rien.

J'inspire. L'énervement ne m'aide pas beaucoup pour pénétrer dans l'espace mental. En soufflant, je me concentre de toutes mes forces… et j'atterris une fois de plus dans l'espace mental.

Répétant toutes mes pensées de la dernière fois, j'évoque des formes presque identiques sans trop d'efforts. La plus proche fait l'affaire. Je vois où la nonne se trouvera quand je tente de la frapper.

Dès que la vision prend fin, je fais à la nonne ce que j'ai fait à Nero… sauf que mon gant la frappe en plein milieu de son visage jusque-là satisfait.

Elle semble stupéfaite.

Merde.

Ai-je exagéré ?

J'espère qu'elle n'a pas besoin des secours, et si c'est le cas, j'espère…

Elle m'adresse un grand sourire. Si je lui ai fait mal, elle ne le montre pas. Les autres nonnes de cet ordre sont-elles toutes aussi fortes ?

Elle me fait signe de me défendre.

Je le fais, et je me fais frapper comme avant, encore et encore, jusqu'à ce que je parvienne enfin à utiliser mes pouvoirs pour la bloquer. Elle me demande alors de l'attaquer à mon tour, suivant le même scénario.

Cette série de parades et de coups continue pendant

ce qui me donne l'impression d'être les vingt pires heures de ma vie.

Elle m'ignore lorsque je me plains d'avoir soif, et elle ricane quand je dis avoir faim.

— Je dois aller aux toilettes, lui mens-je après avoir bloqué son coup une fois de plus.

Elle imite le fait de prendre cinq coups au visage.

— Si je vous touche cinq fois, vous me laisserez aller aux toilettes ? demandé-je sans cacher mon hésitation.

Elle secoue la tête et montre la porte.

— Si je vous touche cinq fois, vous me laisserez partir pour la journée ?

Je pose cette question avec beaucoup plus d'espoir dans la voix.

Elle hoche la tête.

— D'accord.

Je stabilise ma respiration et j'atteins l'espace mental… qui me permet d'asséner mon premier coup. Les trois suivants sont constitués de la même formule de base, mais quelque chose tourne mal pour le cinquième. Malgré tous mes efforts, je suis incapable d'entrer dans l'espace mental.

Oh non.

Ai-je déjà utilisé tout mon pouvoir ?

Je fais de mon mieux pour la toucher sans mes pouvoirs.

Après une centaine d'échecs, j'ai du mal à rester debout à cause de l'épuisement. Mes muscles sont des briques de plomb et l'air autour de nous semble s'être transformé en gelée.

Est-ce une illusion à cause de la faim et de la soif, ou bien suis-je si fatiguée d'avoir bougé les bras ?

Le pire de tout, c'est que même si mon besoin d'aller aux toilettes était un mensonge auparavant, ma vessie donne désormais l'impression de pouvoir exploser à tout moment.

Ma douleur doit se lire sur mon visage, car la sensei lève les yeux au ciel et monte les gants pour me défier. Si elle pouvait parler, je parie qu'elle dirait : « Tu ne vaux rien. Bon, frappe-moi et va-t'en ».

Je la tape doucement, cette fois. Elle lève encore les yeux au ciel et sort du tapis. En retirant ses gants, elle ramasse son téléphone. Ses doigts minces dansent sur son clavier pendant qu'elle marche vers moi. Elle me montre ensuite l'écran avec un sourire ironique.

*Tu devras faire mieux lundi.*

— J'ai *fait* de mon mieux, affirmé-je.

À voix basse, j'ajoute :

— Je mangerai un gros petit déjeuner, je boirai comme un chameau et je penserai sans doute à prendre des couches pour adultes.

« C'est l'idée », écrit-elle avec la même expression sur le visage. « À la semaine prochaine. »

Je pars tout droit vers les toilettes en portant toujours les gants, et j'apprends comme il est difficile de défaire son pantalon avec un tel handicap. En jurant, je les retire, fais pipi, puis je m'attaque à la bonbonne d'eau, m'étranglant presque avec le liquide divinement frais.

Quand je reviens poser les gants, Thalia ne se

trouve plus dans la salle de sport. Ne souhaitant pas tester ma chance, je pars à toute vitesse vers la limousine.

— Bonjour, Kevin, lancé-je à mon chauffeur apparemment capable de parler lorsqu'il ouvre la portière. Tu sais, ça ne serait pas très professionnel de ta part de ne pas me dire bonjour en retour.

— Bonjour, Madame, répond-il d'un ton morne, le visage aussi dénué d'expression qu'auparavant.

Je ne crois pas non plus que ce soit très professionnel de me donner l'impression d'être vieille, mais je décide que nous en discuterons quand je serai moins affamée.

Je monte d'un bond et m'attaque au minibar plein de nourriture d'une main tout en appuyant un essuie-tout rempli de glaçons contre mon visage de l'autre.

Lorsque j'entre péniblement dans mon appartement, les sushis de thon rouge que j'ai avalés dans la voiture atteignent mon ventre, me donnant envie de ramper jusqu'au lit et de dormir.

Je jette un coup d'œil à Fluffster et au chat, puis je dis bonjour à Felix en utilisant mes dernières forces.

— Veux-tu que Golem te porte ? propose Felix quand il voit mon état lamentable.

Le robot à moitié fini dans sa chambre ressemble maintenant à un vieux Cylon de *Battlestar Galactica*. Une carapace en métal recouvre son torse, ses bras et ses jambes, mais il n'a pas encore de tête... ce qui est une des nombreuses raisons pour laquelle je refuse l'offre généreuse de Felix et vais me coucher par moi-même.

Il y a au moins un avantage à cet entraînement brutal. Mon sommeil est agréablement dénué de rêves… et donc de Nero.

# CHAPITRE QUINZE

JE ME RÉVEILLE à onze heures et titube jusqu'à la salle de bains. Bien que je ne sente pas de douleur sur mon visage, je cherche des hématomes.

Je n'en trouve pas.

Les gants de Thalia m'ont-ils protégée des bleus ?

Non. Ça n'aide pas les boxeurs.

Soit les nonnes ont développé une espèce de style de combat sans dégâts, soit Thalia a été extrêmement douce avec moi. Cependant, c'est une idée effrayante. Je n'aimerais pas voir ce qu'elle peut faire si elle ne prend pas de gants, au sens propre comme au sens figuré.

J'ai presque terminé ma routine matinale quand quelqu'un appuie sur la sonnette. Je noue la ceinture de mon peignoir et je vais à la porte… où Felix m'a devancée.

— Bonjour, mes chéris, nous salue Rose en souriant. Je suis de retour et je viens récupérer Luci.

Comme si elle avait attendu ce moment précis, la chatte entre dans le couloir avec la tête haute. Fluffster la suit, les épaules courbées.

— Doit-elle vraiment partir ? demande-t-il mentalement.

— J'en ai bien peur, lui répond Rose gentiment. Je lui manque terriblement.

Je regarde l'air placide du chat avant d'observer l'impatience de Rose, mais je ne dis rien.

Pendant l'heure qui suit, Rose, Felix, Fluffster et moi nous transformons en bergers pour chat lorsque nous essayons de mettre la bête dans son panier. Nous y parvenons sans accident mortel, mais les blessures incluent une coupure au poignet de Rose et une bosse au front que Felix s'est infligée lui-même.

— Je vous dois un brunch à tous les deux, nous lance Rose quand le monstre est dompté. Et je t'apporterai des noix incroyables que j'ai trouvées pendant notre voyage, dit-elle à Fluffster.

— Marché conclu, accepte Felix. Il faudra aussi que tu nous racontes tes vacances.

Pauvre Felix naïf. Veut-il vraiment entendre le récit des sexcapades de Vlad et Rose ? Parce que je parie que c'était l'objectif principal de leurs vacances.

— Habillons-nous pour un aller-retour au centre de désintoxication, comme ça nous irons là-bas juste après avoir fini chez Rose, dis-je à Felix en me tournant vers ma chambre.

— Il me faudra quelques minutes.

— Pas de problème, lancé-je par-dessus mon épaule avant de passer dans ma chambre.

Une fois habillée, j'utilise les quelques minutes dont Felix a besoin pour envisager un effet magique que je pourrais faire à Ariel pour lui remonter le moral… en supposant qu'elle soit consciente et capable d'apprécier ce genre de choses aujourd'hui.

Pour vraiment l'impressionner, il faut que ce soit quelque chose de grand. Quelque chose que j'ai gardé pour l'émission télé qui n'aura jamais lieu, désormais.

Je scrute mes tiroirs jusqu'à ce qu'une intuition ressemblant à une vision attire mes yeux vers une pelote à épingles couverte d'aiguilles pointues et brillantes.

Bingo !

Le tour en question est la version classique utilisée par Houdini et d'autres. C'est dégoûtant et choquant… parfait pour obtenir une vraie réaction d'Ariel. La seule raison pour laquelle je réservais ça pour le programme télé hypothétique, c'est que le public normal – particulièrement au restaurant – n'aurait pas été aussi enthousiaste qu'Ariel.

Je sors ce dont j'ai besoin, replace le jeu de crochets de serrure dans ma langue avec un objet nécessaire pour ce tour, et configure tout comme je l'avais conçu.

Décidant qu'il me faut répéter vite fait, je marche jusqu'au miroir.

Pendant le tour, je ferai examiner et compter les aiguilles, mais pour le moment, je mime seulement le fait de tendre la main.

Ensuite, j'ouvre la bouche en grand pour montrer qu'il n'y a rien – en dehors d'un piercing de la langue à l'air innocent, bien sûr. Pour le programme télé, j'avais l'intention de demander à un dentiste de faire ça, mais pour Ariel, je lui montrerai simplement le dessous de ma langue, mes gencives et mon palais.

C'est le moment où mes amis comprendront que quelque chose de dégoûtant pourrait arriver et ils pousseront des cris... Ariel d'excitation et Felix d'horreur.

Je souris en anticipant leurs réactions et place la première aiguille dans ma bouche comme une masochiste affamée. Ensuite, j'en place une autre, puis une autre et ainsi de suite, jusqu'à ce que le coussin ressemble à un porc-épic chauve.

Et c'est alors la meilleure partie : *je fais semblant de tout avaler.*

Quand je le ferai en vrai, ce sera plus théâtral. Je déglutirai en faisant semblant d'avoir mal. Si je pense à prendre de l'eau en route vers le centre de désintoxication, j'avalerai les aiguilles comme si c'étaient des pilules. Si j'ai de la chance, Felix tombera dans les pommes à ce moment-là. Ariel appréciera encore plus.

Ensuite, je démêle une pelote de fil, m'en coupe une longueur, « l'avale » et fais encore semblant d'avoir mal.

À ce moment du tour, la version classique est de sortir le fil de ma bouche... et de révéler que toutes les aiguilles se sont d'une façon ou d'une autre enfilées sur le fil. Je n'ai jamais vraiment compris ce qu'on demande au spectateur de croire lorsque cela se produit, mais c'est cool à voir.

C'est aussi là que les versions plus récentes divergent du tour classique. Par exemple, à la télévision, Criss Angel a sorti le fil de son ventre.

Je commence par l'approche classique et sors le fil de ma bouche avec les aiguilles déjà attachées dessus.

Quand tout est sorti et que je peux parler, je fais encore examiner ma bouche et je leur demande de compter les aiguilles… C'est alors que nous verrons qu'il en manque une.

Je prendrai un air choqué et j'agirai comme si j'essayais de me faire vomir une dernière fois, et je ferai même sortir du sang de ma bouche… encore une occasion de faire s'évanouir Felix.

Enfin, je cracherai l'aiguille et elle volera tout droit dans mon index, le transperçant ainsi.

*Pour de vrai.*

Ce sera douloureux, mais le côté réel de la blessure au doigt fera sembler plus réaliste tout ce qui a précédé.

Si Felix ne s'évanouit pas à ce moment-là, il sera officiellement considéré comme étant guéri de son estomac fragile.

Je m'entraîne à cracher la dernière aiguille, mais je l'attrape avec le coussin au lieu de mon doigt. Je ne veux pas qu'il y ait trop de trous dans mon doigt quand Ariel examinera ma main.

L'aiguille atteint sa cible et elle a intérêt : je me suis entraînée à cracher l'aiguille de cette façon pendant assez longtemps pour viser une médaille d'or… à supposer que quelqu'un inscrive ce sport insensé aux Jeux olympiques.

Rassemblant tout ce dont j'ai besoin pour refaire le tour, je rejoins Felix et Rose pour le brunch.

Comme cela m'arrive parfois quand j'ai un nouveau tour à faire, je ne suis pas vraiment concentrée pendant que nous mangeons et que Rose nous raconte la version grand public de son voyage. La plupart des cycles de mon cerveau sont occupés à imaginer ma performance à venir et l'expression sur le visage d'Ariel quand elle la verra.

Je me rends bientôt compte que je suis angoissée par ma performance. Je veux vraiment rendre Ariel heureuse, au moins pendant quelques secondes, après tout ce qu'elle a traversé.

Quand nous partons enfin, je ne suis pas surprise de trouver Kevin et la limousine élégante nous attendant au bas de l'immeuble. Je n'aurais même pas été surprise d'apprendre que Kevin a dormi ici. Je commence à penser que Nero l'utilise pour s'assurer que je ne me fourre pas dans d'autres problèmes. C'est sa façon de faire en sorte que sa poule continue à pondre des œufs d'or... même quand elle lui donne des conseils pour plaisanter, apparemment.

Le trajet jusqu'au centre de désintoxication est comme le brunch : je pense au fait d'avaler des aiguilles et tout le reste est secondaire, même les rues majestueusement futuristes de Gomorrah.

— Attends ici. Je vais chercher Ariel, me dit Felix

quand nous entrons dans le hall d'accueil du centre qui ressemble à la cantine de *Star Wars*.

— D'accord.

Je suis enfin tirée de mes pensées magiques par les elfes, les nains, les orques et quelques autres créatures exotiques rassemblées ici.

— Sasha, dit la voix d'Ariel près de mon oreille.

Je me retourne.

Ariel me sourit et elle a l'air bien… bien comme un mannequin.

Ou plus précisément : bien comme quelqu'un de *guéri*.

— Salut, toi, réponds-je en ne sachant pas trop comment m'adresser à une amie en cure de désintox.

— Pas de « salut, toi » entre nous, me lance Ariel avec un plus grand sourire. Viens dans mes bras.

J'obéis et, en la serrant dans mes bras, une angoisse profondément ancrée dans ma poitrine disparaît.

— Tu sens si bon, murmure Ariel en frôlant sensuellement mon oreille des lèvres puis en me mordillant. Tu m'as manqué.

— Quoi ?

Surprise, je m'extrais de ses bras.

— J'ai quoi ?

Elle incline la tête.

Mes pensées tournent à toute vitesse dans ma tête. Est-elle encore sous contrôle mental… mais d'un adolescent excité qui peut voir à travers ses yeux et parler par sa bouche, à la façon de Baba Yaga ? Ou le sevrage du sang de vampire perturbe-t-il sa libido et ses préférences sexuelles ? Va-t-elle devenir une accro au sexe maintenant, comme Kit ?

Une seconde.

— Kit ? dis-je d'un ton sévère en fronçant les sourcils.

En soupirant, la femme devant moi se transforme en Conseillère espiègle.

— Ariel n'était pas elle-même ces derniers temps, alors je n'ai pas pu interagir avec elle et apprendre ses schémas de comportement, déclare-t-elle en s'excusant de sa voix de personnage d'anime.

— Tu penses que c'est *ça* le problème ?

— Sasha ! s'exclame Felix à bout de souffle derrière moi.

Je me retourne tout de suite, alarmée par le ton étrange de sa voix.

Il inspire avant de lâcher d'une traite :

— Ariel n'est pas là.

Je suis frappée de plein fouet par une vague d'angoisse.

— Explique, gronde Kit d'un ton autoritaire en s'avançant vers Felix.

— Ils n'ont pas réussi à la trouver ce matin. Ils ont cherché l'enregistrement de vidéosurveillance, qui montre Ariel sortant d'ici quelques heures avant notre arrivée.

— Ils l'ont simplement laissée partir ?

— Ce n'est pas une prison, explique Kit. Sauf si nous avons explicitement accepté d'être détenus ici, nous pouvons partir quand nous le souhaitons.

— Ils auraient dû la placer plus longtemps sous contrôle mental, se lamente Felix.

Il scrute l'endroit en fronçant les sourcils.

— Il existe également un protocole pour cela, précise Kit. Ils doivent te laisser exercer ta volonté quand ils pensent que tu peux le gérer.

— Mais clairement, elle ne le pouvait pas encore, répliqué-je sèchement.

Kit semble mal à l'aise, une expression qui n'est pas habituelle sur son visage.

— Je suis désolée d'avoir pris son apparence, marmonne-t-elle. Je ne savais pas qu'elle avait disparu et…

Je balaie ses excuses de la main en essayant d'analyser les conséquences du départ d'Ariel.

— Elle est accro, dis-je à Felix. Il est donc logique de supposer qu'elle va chercher une dose.

— Gaius, lâche Felix en affichant une haine qui ne lui ressemble pas du tout. Elle cherche sûrement ce crétin.

— Gaius ?

Le sourcil gauche de Kit monte incroyablement haut sur son front, ce qui est sans doute dû à ses capacités de changeforme.

— Il a rendu Ariel dépendante, l'informé-je.

— Enfin, c'est le fait d'avoir ingéré son sang qui a conduit Ariel ici, précise Felix.

Je suis sur le point de crier contre Felix parce qu'il défend Gaius, mais quelque chose dans l'expression de Kit m'en empêche.

— Il était ici plus tôt dans la journée, indique-t-elle en fronçant tellement les sourcils qu'ils forment presque une croix. Je croyais qu'il était là pour moi, mais maintenant je ne me sens plus aussi importante.

Ses lèvres en forme de cœur font la moue.

— Gaius était *ici* ? disons-nous en chœur.

— Il y a quelques heures. Il m'a dit qu'il était récemment rentré de Russie et nous avons flirté un peu. Je lui ai ensuite rappelé que j'avais l'intention de sortir d'ici aujourd'hui, et nous nous sommes mis d'accord pour nous voir à Brooklyn.

— Pardon ?

Felix parvient à avoir l'air encore plus stupéfait que ce que je ressens.

— J'ai eu toute une semaine de célibat, explique Kit, sur la défensive. Les vampires sont des amants voraces, alors quand un vampire aussi vieux que Gaius propose une liaison…

— Nous ne nous intéressons pas à ta vie sexuelle, l'interromps-je avant de prendre une grande inspiration. Nous voulons trouver Ariel et ils ont un passé commun.

— Penses-tu que Gaius est allé voir Ariel après toi ? demande Felix à Kit.

— Probablement. Il a pu y aller avant ou après m'avoir parlé.

— Comment aurait-elle réagi en le voyant ? demandé-je en fronçant les sourcils.

Felix pose une main sur mon épaule.

— Avec difficulté. Comme un alcoolique face à un lac de vodka.

— Plutôt comme si elle voyait de l'héroïne pure qui marche et qui parle, dit Kit dont le visage est extrêmement sérieux. Sa volonté aurait été très sévèrement mise à l'épreuve.

Je respire pour me calmer.

— Nous devons la trouver. Elle est sans doute partie avec Gaius, alors nous devons commencer par le trouver, lui.

Je jette un regard appuyé vers Kit. Elle me regarde à son tour, son visage devenant sournois.

— Où as-tu rendez-vous avec lui exactement ? demande Felix. À quelle heure ?

— Je pourrais vous laisser me suivre quand je vais le voir tout à l'heure.

Kit enroule une mèche de ses cheveux décolorés autour de son doigt.

— Nous pouvons tous faire une orgie, si vous voulez.

— Non, merci, mais peux-tu nous y conduire quand même, s'il te plaît ? rétorqué-je alors que j'ai un pressentiment sans rapport avec la voyance indiquant qu'un « s'il te plaît » ne va pas suffire.

Effectivement, elle répond :

— Il vous faudra me rendre un service en retour.

— Je ne conclus jamais de marché pour des services génériques, dis-je fermement et Felix hoche la tête. J'apprends de mes erreurs.

Kit lâche ses cheveux.

— C'est tellement triste. Je ne sais pas comment vous allez trouver Gaius sans moi.

Elle se transforme en vieille dame et ajoute d'une voix rocailleuse :

— Et si vous avez l'intention de me suivre quand je pars d'ici, j'espère que vous n'avez pas oublié que je peux ressembler à qui je veux.

L'idée de la suivre m'a traversé l'esprit, mais elle n'a pas tort. Elle peut se perdre dans une foule avec plus de facilité qu'un espion entraîné.

— Tu peux quand même nous demander un service, cédé-je. Nous devons simplement nous mettre d'accord sur sa forme à l'avance.

La vieille dame fait la moue.

— Ce n'est pas aussi amusant.

— Et pourquoi pas une vision de ma part ? Je peux apercevoir dix minutes de ton avenir pour toi.

Elle lève un sourcil argenté et son front se creuse de rides profondes.

— Ou quelque chose en rapport avec les ordinateurs, intervient Felix et elle fronce le nez de dégoût.

— Très bien.

Kit reprend une apparence plus jeune.

— Une vision, ça marche, et puis une autre trivialité. J'ai besoin d'un endroit où dormir pendant quelques jours.

— Toi ?

Felix la dévisage de la tête aux pieds, incrédule.

— Tu es Conseillère. N'as-tu pas une villa quelque part ?

— C'est compliqué.

Kit scrute le carrelage futuriste du centre.

— Quelqu'un – appelons-le un complice – y est, ce qui ne serait pas bon pour l'addiction que j'essaie de contrôler.

Je me retiens de lui balancer : « Et qu'en est-il de ta liaison avec Gaius, n'est-elle pas également mauvaise pour ton addiction ? ». Je ne lui demande pas non plus comment elle a réussi à trouver quelqu'un avec un appétit sexuel plus marqué que le sien… en supposant que c'est cela qui rend complice son « complice ». Ou alors, il/elle pourrait simplement être un succube. Depuis que j'en ai croisé, je peux comprendre qu'une personne devienne accro au sexe en présence d'un succube.

Puisqu'on parle de Conscients pouvant nous rendre accros au sexe, comment se fait-il que je ne connaisse toujours pas la nature de Nero ?

— Tu peux dormir sur le canapé du salon, dit Felix à Kit. Je pense que ça fera l'affaire.

— Vous ne saurez même pas que je suis là, répond Kit en rétrécissant d'une trentaine de centimètres, sans doute pour nous montrer ce qu'elle ferait si le canapé n'était pas à sa taille.

— D'accord, accepté-je sans arriver à chasser l'idée que nous avons été manipulés dans cette négociation. Quand sors-tu d'ici ?

— Pourquoi pas maintenant ?

Elle reprend sa taille normale.

— J'ai très envie d'une pizza au feu de bois, et il y a la meilleure pizzeria juste à côté de notre destination.

Sans attendre notre avis, elle se dirige vers la porte.

— Je suppose qu'elle n'a pas besoin de signer de décharge formelle, chuchoté-je à Felix avant de la suivre.

Il se contente de hausser les épaules.

Quand nous arrivons dehors, Kit a déjà trouvé une voiture pour nous et nous montons tous à bord avant de partir.

Felix pose des questions à Kit au sujet du centre de désintoxication et elle fait l'éloge du centre comme s'il s'agissait d'une publicité. Au bout d'une minute, je n'écoute plus, car j'ai une idée.

J'ai mon propre moyen de retrouver Ariel : mon pouvoir.

Je rends ma respiration plus régulière et me glisse dans la concentration nécessaire… puis je me trouve dans l'espace mental.

———

En flottant parmi les formes, j'hésite à évoquer encore Darian, mais je décide qu'Ariel a la priorité.

Comment obtenir une vision d'Ariel ?

Je pense à elle, mais rien ne change.

Mince. J'avais eu l'impression que ça fonctionnait.

Sauf si je dois penser à elle avec plus de profondeur que simplement son nom ?

Je visualise sa beauté sans défaut. Je me souviens de sa tendresse envers Felix et moi, et de sa férocité de maman ourse quand quelqu'un essaie de nous faire du mal. Je peux presque revivre l'enthousiasme enfantin sur son visage quand je termine un de mes tours de magie. Un sourire frôle mes lèvres inexistantes quand je pense à son obsession pour Batman. Au fond d'elle, Ariel est spontanée et aventureuse, mais il y a également un côté plus sombre, comme son addiction…

Un nouveau jeu de formes apparaît devant moi.

Est-ce que ça a marché ?

Je zoome pour m'assurer que la vision est courte, puis je touche la forme la plus proche. En tourbillonnant dedans, je me prépare à découvrir dans quels ennuis Ariel s'est fourrée, cette fois-ci.

# CHAPITRE SEIZE

Je suis désincarnée, ce qui signifie que j'ai une vision d'un moment où je ne suis pas présente.

La pièce est petite et assez vide, en dehors de quatre murs en béton sans fenêtre et d'une porte blanche.

D'un air aussi placide que si elle méditait, Ariel est assise sur une chaise en métal avec les yeux fermés, toute seule.

Et c'est tout.

Elle reste simplement assise là.

———

Je reviens à la réalité de notre trajet en voiture futuriste, avec Kit et Felix qui bavardent encore.

Ils n'ont rien remarqué quand je suis passée dans la vision, ce qui prouve que les éclairs de mes yeux deviennent trop rapides pour les percevoir.

Que signifiait cette vision ? Pourquoi Ariel était-elle

assise ainsi ? Méditait-elle ? Si c'est le cas, pourquoi le faire dans une pièce si ennuyeuse ?

Mon estomac se noue. Est-il possible que Baba Yaga l'ait encore kidnappée ? Les yeux d'Ariel auraient-ils été complètement noirs si elle avait ouvert les paupières ? Cela aurait été un signe révélateur du contrôle de Baba Yaga.

Ou bien Ariel méditait, tout simplement.

De plus, je ne sais pas du tout *quand* cette vision a lieu. Bien que je voie d'habitude le futur proche, il est possible que j'aie aperçu quelque chose de l'année prochaine, ou plus tard encore.

— Hé, Kit, dis-je en interrompant Felix au milieu de sa phrase. Y a-t-il des salles de méditation dans le centre de désintoxication ?

— Oui, des tonnes.

— À quoi ressemblent-elles ? lui demandé-je avec espoir.

Elle décrit des salles ressemblant à un spa, et je fronce les sourcils. Felix me jette un regard étonné.

— Pourquoi poses-tu cette question ?

En soupirant, je leur raconte ma vision.

— Cherches-en une autre, me conseille Kit. Vois si elle ouvre les yeux.

— Ou alors, économise ton pouvoir en cas de besoin, propose Felix. Si tu as vu très loin dans l'avenir, cela signifie qu'Ariel va bien et que nous avons beaucoup de temps pour l'aider. Si c'est le futur proche, trouver Gaius pourrait nous être utile. C'est peut-être une coïncidence qu'elle ait disparu juste au moment où il est réapparu.

Bon sang. Ils ont tous les deux de bons arguments.

— Je vais essayer une autre vision courte. De cette façon, je peux tenter de voir ses yeux et garder du jus pour plus tard.

J'entre dans l'espace mental et je pense à nouveau à Ariel. Des formes presque identiques aux précédentes apparaissent.

Super. Avoir une vision au sujet d'une personne spécifique est donc similaire à l'évocation d'un autre voyant : je dois penser à son « essence ». Mais comment puis-je me focaliser sur un moment et un endroit spécifiques ?

Je vais devoir poser la question à Darian… quand je parviendrai à le joindre.

Pour l'instant, je touche simplement la forme la plus proche et j'obtiens exactement la même vision d'Ariel assise avec les yeux fermés.

Dès que je sors de la vision, je partage ma frustration avec Kit et Felix.

— Si ça se trouve, Ariel possède un lieu de méditation secret, suggère Felix pour me rassurer.

— Oui, intervient Kit. Ta soi-disant vision identique à la précédente est peut-être Ariel qui se détend en paix dans un mois par exemple.

— Peut-être. J'aimerais quand même voir ses yeux.

Notre voiture s'arrête et nous sortons pour nous diriger vers l'immense bâtiment possédant la plateforme de portails tout en haut.

Pendant que nous marchons, Kit et Felix me

découragent de tenter d'autres visions avant d'avoir des réponses de Gaius.

À la place, Kit demande à entendre toute mon histoire depuis le début, et je cède. Lorsque nous arrivons au portail menant à la Terre, j'en suis au point où j'étais devant le Conseil.

— Tu étais là, dis-je lorsque nous pénétrons dans les couloirs labyrinthiques de l'aéroport JFK.

— Oui, et juste pour que tu saches, j'ai voté pour faire sortir Chester du Conseil, m'indique-t-elle d'un ton pragmatique. Et j'ai voté contre l'arrivée de Baba Yaga à sa place. J'ai entendu dire que ce n'est pas non plus ton amie ?

— Merci. Personne n'a besoin d'avoir Baba Yaga au Conseil.

— Malheureusement, ce n'est qu'une question de temps avant que cette femme obtienne ce qu'elle veut. Elle est persévérante et puissante, alors le seul espoir est qu'elle ne vive pas assez longtemps pour voir l'ouverture d'un nouveau siège. Cela se produit extrêmement rarement. Mais si ça arrive vraiment, elle serait la candidate la plus probable.

— Ce n'est pas bon, marmonné-je.

— En effet, acquiesce Kit. Tu ferais mieux d'y aller lentement en ce qui concerne le mentorat de Nero. Tant que tu es sous son aile, tu n'as pas à t'inquiéter.

Super.

L'esclave de Nero pour toujours.

Exactement ce dont j'avais besoin.

— Qui a eu la place, alors ? demande timidement Felix.

— Hekima. Comme c'est un illusionniste et qu'il a géré l'Orientation pendant tant d'années, il méritait cet honneur.

Intéressant. Pas étonnant que les autres élèves aient peur du docteur Hekima. J'associe la crainte des adolescents à leur niveau de respect.

Cet homme est maintenant dans le Conseil.

— Qu'est-il arrivé ensuite ? demande Kit. Après le Jubilé ?

Elle fait un clin d'œil, sans doute pour me rappeler le tour qu'elle m'a joué en obtenant un baiser.

Je lui raconte le reste de l'histoire pendant que nous parcourons les passages secrets, mais quand nous nous mêlons à la foule humaine, je passe à une version expurgée de tout ce qui est spécifiquement Conscient. Nous marchons jusqu'à la limousine.

— Où allons-nous ? lancé-je assez fort à Kit pour que Kevin nous entende.

— Au One Hotel. C'est juste à côté du pont de Brooklyn.

Kevin hoche la tête et il nous guide jusqu'à la voiture, où je finis de raconter mon histoire à Kit pendant que nous mangeons et buvons un coup.

Nous nous garons à côté d'un hôtel élégant et laissons Kevin nous attendre pendant que nous montons l'escalier en granit.

Tandis que Kit s'adresse au concierge, j'examine soigneusement le vestibule décoré dans un thème industriel et couvert de plantes. Les seules autres personnes présentes sont deux types ressemblant à des videurs assis à une table qui a l'air de sortir tout droit d'une grange.

Cet endroit pourrait-il avoir une pièce comme celle que j'ai vue dans ma vision ? Le décor chic-rustique autour de nous suggère que c'est possible.

— Gaius n'est pas encore là, nous informe Kit avec une bonne dose d'irritation. Je sais que je suis en avance, mais…

— Nous pouvons attendre, la rassure Felix en levant la tête de son téléphone. D'après leur site Internet, il y a une piscine sur le toit, avec vue sur Manhattan et le pont de Brooklyn.

— J'aimerais plutôt commander une pizza.

Kit regarde autour de nous avant d'ajouter :

— Après être passée aux toilettes.

— Les toilettes sont à l'étage au-dessous, indique le concierge. Vous pouvez descendre par l'ascenseur.

Nous suivons ses instructions et les toilettes nous surprennent, car elles sont mixtes.

— C'est chic, note Kit en y entrant.

Felix fixe l'entrée d'un air suspicieux. Me sentant soudain espiègle, je l'attrape par le coude et le traîne à l'intérieur. Il écarquille les yeux comme s'il voyait l'intérieur du vestiaire d'un club de striptease. À mes yeux, ces toilettes mixtes ressemblent beaucoup aux toilettes pour femmes normales. Ce doivent être les murs hauts et épais des cabinets individuels qui font de cet endroit un lieu neutre et non genré.

— À tout de suite, dis-je en entrant dans la cabine la plus proche de la porte.

Felix grommelle quelque chose d'inintelligible, mais j'entends une autre porte claquer, alors je me dis qu'il profite aussi de l'occasion.

Je termine mes affaires et me relève. C'est alors que la plus grande de toutes les angoisses prémonitoires me tombe dessus quand j'ai encore le pantalon baissé. Je remonte mon pantalon et me prépare à sortir, ce qui ne fait qu'augmenter l'angoisse.

D'accord. Je ne sors pas encore. Pas avant d'avoir découvert la cause.

Si j'ai bien appris quelque chose de mes mésaventures jusqu'ici, c'est de faire confiance et de respecter ce genre de sentiment.

Je comprends soudain une chose : contrairement aux autres fois où je me trouvais dans ce genre de situation, j'ai maintenant un énorme avantage.

Je peux générer des visions ici, dans ces toilettes.

En stabilisant ma respiration, je ferme les yeux et j'essaie.

La concentration requise est atteinte en un temps record et je me trouve dans l'espace mental, entourée par des formes aux bruits terrifiants.

DOIS-JE SIMPLEMENT EN TOUCHER UNE, ou faut-il que j'essaie de concentrer ma vision sur le moment présent dans les toilettes ?

Je pourrais penser à l'essence de Felix. Il est dans les toilettes avec nous et si j'ai une vision de son avenir, je verrai également mon avenir proche.

Bien sûr, je pourrais également apprendre par mégarde ce que fait Felix quand il se douche un peu trop longtemps… et être traumatisée à vie.

La bonne nouvelle est que j'ai le temps de réfléchir maintenant, puisque j'ai plus ou moins arrêté l'écoulement du temps à l'extérieur. Cela signifie que, quel que soit le danger, il ne sera un problème que quand je sortirai de l'espace mental, pas avant.

Je choisis la solution la plus active et invoque l'essence de Felix. Je pense à sa nature douce et affectueuse, à son esprit analytique, à l'efficacité avec laquelle il s'attaque à tous les problèmes qu'il rencontre, à son côté commère…

Peu importe le temps que j'y passe, les formes autour de moi ne bougent pas.

Soit je n'ai pas correctement capturé l'essence de Felix, soit les formes étaient déjà celles dont j'avais besoin. Cela suppose que mon inconscient a déjà fait ce que je cherchais à faire consciemment.

Si j'avais un corps, je tremblerais d'anticipation en tendant ma volute éthérée vers la forme la plus proche.

———

Je sors des cabinets.

Les types ressemblant à des videurs entrent dans les toilettes et s'arrêtent à côté de la porte par laquelle je viens de sortir.

Quelque chose dans la situation me paraît extrêmement étrange, et ce n'est pas seulement parce que je vois des hommes dans les mêmes toilettes que moi.

Comme moi, ils semblent un peu perplexes. Peut-être ne se sentent-ils pas complètement à l'aise de voir une femme dans les toilettes ?

Une seconde.

Si ce sont des videurs de l'hôtel, ils doivent avoir l'habitude de ces toilettes.

En fait, je n'ai aucune preuve que ces types sont des videurs. Avec leurs gros muscles et leur visage patibulaire, ils pourraient tout aussi bien être des mafieux russes travaillant pour Baba Yaga.

Merde. Si j'enlevais leurs lunettes de soleil, trouverais-je des yeux noirs, ou bien Baba Yaga n'a-t-elle pas besoin de contrôler la plupart de ses sbires par l'esprit ?

La quatrième porte des toilettes s'ouvre et Kit en sort joyeusement.

La voir semble tirer les hommes de main de leur stupeur momentanée.

Le temps qu'il me faut pour penser « je suis morte », ils mettent leurs grosses mains dans les poches de leur costume et ils en sortent des pistolets plus gros que ma tête.

Avant que Kit ou moi puissions cligner des paupières, ils tirent.

# CHAPITRE DIX-HUIT

JE TOURBILLONNE hors de la vision et mon pouls déjà élevé augmente pendant qu'un plan désespéré prend forme dans ma tête.

Je déverrouille la porte de ma cabine de toilettes et je l'ouvre juste un tout petit peu.

Quelques secondes d'angoisse plus tard, les deux hommes entrent. Ils s'arrêtent à côté de ma porte, comme ils l'ont fait dans ma vision.

Chaque muscle de mon corps se raidit d'anticipation. Si je me trompe, Kit va y passer.

Les toilettes de Kit s'ouvrent, comme je l'ai prévu.

Les types passent la main dans leurs poches.

J'inspire profondément et je donne un coup de pied dans la porte devant moi avec autant de force que possible.

J'entends un bruit de métal frappant le carrelage et je vois les deux sbires grogner à côté des lavabos.

Kit disparaît dans ses toilettes.

Je canalise tout mon entraînement avec Nero et Thalia et j'exécute la technique d'art martial que j'ai apprise. Les articulations de ma main s'écrasent contre la mâchoire énorme du type le plus proche. Quelque chose craque. Ignorant la douleur de ma main, je frappe encore mon adversaire… et il se plie en deux.

Un alligator de quatre mètres cinquante se précipite hors des toilettes de Kit et bondit sur le deuxième homme avec une vitesse surprenante pour un si gros monstre.

Je lutte contre l'envie de me frotter les yeux et donne un coup de genou au visage de mon adversaire. Les mâchoires de l'alligator croquent le torse de l'autre type, ses dents géantes pénétrant le corps de l'homme comme quatre-vingts poignards affûtés.

Le type que je viens de frapper roule sur le côté.

— Il va attraper le pistolet ! crié-je à Kit l'alligator.

L'alligator lâche son adversaire mort et saute sur l'autre.

L'homme de main attrape le pistolet et tire sans viser.

Le coup de feu est étouffé. Pas étonnant que l'arme semble si énorme : il doit y avoir un silencieux.

La balle frappe le mur au-dessus des toilettes du milieu et des éclats de carrelage volent dans tous les sens.

Le type pointe son pistolet vers l'alligator, mais la créature monstrueuse ferme les dents sur son épaule avant qu'il ait l'occasion de tirer encore.

Son cri de douleur est interrompu par un autre claquement de mâchoires gigantesques.

La cabine de Felix s'ouvre. Mon ami semble plus blanc que la cuvette des toilettes derrière moi.

Lorsque son travail dégoûtant est terminé, l'alligator se tourne vers moi, se lève sur ses pattes arrière et reprend fluidement l'apparence de Kit.

— Quoi ? Un crocodile ?

Felix regarde les deux types morts avec de grands yeux, puis moi, et enfin Kit.

— Un alligator, précise Kit en retirant calmement une poussière de sa manche. Un crocodile n'aurait aucun sens dans les circonstances actuelles.

Felix s'avance vers le lavabo et s'asperge le visage d'eau fraîche.

— Bien sûr. Ça explique tout, merci.

— Effectivement, renchérit Kit sans percevoir le sarcasme de Felix. Mes choix étaient limités à cause du Mandat.

— Hein ? dis-je doucement, heureuse d'avoir enfin retrouvé ma voix.

Kit regarde les deux hommes morts.

— Ils n'avaient pas d'aura. Je ne pouvais pas les laisser me voir me transformer, ce qui explique que je me sois cachée dans la cabine. Je ne pouvais pas non plus me transformer en orque, ou en autre chose qui n'a rien à faire ici.

— Alors qu'un alligator est parfaitement raisonnable ? ironisé-je.

— Bien sûr, tout le monde sait qu'il y a des alligators géants dans les égouts de New York.

Kit regarde autour d'elle avant d'ajouter :

— Comme nous sommes dans des toilettes, le lien avec les égouts est assez plausible, selon moi.

Sa logique a dû être convaincante pour le Mandat, car elle ne saigne d'aucun orifice, alors je secoue la tête, m'avance vers le lavabo et suis l'exemple de Felix en m'aspergeant le visage d'eau froide.

Kit fouille les poches des cadavres et secoue la tête.

— Ils n'ont aucun papier d'identité.

— Vérifie s'ils n'ont pas de tatouages, lance Felix sans regarder les hommes morts.

— Il y a des étoiles sur leurs épaules.

— Comme je m'y attendais, répond-il, toujours sans se retourner. Ça indique qu'ils ont fait de la prison en Russie.

— Ce qui signifie que ce sont les hommes de Baba Yaga, complété-je.

— Nous ferions mieux de sortir d'ici.

Felix marche en crabe vers la sortie des toilettes, de façon à ne pas voir les corps massacrés.

Je récupère le pistolet sur le sol, puis j'arrache l'autre des mains de l'un des deux sbires. De près, ces pistolets ne ressemblent à rien de ce que j'ai pu voir au stand de tir. En outre, le peu de bruit qu'ils font me pousse à me demander si quelqu'un ne les aurait pas rapportés illégalement d'un Autremonde où la technologie est plus avancée. D'après ce que j'ai lu sur les pistolets avec des silencieux normaux, le bruit qui en résulte reste assez fort, pourtant ici, il était étouffé au point que personne en dehors de ces toilettes n'a pu l'entendre.

D'un autre côté, les technologies des silencieux terrestres ont peut-être été améliorées récemment ? Se pourrait-il que ce soit le produit de recherches secrètes du gouvernement ?

Je hausse les épaules et range un pistolet à l'avant et un autre à l'arrière de mon pantalon.

— Nous devrions appeler Pada pour nettoyer tout ça, suggéré-je en regardant les corps.

— Je peux faire comme lui, mais en mieux.

Kit se transforme en Pada et me fait un des sourires grognons du vieil homme.

— Si tu as l'estomac aussi fragile que ton ami, je te conseille d'attendre dehors.

Je n'ai pas l'estomac aussi fragile, mais je préfère profiter de l'excuse pour me précipiter hors des toilettes. Après avoir fermé la porte derrière moi, je couvre également mes oreilles.

Felix fait de même et nous restons là jusqu'à ce que Kit sorte des toilettes.

— C'est bon, annonce-t-elle en rotant bruyamment. Remettons la pizza à plus tard.

Felix pâlit au point de devenir translucide.

Je ne peux m'empêcher de jeter un coup d'œil dans les toilettes.

C'est entièrement propre.

S'est-elle transformée en quelque chose qui a mangé les corps et léché tout le sang ? Si c'est le cas, Pada utilise-t-il la même méthode pour son nettoyage ? À quoi servent alors les produits de nettoyage qu'il apporte ?

À bien y réfléchir, je crois ne pas vouloir le savoir.

— Il faudrait retourner à la limousine, dis-je. Il pourrait y en avoir d'autres.

— Je n'ai pas peur de simples humains, rétorque Kit d'un ton méprisant.

— Tu as failli prendre une balle. Je l'ai vu dans ma vision.

Kit pose les mains sur ses hanches.

— Je ne partirai pas avant d'avoir eu ce dont j'ai besoin de la part de Gaius. Sauf si l'un de vous veut me soulager ? ajoute-t-elle avec un sourire narquois.

Je lève les yeux au ciel et me tourne vers Felix.

— Si nous allons nous asseoir au bord de la piscine, on n'osera pas nous attaquer parmi la foule, suggère-t-il en évitant de répondre à Kit. Et si Ariel se trouve quelque part dans cet hôtel…

— Très bien, accepté-je en me sentant coupable d'avoir oublié Ariel dans toute cette folie. Nous allons donc attendre Gaius.

Je jette un de mes nouveaux pistolets à Felix et lui demande :

— Peux-tu pirater le système de surveillance de l'hôtel pour vérifier que personne ne nous surprenne ?

Felix cache le pistolet et ses joues retrouvent un peu de couleur lorsqu'il sort son téléphone et commence à travailler dessus.

Je fais signe à Kit de nous suivre, attrape l'épaule de Felix et le guide vers l'ascenseur qui attend.

— C'est moi qui l'ai fait venir, indique Felix lorsque nous montons à bord. Regardez ça.

Les portes de l'ascenseur se referment et nous montons sans que personne n'appuie sur un bouton.

— Il y a une caméra de sécurité près de la piscine, annonce Felix sans lever la tête de son téléphone. J'ai également pris le contrôle d'un drone pour couvrir les zones que la caméra ne peut pas voir.

— Bon travail, le félicité-je pendant que Kit soupire et marmonne quelque chose du genre « les hommes et leurs gadgets ».

Nous sortons sur la magnifique terrasse de la piscine et j'ai le souffle coupé par la vue sur la ville. Quand je reprends mes esprits, nous attrapons des chaises longues et, après une brève minute de détente, je sors mon téléphone. J'appelle Nero par visioconférence en me disant que si je dois supporter ses conneries, je ferais aussi bien de profiter de sa protection de mentor.

Il décroche à la vingtième sonnerie et je vois une croix dorée avec des fresques colorées derrière lui, ainsi qu'un homme à l'air familier vêtu d'une tunique blanche immaculée, d'un chapeau blanc de type kippa et de chaussures en cuir rouge.

— Je suis occupé, me dit Nero en hochant la tête vers son compagnon.

— Ceci est extrêmement urgent, parviens-je à dire sans cligner des paupières.

— Je dois prendre cet appel, Votre Sainteté, dit Nero à l'homme avant de s'éloigner rapidement, renversant presque un groupe d'hommes d'Église vêtus de rouge.

Il s'arrête enfin dans un coin.

— Il vaut mieux qu'il y ait vraiment une urgence, Sasha. Le P…

— Baba Yaga vient encore d'essayer de me tuer.

Le noir des anneaux cornéo-limbiques de Nero s'étale dans ses yeux pendant qu'il fixe intensément la caméra.

— En es-tu certaine ?

Je lui relate aussi vite que possible ce qui est arrivé et je vois ses traits s'assombrir encore.

— Kit devrait être capable de te garder en sécurité, affirme-t-il quand j'ai terminé. Je vais contacter Baba Yaga et m'assurer que tout est très clair concernant notre arrangement.

— Et n'oublie pas que toi et moi avons également un arrangement qui dépend de ta capacité à me protéger de Baba Yaga, ne puis-je m'empêcher de répliquer.

— Je m'en occupe, grogne-t-il en serrant son téléphone avec tant de force que la caméra se fissure… rendant son image extrêmement effrayante.

— Merci, dis-je en raccrochant, le cœur battant.

— Je ne pense pas que Baba Yaga t'embêtera à nouveau, déclare Kit. Elle doit être sénile pour oser défier Nero.

Je hausse les épaules, puis je me rallonge sur la

chaise longue. En fermant les yeux, je fais de mon mieux pour me détendre. Peu après, le soleil me réchauffe et la douce brise me pousse à faire une sieste.

———

— SASHA, dit Kit en me secouant l'épaule. Réveille-toi. Gaius doit être dans sa chambre maintenant.

Le souvenir de Gaius – et donc d'Ariel – chasse tous les restants de sommeil de mon cerveau et je me lève d'un bond.

Nous nous dirigeons vers les ascenseurs et Felix utilise son pouvoir pour nous conduire au huitième étage. Lorsque nous arrivons devant la chambre, Kit frappe à la porte.

Personne ne répond.

Elle fronce les sourcils et frappe encore.

Toujours aucun résultat.

En fronçant encore plus les sourcils, Kit demande à Felix de déverrouiller la porte.

Nous entrons.

La chambre est vide.

Kit regarde sa montre, puis nous.

— Où est-il?

— En retard?

— Je suis déjà assez en retard comme ça, répond Kit. Comment ose-t-il?

Felix et moi haussons les épaules, mal à l'aise.

Kit sort un téléphone de sa poche et déverrouille l'écran avec colère. En tapotant de son petit pied, elle attend que son appel soit décroché et fronce encore les sourcils.

— La messagerie ? crie-t-elle. Vraiment ? Tu me poses un lapin – à *moi* – et maintenant tu ne décroches pas ?

Elle serre son téléphone avec force, puis elle inspire profondément avant de cracher la suite d'insultes la plus créative qu'il m'ait été donné d'entendre. Elle termine son coup de gueule par un long discours sur l'apparente tendance à se « rétrécir » des testicules de Gaius et par un traité sur la mauvaise circulation sanguine vers sa virilité. Au lieu de lui dire au revoir, elle lui suggère de boire le sang d'un humain ayant pris du Viagra et de pratiquer une prouesse sexuelle impossible sur lui-même.

Felix se racle la gorge.

— Waouh.

— Oui. Il n'y a pas pire qu'une femme excitée à qui on pose un lapin.

Kit nous jette un regard assassin avant de regarder le lit, puis nous, puis le lit. Un air espiègle vient remplacer sa colère.

— Nous devons localiser Ariel, dis-je vite.

Il est clair que Kit était sur le point de nous redemander de s'occuper de son « besoin ».

— Oui, acquiesce Felix. L'absence de Gaius pourrait-elle avoir un lien avec Ariel ?

— Peut-être a-t-il aussi été enlevé ?

J'observe Kit avant de jeter un regard appuyé vers le lit.

— Cela expliquerait qu'il rate une occasion aussi incroyable.

— Ça l'expliquerait, grommelle-t-elle. Mais qui pourrait enlever un vampire aussi puissant que Gaius ?

— Ariel n'est pas une mauviette non plus, mais ce serait la deuxième fois qu'elle se fait kidnapper.

— Bon. Que faisons-nous maintenant ? demande Kit.

— Nous rentrons chez nous, tranche Felix. Ariel a peut-être simplement quitté le centre de désintoxication pour revenir à la maison.

— Ça vaut le coup de vérifier, concédé-je. Et puis la maison est un bon endroit si Baba Yaga essaie encore de me tuer.

— En supposant qu'il s'agit bien de Baba Yaga, rétorque Kit. J'ai entendu ta conversation avec Nero, et je suis d'accord avec lui : ils ont conclu un marché, elle n'oserait pas le rompre.

Elle sort de la chambre et Felix et moi la suivons.

— Qui ça peut être, sinon ? questionné-je lorsque nous atteignons l'ascenseur.

— Chester ? suggère Felix en faisant venir l'ascenseur. Il a peut-être fait en sorte que ça ressemble au travail de quelqu'un d'autre ?

Kit monte dans l'ascenseur qui vient d'arriver.

— Chester ne s'en prendrait pas à *moi*. De plus, je crois qu'il ne s'intéresse plus à Sasha… depuis qu'elle a fini sous l'aile de Nero au lieu de celle de Darian.

J'appuie sur le bouton du rez-de-chaussée.

— Chester ne savait peut-être pas que tu serais là

quand les sbires m'ont attaquée. Et j'ai un peu battu sa fille dans un combat... deux fois. Cela aurait-il pu me causer des problèmes avec lui ?

— Ça, je ne le sais pas, répond Kit. Mais je ne pense pas que le petit chiot aille tout cafter à son papa. Les loups-garous sont assez fiers.

Felix acquiesce en hochant la tête lorsque nous sortons de l'ascenseur.

— Et puis tu ne l'as pas vraiment battue dans un de ces combats.

— Ça dépend de ta façon de définir le mot « vraiment », réponds-je, sur la défensive.

— Ce qu'il veut dire, c'est qu'elle ne s'est pas soumise à toi, précise Kit dont les yeux brillent d'excitation. Ce n'est pas le cas, n'est-ce pas ?

Existe-t-il quelque chose que Kit ne peut pas transformer en pensée salace ? La façon dont elle prononce le mot « soumise » donne l'impression qu'elle parle de BDSM... et je ne veux pas penser à ça dans le contexte d'une mineure comme Roxy.

— Elle s'est enfuie une fois, et elle a été grondée par Rose une autre fois. Je ne sais pas si ça compte comme une soumission.

— Non, ça ne compte pas, répond Kit d'un air déçu. La soumission des loups-garous est assez élaborée et formelle.

Elle ajoute tristement :

— Tu le saurais si cela t'arrivait. Fais-moi confiance.

— D'accord, dis-je en échangeant un regard furtif

avec Felix qui est rouge écarlate avant de sauter dans la limousine. Kevin, ramène-nous à la maison.

———

— ARIEL ? crié-je lorsque nous entrons dans notre appartement. Es-tu là ?

— Elle n'est pas à la maison, m'informe mentalement Fluffster qui sort nous accueillir.

— Fluffster, je te présente la Conseillère Kit. Kit, voici Fluffster.

Le cri d'excitation de Kit est si aigu que Fluffster doit s'inquiéter pour nos précieux verres à vin dans la cuisine.

— Tu es la chose la plus mignonne que j'ai jamais vue.

Elle le soulève du sol et frotte avec enthousiasme sa joue contre son pelage. D'un air admiratif, elle chuchote :

— La chose la plus douce que j'ai jamais touchée.

— C'est un domovoi, indiqué-je avec un regard appuyé.

— Je sais.

Elle sourit presque littéralement d'une oreille à l'autre en le reposant doucement sur le sol.

— Il est extrêmement puissant dans la maison, ajoute Felix.

— Je sais.

Kit retire sa main du chinchilla avec regret et regarde autour d'elle.

— Alors, où vais-je dormir ?

Je la conduis dans le salon.

— Ici.

Elle regarde le canapé et fronce le nez. Je vois presque une ampoule s'allumer au-dessus de sa tête lorsqu'elle dit :

— Si Ariel a disparu, puis-je loger dans sa chambre ?

— Non, répondons Felix et moi en chœur.

— Ariel devra décider si tu peux utiliser sa chambre, argué-je. Mais aide-nous à la trouver, et tu pourras rester dans la mienne.

En voyant une lueur dans ses yeux, je m'empresse d'ajouter :

— Pendant que je dormirai sur le canapé.

Kit prend un air pensif.

— Si vous êtes certains que Gaius a quelque chose à voir avec ceci, Vlad pourrait…

— Très bonne idée, dis-je en courant vers la porte.

Je me précipite vers l'appartement de Rose, appuie sur la sonnette et croise les doigts.

— Sasha ! me salue Rose en ouvrant la porte avec un grand sourire. Quel plaisir de te voir.

— À vrai dire, je cherche Vlad. Ariel a disparu et je pense qu'elle pourrait être avec Gaius, alors…

— Vlad n'est pas ici.

Le sourire de Rose s'évapore quand elle développe :

— Beaucoup de travail d'Exécuteur s'est accumulé pendant que nous étions en vacances. Il ne reviendra que demain soir.

— Penses-tu pouvoir l'appeler et lui demander des nouvelles de Gaius pour moi ?

— Bien sûr.

Rose me fait signe d'entrer chez elle. Elle s'avance jusqu'à son téléphone des années quatre-vingt-dix et compose le numéro. Je fais de mon mieux pour suivre le mouvement de ses doigts, cherchant à me souvenir des nombres… au cas où.

Vlad doit décrocher à la deuxième sonnerie, car Rose demande immédiatement s'il sait où se trouve Gaius.

— Désolée, articule-t-elle pour moi. Vlad a dit qu'il allait essayer de le trouver, mais il est toujours en congé.

Elle fait alors des bruits de bisous dans le téléphone et raccroche pendant que j'essaie de ne pas rougir.

— Il me tiendra au courant s'il apprend quelque chose, ajoute-t-elle en marchant vers son canapé. Maintenant, raconte-moi pour Ariel, s'il te plaît.

Je fais ce qu'elle demande, puis je retourne à l'appartement et raconte ce qui est arrivé à Kit et à Felix.

— Intéressant. Vlad n'a pas décroché quand je l'ai appelé il y a un instant, note Kit d'un ton condescendant.

— Nous devons faire quelque chose.

Je commence à faire les cent pas dans le salon.

— Comme quoi ? demande Felix.

— Je ne sais pas.

Je m'arrête et le regarde, avant d'observer Kit.

Felix se frotte le menton.

— Si elle n'a pas été enlevée, il n'y a pas grand-chose que nous puissions faire. C'est une grande fille. Si elle veut boire…

Je serre les poings.

— Non. Tu as vu comment elle était quand nous l'avons sauvée.

— J'ai bien peur qu'il ait raison, pourtant, intervient Kit. Il faut vouloir être aidé. Je parle par expérience personnelle.

— Nous verrons, dis-je en marchant à grands pas vers ma chambre.

Pendant que je fais les cent pas à côté de mon lit, des idées folles tournent dans ma tête. Nero accepterait-il d'enfermer Ariel pour moi ? Il y a déjà la cage remplie de nourriture au travail qui me fait office de bureau. Nous pourrions la mettre là…

Qu'est-ce que je raconte ?

Je ne peux pas enfermer Ariel.

Si elle n'a pas été enlevée, il me faudra utiliser les mots, pas la force, pour la pousser à se désintoxiquer. Cependant, quand on sait comme elle peut être entêtée, c'est peut-être plus facile si elle a vraiment été kidnappée…

Mon téléphone sonne.

C'est un appel vidéo de Nero.

Super.

Lui, il a peut-être des réponses.

# CHAPITRE DIX-NEUF

NERO EST sur son tapis de course. Sa silhouette massive couverte de sueur monte et descend en rythme avec les bonds olympiques qu'il fait à chaque pas. La cité du Vatican est visible par une grande fenêtre derrière lui.

— Baba Yaga a dit qu'elle n'essayait pas de te tuer, lance-t-il sans perdre de temps avec des politesses.

— Ah bon ?

Je suis surprise par le ton confiant de sa voix.

— Non. Je le lui ai demandé directement. Elle ne peut pas me mentir sur ce sujet ou sur n'importe quel autre, affirme-t-il d'une voix qui n'est pas modifiée par sa course. Personne ne le peut.

— Pourtant, quelqu'un vient d'essayer de me tuer. C'est un fait.

J'avance vers ma table, pose le téléphone sur son support et me laisse tomber sur la chaise.

— C'est pour cette raison que je veux que tu restes

discrète jusqu'à mon retour. Reste à la maison sous la protection de ton domovoi et…

Je fronce les sourcils.

— Tu ne peux pas me dire ce que je dois faire de mon week-end.

— À vrai dire, comme je suis ton mentor, je le peux et je viens de le faire. Te souviens-tu de l'Orientation ?

— Exactement. C'est demain et je ne vais pas la rater.

Il agite la main avec dédain.

— Tu peux rater une séance.

— Non, je ne le peux pas. De plus, l'Orientation n'est pas la seule raison pour laquelle je ne peux pas rester chez moi. Ariel est…

— Que dirais-tu d'un marché ?

Nero accélère le pas en poursuivant :

— Tu restes à la maison et je te prouve qu'Ariel n'a pas été enlevée.

— Sais-tu quelque chose ?

Je me penche vers l'écran.

— Est-ce que ça signifie que tu es d'accord pour le marché ? demande-t-il sans cacher son air satisfait.

— Si tu peux me prouver qu'Ariel n'a pas été enlevée, je resterai chez moi… sauf pour l'Orientation.

— Très bien, cède-t-il. Mais c'est Kevin qui t'y conduit et qui te ramène.

— Marché conclu.

Pourquoi refuserais-je un trajet en limousine ?

— Ta messagerie, dit Nero. Jettes-y un coup d'œil.

Au lieu d'interrompre notre appel en utilisant le téléphone, j'ouvre mon ordinateur portable.

J'ai reçu un e-mail de Nero avec une vidéo en pièce jointe. Un e-mail qui est arrivé il y a cinq minutes.

— Tu m'as bluffée ? dis-je d'un ton incrédule. Tu m'as envoyé un message, puis tu as conclu le marché après coup ?

Nero hausse les épaules d'un air encore plus satisfait.

— Si je n'étais pas fâchée, je serais impressionnée.

Je lance la vidéo.

Il s'agit de l'enregistrement d'une caméra de surveillance dans un endroit bondé. Je reconnais immédiatement le Earth Club, la propriété de Nero à Gomorrah. La caméra zoome sur une des tables VIP et je vois Gaius assis en train de boire un liquide rouge douteux dans un grand verre à pied. À côté de Gaius se trouve Ariel, le visage serein.

— On dirait qu'ils se sont rendus là directement après le centre de désintoxication, indique doucement Nero. Et puis ils sont partis ensemble ensuite.

— Mais pourquoi la vois-je seule dans une pièce vide dans ma vision ? Tu ne fais que me montrer le coupable.

— Elle attend peut-être quelque chose, suggère Nero. Pour quelle raison Gaius l'enlèverait-il ?

— Je ne sais pas. Mais je vais lui poser la question quand je le trouverai… Oh, et notre marché est annulé.

— Absolument pas.

L'anneau cornéo-limbique des yeux de Nero s'agrandit.

— Reste à la maison et je parlerai à Gaius pour voir s'il peut se trouver un autre jouet.

Le blanc de ses yeux a presque disparu, et même le bleu gris de ses iris rétrécit.

— Si tu romps ta parole, il y aura des conséquences.

— Très bien, dis-je en luttant pour ne pas grimacer ou détourner le regard. Comment puis-je refuser alors que tu me le demandes si gentiment ?

— Ça vaut mieux, déclare-t-il d'un ton plus calme avant de raccrocher.

Super. Je suis encore une fois prisonnière de mon appartement. Plus les choses changent dans ma vie, plus elles restent les mêmes.

D'un autre côté, ce marché en valait peut-être la peine. Si Ariel n'a pas été enlevée, alors c'est juste que Gaius est son complice... Si Nero peut le convaincre d'arrêter de fournir son sang à Ariel, elle pourrait être obligée de trouver de l'aide à long terme... ou bien de se trouver un autre vampire.

Quoi qu'il en soit, Nero ne m'a pas interdit d'explorer le monde extérieur avec mes pouvoirs, c'est donc ce que je ferai. En fait, c'est une bonne occasion de m'entraîner à entrer dans l'espace mental en étant fâchée.

Je me lève et essaie de me concentrer.

J'échoue. Les pensées qui tournent dans ma tête m'empêchent de me focaliser.

J'inspire pour me calmer et, d'un seul coup, j'y vois

plus clair et me retrouve à flotter dans l'espace mental, entourée par d'étranges formes cubiques.

Au lieu de penser à l'essence d'Ariel, je décide de voir si les premières formes que je rencontre sont celles qui ont été rendues disponibles par quelque chose, peut-être mon inconscient, pour une raison précise. Cependant, avant de continuer, je zoome plusieurs fois sur la forme la plus proche afin de m'assurer une vision relativement courte.

Je ne veux pas gaspiller trop de mon pouvoir sur cette théorie.

La sensation étrange empire lorsque je m'étire vers l'espèce de cube, mais je réprime l'hésitation et je le touche… déclenchant la vision.

———

Les travailleurs du cimetière utilisent des cordes pour terminer de faire descendre le cercueil en séquoia dans la tombe récemment creusée.

Les larmes coulent sur mon visage pendant que je regarde le gouffre apparemment sans fin dans la terre.

Et voilà.

Je ne parlerai plus jamais à…

———

Je suis de retour dans ma chambre, toujours debout.

Mes genoux flanchent, alors je me laisse tomber sur le lit et j'essaie de comprendre ce qui est arrivé. Il ne me faut pas longtemps, car il y a peu de place pour l'interprétation.

Je viens d'avoir la vision d'un enterrement, et l'angoisse que j'ai ressentie ne peut signifier qu'une seule chose.

Une personne importante pour moi est sur le point de mourir.

# CHAPITRE VINGT

MES PENSÉES TOURBILLONNENT comme une tornade.

Qui était-ce ? J'allais penser à son nom quand ma vision a pris fin.

Qui que ce soit, comment va-t-il/elle mourir ? Et quand ? Et surtout, que puis-je faire pour l'empêcher ?

La vision était trop courte pour que j'obtienne une réponse. Je sais seulement que la personne décédée était quelqu'un dont la mort me ferait pleurer, ce qui élimine les gens comme Baba Yaga.

Pourrait-il s'agir d'un de mes parents ?

Ils sont trop jeunes et en trop bonne santé pour mourir soudainement, mais si la vision me montrait l'avenir ?

Non. Je n'en ai jamais eu une avec autant d'avance. Pourquoi commencer maintenant ? Il est plus probable qu'il s'agisse d'une mort non naturelle arrivant bientôt, en lien avec moi et les différents ennemis que j'ai depuis que j'ai découvert ma nature. Si c'est le cas, le moyen le plus facile de protéger mes parents consiste en deux étapes : les garder loin de moi et changer tous les projets qu'ils pourraient avoir.

Ainsi décidée, j'attrape mon téléphone et appelle ma mère en visio.

— Bonjour, dit-elle avec un sourire dès qu'elle décroche. Comment vas-tu ?

Je l'examine soigneusement. Elle semble en bonne santé. Ses bijoux sont impeccables, comme toujours, et elle porte ce qui ressemble à de nouvelles lunettes très chères… ce qui signifie qu'elle a fait des folies, comme d'habitude.

— Je vais bien, lui mens-je. Je voulais juste savoir comment tu allais.

— Je vais très bien.

Ma mère rapproche le téléphone de son visage.

— Je me détends enfin. Dommage qu'il me faille rentrer bientôt.

— J'ai une bonne nouvelle de ce côté-là, lui annoncé-je en passant à l'étape « perturber les projets » de mon plan. J'ai repris mon travail, alors si tu as toujours besoin d'aide pour rester en France, c'est possible.

Ma mère bondit littéralement de joie, alors j'utilise mon ordinateur portable pour lui faire un virement et me retire de la conversation aussi vite que la politesse le permet.

J'appelle ensuite mon père de la même façon.

— Salut, gamine, lance-t-il avec un accent de Boston plus marqué que d'habitude. Est-ce urgent ?

Même s'il ne semble pas en aussi bonne santé que maman, il n'y a rien de particulièrement inquiétant, alors je lui souris.

— Rien d'urgent du tout, le rassuré-je. Je voulais juste dire bonjour.

— J'ai un boulot de fou ce week-end, mais je suis content d'avoir de tes nouvelles.

Les yeux de papa rayonnent de joie, et je me sens coupable d'attendre des circonstances aussi terribles pour le contacter.

— Puis-je te rappeler dans quelques jours ?

— Bien sûr, dis-je. Mais il faut que tu te ménages. Le stress n'est pas bon pour toi.

— Je suis d'accord.

Il passe une main dans ses cheveux gris.

— C'est pourquoi j'ai prévu des vacances aux Bahamas.

Je passe en mode mensonge de magicien :

— Les Bahamas, ce n'est pas une bonne idée. N'as-tu pas entendu parler du virus à la télé ?

— J'étais trop occupé. Mais je n'ai encore rien réservé, alors…

— Je pense que tu devrais aller aux îles Caïmans à la place, suggéré-je en cherchant désespérément une raison sur Internet pour expliquer ce choix. Ils ne sont pas touchés par la maladie et – je trouve une information intéressante sur le Web – le concours de Miss Univers a lieu là-bas la semaine prochaine. Je parie qu'il y aura plein de touristes pour l'événement, ce sera une occasion pour toi de rencontrer des gens.

Suis-je vraiment en train de tenter mon père avec des femmes peu vêtues ?

— L'idée me semble merveilleuse. Mais il faut vraiment que j'y aille.

— Aucun problème. N'oublie pas de m'envoyer des photos des îles Caïmans. J'ai envie de vivre ça par procuration.

— Je le ferai, promis, assure mon père. On se parle bientôt.

Je raccroche et sors de ma chambre pour expliquer ma vision à Felix, à Fluffster et à Kit.

— Penses-tu que c'était moi ? demande Kit en donnant une apparence pâle et parcheminée à sa peau, comme un corps embaumé.

— Mon intuition dirait que non, dis-je avec tact.

Ce que je ne rajoute pas, c'est « je ne te connais même pas assez pour pleurer à ton enterrement ».

— Et moi ?

Felix devient presque aussi pâle que Kit.

— C'était peut-être toi.

Je pose une main apaisante sur son épaule.

— C'est pourquoi je veux que tu portes le pistolet que je t'ai donné partout où tu vas. Et si possible, travaille à la maison pendant les semaines qui viennent.

Il hoche la tête.

— J'aime ton idée de changer la routine. Je le ferai autant que possible.

— Bien. De mon côté, je vais essayer d'avoir plus de visions et de trouver la cause de cet enterrement.

— Pouvait-il s'agir de ton propre enterrement ? me demande Fluffster en calant nerveusement sa queue sous son derrière. Après tout, quelqu'un t'en veut encore. Est-il possible que tu aies vu un avertissement de ce qui arrivera s'ils réussissent ?

— Si j'étais morte, je n'aurais pas eu de corps dans la vision.

Je serre l'épaule de Felix avec plus de force.

— Comme j'avais des larmes qui coulaient, je sais que j'étais en vie.

L'épaule de Felix se raidit sous ma main.

— Pouvait-il s'agir d'Ariel ?

— J'en doute, intervient Kit en se transformant en Ariel. De vous tous, elle est la plus difficile à tuer. En outre, si elle traîne effectivement avec Gaius, poursuit-elle en prenant l'apparence de ce dernier, elle sera encore plus difficile à évincer.

Je lâche Felix pour me frotter l'arête du nez.

— Mais pourrait-elle mourir à cause de son addiction ?

Kit redevient elle-même.

— Non. L'addiction au sang interfère seulement avec la capacité à fonctionner dans une société non vampire. D'ailleurs, les dépendants guérissent plus vite et ne tombent pas aussi souvent malades.

— D'accord. Je vais aller déclencher d'autres visions. Ne me dérangez pas, sauf si vous avez des nouvelles liées à ce nouveau développement.

Tout le monde hoche la tête quand je pars.

Une fois dans ma chambre, j'apprends qu'une épée de Damoclès en forme d'enterrement au-dessus de ma tête n'aide pas beaucoup à entrer dans l'espace mental.

J'ai l'impression qu'il me faut des heures de respiration méditative pour m'éclaircir l'esprit, mais je finis par entrer dans l'espace mental.

Malheureusement, les formes qui m'entourent ne ressemblent pas du tout aux cubes de la vision sur l'enterrement. Cela ressemble davantage à des cônes et il n'y a même pas de musique effrayante. Je parie que la vision sera ma visite chez le comptable, ou quelque chose d'encore plus banal.

Je m'arrange pour que la vision soit très courte et je touche un des cônes malgré tout.

———

— AUJOURD'HUI, nous continuons au sujet des Autremondes, énonce le docteur Hekima. Commençons par…

———

JE SUIS de retour sur ma chaise.

C'était clairement une vision de l'Orientation de demain. Et elle n'était pas aussi inutile que je le craignais. Si quelqu'un de proche était mort avant la leçon, je n'y serais pas allée. Cela signifie soit que l'enterrement du futur n'est plus une menace, soit que la mort qui le précède se produit après la leçon de demain.

J'entre encore dans l'espace mental.

Comme avant, les formes ont changé. Cette fois, je les ignore et cherche des visions en rapport avec l'enterrement.

Je pense au décès de grand-mère Ballard. J'avais huit ans et mes parents m'avaient emmenée à l'enterrement. Évidemment, l'expérience a été un mélange d'incompréhension et de peur. Ma mère était accablée, et même mon père avait pleuré. La maison funéraire avait une odeur de chou pourri. Des gens que je n'avais encore jamais rencontrés – ni revus depuis – attendaient leur tour pour me pincer les joues ou me baver dessus...

De nouvelles formes apparaissent devant moi.

Il ne s'agit pas des espèces de cubes que je cherchais, pourtant il y a quelque chose de similaire que je n'arrive pas à déterminer. En étirant la longueur de la vision au cas où je trouve quelque chose d'utile, je touche la forme.

---

Je n'ai pas de corps.

Autour de moi se trouvent une maison funéraire, une tonne de gens sombres, et un corps exposé. La personne décédée est une femme très âgée qui ne m'est pas du tout familière. L'entourage de la défunte non plus. Je continue à observer l'enterrement pendant ce qui me semble être quelques heures, mais je ne reconnais pas une seule personne.

———

LORSQUE LA VISION SE TERMINE, je commence à faire les cent pas, frustrée.

J'ai réussi à voir un enterrement au hasard au lieu de l'enterrement que je ciblais. Mes pouvoirs ne sont manifestement pas au point.

Bon.

Sans traîner, je retourne dans l'espace mental.

Cette fois, je vois l'enterrement d'un vieil homme, mais sinon la vision est tout aussi inutile… pas une seule personne impliquée ne me paraît familière.

Je recommence quelquefois avec des résultats similaires.

Apparemment, penser à l'essence d'un enterrement n'est pas une stratégie efficace. J'ai entendu dire qu'au moins une personne mourait toutes les dix ou soixante secondes, ce qui fait bien trop d'enterrements pour que je puisse les trier.

Je retourne donc dans l'espace mental avec une autre stratégie : voir l'avenir des gens que j'aime, à commencer par mes parents.

Je pense à ma mère.

Dans la vision qui en résulte, elle marche dans le Louvre, heureuse comme un tube de Prozac. Parce que ma mère vérifie par hasard son téléphone, je sais que cela se produira dans une semaine.

Ensuite, j'ai une vision de papa qui fait de la plongée à la plage de Seven Mile Beach à Grand Cayman, mais je n'ai pas l'occasion de découvrir *quand*. Cependant, étant donné ce que papa a dit au sujet de son emploi du temps chargé, je peux supposer que ce sera dans un moment. Il va donc bien, lui aussi.

Ensuite, je pense à Ariel, prête pour une vision que je redoute le plus.

À mon grand soulagement, elle ne se trouve pas dans une chambre vide, cette fois. À la place, elle marche dans les rues remplies de touristes de Manhattan, avec Gaius à ses côtés.

La bonne nouvelle est donc qu'Ariel ne semble pas avoir été enlevée dans cet avenir et qu'elle est en vie. La mauvaise nouvelle, c'est que je ne sais pas quand elle marchera à Manhattan. Je n'ai pas eu l'occasion de le découvrir.

En réprimant un bâillement, j'essaie encore de me concentrer afin de vérifier l'avenir de Felix.

Cependant, je ne parviens pas à retourner dans l'espace mental. Même pas après de multiples essais. J'ai dû m'épuiser avec trop de visions.

Il me faudra recommencer demain… et garder un œil sur Felix et sur les autres possibilités en attendant.

Je jette un coup d'œil à mon iPhone et je comprends pourquoi je me sens si fatiguée. Il est déjà trois heures du matin. Fatiguée, je me prépare à me coucher, puis je me glisse sous la couverture et m'endors.

# CHAPITRE VINGT-ET-UN

— SASHA ! crie Felix quelque part au loin. Vas-tu à l'Orientation aujourd'hui ou pas ?

Je me redresse brusquement et attrape mon téléphone.

Waouh. Comment ai-je pu presque rater quelque chose d'aussi important que l'Orientation ?

Je me traîne hors du lit et enfile des vêtements avant d'ouvrir la porte.

— Enfin ! grommelle Felix. Je suppose que ça te va si Maya prend la limousine de Nero avec toi ?

— Bien sûr.

Ma voix est encore rauque de sommeil.

— Laisse-moi passer à la salle de bains, et on peut y aller.

Une fois que mes dents sont brossées et que j'ai fait le nécessaire aux toilettes, je laisse Felix me presser hors de l'immeuble. Maya attend à côté de la limousine.

— Dis donc, chuchoté-je à Felix. Est-elle venue à pied ?

— Oui. Je ne pense pas que Roxy aurait…

Il s'interrompt, soudain très pâle. Comme moi, il vient de réaliser que ma vision pourrait être celle de l'enterrement de Maya. Même si nous venons de nous rencontrer, j'aime assez Maya pour verser une larme ou deux à sa mort… particulièrement si son décès est tragique et/ou si je vois Felix pleurer à son enterrement.

Ce qu'il ferait, j'en suis sûre.

En chassant cette pensée désagréable, je salue Maya et dis à Kevin que nous sommes en retard. Ensuite, j'attaque le minibar avec voracité pendant que Felix résume les derniers événements pour Maya.

Kevin nous conduit si vite dans le Queens que cela interfère avec ma digestion. Néanmoins, sa vitesse en valait la peine. Maya et moi nous asseyons en classe juste au moment où le docteur Hekima entre dans la salle.

— Aujourd'hui, nous continuons au sujet des Autremondes, débute-t-il avec exactement le même ton que dans ma vision. Commençons par un rapide rappel de la semaine dernière.

Il explique alors ce que je sais déjà : il existe d'autres univers que les Conscients appellent « Autremondes ». Ces mondes/univers ont tous des étoiles et des galaxies différentes, et même l'écoulement du temps peut y varier. Il en existe un nombre infini, mais les portails conduisent à une partie insignifiante de cette totalité.

— J'ai fait référence aux dangers des Autremondes la dernière fois que nous nous sommes vus, poursuit le docteur Hekima quand il a terminé son résumé. Aujourd'hui, je veux vraiment insister là-dessus.

Il lève les bras et une énergie rouge clignotante s'écoule de ses doigts jusque dans la tête de toutes les personnes présentes, indiquant qu'il est sur le point d'utiliser ses pouvoirs d'illusionniste sur nous.

La salle s'estompe, remplacée par ce qui ressemble à un terrain vague radioactif.

Dès que mes yeux se focalisent sur le paysage, nous commençons tous à chercher de l'air inexistant pour nos poumons. Qu'il s'agisse d'une illusion ou pas, j'ai l'impression que mes poumons vont exploser.

Le docteur Hekima claque encore des doigts, transformant le monde autour de nous en une forêt luxuriante.

— Dans certains Autremondes, c'est l'environnement lui-même qui vous tuera, continue-t-il quand nous avons repris notre souffle. Mais même quand ils sont accueillants comme celui-ci, il peut y avoir des créatures si dangereuses qu'aucun Conscient n'ose y vivre ou y voyager.

Une créature mignonne ressemblant à une biche sort en courant de la forêt. Ce Bambi serait dangereux ? Il doit se moquer de nous.

Je vois alors ce que fuit Bambi et mes yeux horrifiés menacent de partir en courant.

Si une des créatures xénomorphes de la franchise *Alien* engrossait l'un des détraqueurs de *Harry Potter*, le résultat ressemblerait probablement à ça… surtout si quelqu'un avait génétiquement modifié cette progéniture horrible afin d'y ajouter une pléthore de tentacules et de dents.

— C'est un drekavac, chuchote le docteur Hekima, mais ce qu'il dit ensuite, personne ne l'entend, car c'est le moment où le drekavac rattrape Bambi et le touche avec un de ses membres couverts de pustules.

La pauvre créature produit un hurlement qui retourne nos entrailles, comme si elle était en train de perdre son âme. Cette illusion est renforcée une seconde plus tard, quand le Bambi s'effondre sur le sol comme un sac de patates très mortes.

Le monstre surplombe sa victime, mais heureusement, le docteur Hekima claque encore des doigts et nous nous retrouvons dans la salle de classe.

— Être tué par un drekavac est le pire sort qui puisse vous arriver, avertit-il devant la classe choquée. Leur simple contact cause une douleur tellement débilitante que les victimes les plus faibles en meurent.

Il dévisage tout le monde d'un air entendu.

Nous sommes tous muets d'horreur.

Je ne sais pas ce qu'en pensent les ados, mais à partir de maintenant, *moi*, je vais explorer les Autremondes avec beaucoup, beaucoup de précautions.

— L'environnement, la flore et la faune ne sont que l'une des nombreuses manières de périr dans les Autremondes, poursuit le docteur Hekima. Certains portails ne fonctionnent que dans un sens, alors personne ne sait ce qu'il se passe là-bas, et d'autres mènent à des mondes que nous, les Conscients, avons transformés en pièges mortels.

Il claque des doigts et nous nous trouvons dans un paysage désertique qui semble tout droit tiré des films *Mad Max...* jusqu'aux deux clochards effrayants pourchassant un type.

— Voici ce qu'il reste du monde où Tartare a régné, indique notre professeur juste au moment où les deux hommes attrapent leur proie.

Le nom Tartare me semble familier. Je pense que nous en avons parlé en cours de mythologie grecque. Si je m'en souviens bien, c'est à la fois un personnage et un endroit. Le personnage était le fils de Chaos et l'endroit était le monde souterrain dans lequel les âmes étaient tourmentées dans la vie après la mort.

— Les humains sur ce monde sont au courant des Conscients et ils nous en veulent – ce qui est normal – d'avoir causé cette désolation, continue le docteur Hekima en montrant les dunes interminables. Ils attendent près des portails pour en attraper un de notre espèce, et quand ils y parviennent, ils lui font subir des choses horribles.

Comme pour ponctuer ses mots, les deux hommes se mettent à dévorer leur proie vivante. Avant que cette scène devienne plus gore, le docteur claque des doigts, nous ramenant dans la salle de classe. Tout le monde est pâle comme un vampire, même Roxy, et je me demande si Felix s'était évanoui à ce moment de son Orientation.

— Dans certains cas, les portails nous conduisent à

des mondes dont un Conscient particulièrement puissant a pris le contrôle.

Le docteur Hekima claque des doigts et nous nous trouvons dans un donjon sale qui évoque l'inquisition.

— Par exemple, Lilith, une puissante Consciente qui a vécu sur Terre autrefois, possède maintenant un monde prison où elle force la population humaine à la vénérer comme son seul et unique dieu.

Il claque encore des doigts et nous nous retrouvons dans la classe.

— Elle est une divinité capricieuse et jalouse, poursuit-il, et elle emprisonne ou tue tout Conscient osant s'aventurer sur son monde.

Comme Tartare, Lilith est un nom que j'ai déjà entendu… au cours de l'Orientation précédente, quand nous avons parlé des Conscients très rares ayant des pouvoirs multiples. De plus, comme Tartare, elle fait partie de la mythologie de la Terre…

— Ce que j'essaie de vous expliquer est très simple, reprend-il, me tirant de mes réflexions. Soyez très prudents lorsque vous voyagez dans les Autremondes et ne pénétrez dans aucun portail, sauf si vous êtes absolument certains de l'endroit où il vous conduit.

Pour souligner ses paroles, il montre un aperçu de toutes les scènes d'aujourd'hui.

— Même si vous pensez savoir que le portail est sûr, je vous recommande fortement de réfléchir à deux fois avant d'entrer, et certainement d'attendre d'avoir terminé toute votre Orientation avant même d'essayer.

Et il va sans dire que vous devez chaque fois être accompagnés par votre mentor.

Oups.

J'ai déjà exploré plusieurs fois sans avoir terminé le cours et sans entraîner Nero avec moi.

D'un autre côté, le but d'aujourd'hui est de faire peur aux jeunes, pas à moi. Étant plus âgée et plus sage, avec un peu de chance, je ne me ferai pas manger par un drekavac juste pour m'amuser… et je ne m'aventurerai pas dans un monde sans oxygène.

Le docteur Hekima regarde sa montre.

— Le cours est presque terminé. Avez-vous des questions ?

Mes camarades de classe adolescents semblent encore sous le choc, mais je lève la main, sautillant presque d'excitation sur ma chaise.

Le docteur Hekima m'adresse un sourire chaleureux.

— Oui, Sasha ?

J'entends Roxy chuchoter quelque chose du genre « fayotte », mais je l'ignore en débitant :

— Qui a élaboré les portails ? Qui a découvert les Autremondes ? Quand ? Comment ? Est-ce que…

— Je me doutais que la question allait être posée.

Il claque des doigts et nous nous trouvons entourés par une plateforme de portails identique à celle de JFK.

— Les créateurs des portails sont la réponse à la plupart de tes questions, mais avant que je parle d'eux, je dois vous parler de téléportation – un pouvoir Conscient rare qui crée une faille dans la réalité, permettant de se déplacer instantanément d'un point A à un point B.

Tout le monde hoche la tête. Ils ont déjà dû entendre parler des téléporteurs. De mon côté, je suis surprise par mon calme en acceptant la nouvelle que la téléportation fait partie de la réalité – comme les drekavacs et Tartare, d'ailleurs.

Est-ce que tout sera du même acabit à partir de maintenant ? Ou bien vais-je être surprise par, disons, le fait de vomir de l'acide... le pouvoir du mutant Zeitgeist de *Deadpool 2* ? En tout cas, j'espère établir une limite pour quelque chose d'aussi étrange que Karakasa-Obake, le parapluie qui marche et qui parle de la mythologie japonaise, n'ayant qu'un œil et portant une sandale...

— Bien que la téléportation se produise en général dans les limites d'un seul Autremonde, explique le docteur Hekima, les téléporteurs les plus puissants peuvent aller jusqu'au niveau suivant.

Il indique le portail le plus proche.

— Ils sont capables de se déplacer d'un monde à l'autre.

Il claque encore des doigts, et nous atterrissons dans une autre plateforme. Je la reconnais comme étant celle au sommet du gratte-ciel de Gomorrah.

— Il est dit que les téléporteurs les plus puissants pourraient emmener un autre Conscient avec eux en voyageant.

Il regarde encore sa montre.

— Ma propre hypothèse est que seuls les plus rares

et les plus puissants Conscients pouvaient créer des portails tels que celui-ci.

Il regarde autour de lui avant de poursuivre :

— En vérité, personne n'a rencontré de créateur de portails depuis des siècles. Certains pensent qu'ils ont trouvé un monde paradisiaque et qu'ils s'y sont installés sans fournir le portail à nous autres.

Il change encore la scène, et nous nous trouvons soudain au milieu de Times Square, mais il y a quelque chose d'inhabituel.

— Je veux vous laisser avec ceci : si le nombre des Autremondes est véritablement infini, il doit exister des mondes sans portail et sans nous, les Conscients.

Il écarte les mains et je comprends enfin ce qu'il y a de légèrement différent dans ce Times Square. Il devrait y avoir des auras occasionnelles de Conscients dans un endroit aussi bondé, mais ils sont entièrement absents de cette version de New York.

Quand il voit que j'ai compris, il sourit et dit :

— Je pense que les créateurs de portails ont laissé quelques mondes humains comme des sanctuaires, c'est-à-dire sans notre espèce.

Il dissipe l'illusion et l'odeur de café froid dominant la salle d'Orientation défraîchie me frappe les narines.

— Certains Autremondes contiennent peut-être des Conscients exilés qui ne peuvent pas rejoindre le reste de notre espèce sans l'aide d'un créateur de portails. Hélas, il n'existe aucun moyen de prouver ces théories, et de plus, je n'ai vraiment plus de temps maintenant.

Il se lève et marche jusqu'à la porte sans attendre

d'autres questions. Je lève la main malgré tout, mais je la baisse quand le docteur Hekima quitte la classe. Dès qu'il est parti, mes camarades sortent de leur stupeur et commencent bruyamment à rassembler leurs affaires. Maya et moi terminons les premières et nous dirigeons vers la porte juste au moment où Roxy me jette un regard méchant.

Étant donné mes rêves sur les enterrements, je saisis le coude de Maya et la traîne rapidement vers la limousine, où Felix nous attend.

La ruche et sa reine nous suivent, mais nous sautons dans la voiture avant qu'elles puissent nous rattraper.

En nous éloignant, je jette un coup d'œil dans leur direction à travers les vitres teintées et je vois Roxy qui fixe la limousine comme un loup affamé regarderait un agneau délicieux.

Décidant de reporter mon attention sur une autre brute, je sors mon téléphone, appelle Nero et lui raconte la vision de l'enterrement.

— Tu aurais dû m'en parler hier, grogne-t-il quand j'ai terminé. Je rentre à New York en ce moment même. Ne quitte pas ton appartement avant mon retour.

— Oui, chef, dis-je en faisant un salut militaire au téléphone. Je vais rester à la maison comme une gentille…

Je fixe mon téléphone, outrée. Il a raccroché avant que je puisse terminer ma réponse sarcastique.

— Je continue à penser que ton pouvoir peut être le plus dangereux de tous, entends-je Maya dire à

Felix, et quand je la regarde, elle semble tout à fait sérieuse.

— Le penses-tu vraiment ? demande Felix qui n'améliore pas son cas en rougissant.

— Prenons les États-Unis pour exemple.

Elle attrape un soda dans le bar.

— Les ordinateurs sont maintenant partout dans ce pays, ce qui signifie qu'une cyberattaque puissante peut tout paralyser depuis le commerce à l'eau potable propre et au-delà.

Elle boit une gorgée de soda.

— Alors oui, je suis certaine que si tu le voulais, tu pourrais être le pire méchant du monde.

Felix se gratte la tête.

— Il reste juste le détail du Conseil qui me tuera après ou pendant.

Il me jette alors un regard coupable et ajoute :

— Et je ne ferais évidemment rien de tel pour des raisons morales.

— Tout ce que je dis, c'est que tu ne t'attribues pas assez de mérites, poursuit Maya avec sagesse. Tu es puissant.

Il gonfle le torse et je réprime un sourire. Je n'aurais jamais cru que quelqu'un pouvait utiliser l'argument « tu peux causer une apocalypse » pour gonfler l'estime de soi, mais cela semble avoir fonctionné sur Felix.

— Les cyberattaques ne sont qu'une possibilité parmi d'autres, souligne-t-il. Si je construis toute une armée de Golems, je pourrais dominer le monde de cette façon.

Comme pour ponctuer ses paroles, son monosourcil effectue une danse de robot sur son front.

— En parlant de ton projet...

Maya remonte les lunettes sur son nez avant de continuer.

— Puis-je enfin le voir ?

Felix rougit et il me faut un moment pour en comprendre la raison. Maya vient de s'inviter dans sa chambre. Étant donné l'air espiègle qu'elle affiche, je parie qu'elle l'a fait volontairement.

— Je crois avoir terminé.

Felix cherche mon soutien du regard, mais je feins l'ignorance.

— Je ne l'ai pas testé autant que je l'aurais voulu, mais...

— C'est tellement excitant, se réjouit Maya en le regardant avec un grand sourire. Il me tarde de le découvrir.

— J'espère vraiment que « le » dans ta phrase indique toujours le robot, marmonné-je dans ma barbe, mais Felix a dû m'entendre, car il devient encore plus écarlate.

Maya passe à un autre sujet de conversation, mais je n'écoute plus que d'une oreille. Il est temps pour moi de reprendre mes recherches sur la vision de l'enterrement, car rien ne m'indique que je l'ai empêchée de se réaliser.

En fermant les yeux, j'entre dans l'espace mental et j'essaie de revoir l'enterrement. Comme la nuit précédente, je n'arrive à apercevoir qu'une tragédie familiale aléatoire au lieu de ma cible.

Quelques vaines tentatives plus tard, Kevin s'arrête à côté de notre immeuble, et Felix, Maya et moi montons à l'étage.

— Veux-tu venir voir Golem avec nous ? me demande Felix quand nous entrons.

— Puis-je le faire plus tard ?

Je retire mes chaussures et jette un coup d'œil discret à Maya. Elle semble soulagée par mon refus.

— Je veux me changer et me détendre un peu. Maya, veux-tu rester dîner chez nous, cette fois ? Je te dois encore une pseudo démonstration de tes propres pouvoirs.

— Mes parents attendent encore à la maison, dit-elle en faisant la moue. Mais peut-être un autre jour ?

Elle jette un regard appuyé à Felix.

— Veux-tu partager un brunch avec nous le week-end prochain ? demande Felix.

— Avec plaisir, répond solennellement Maya.

— Super, dit Felix. C'est par ici.

Il part tout droit vers sa chambre.

Ignorant mon clin d'œil, Maya se précipite à sa suite, et peu après qu'elle est entrée dans la chambre, j'entends un cri d'excitation.

— J'espère qu'elle est impressionnée par son robot et pas par autre chose, pensé-je à haute voix.

En secouant la tête, je passe dans la cuisine pour prendre de l'eau et m'arrête subitement.

Ce qui se passe sous la table de ma cuisine est

insensé. Au lieu de l'unique chinchilla auquel je suis habituée, j'en vois deux… et ce n'est pas le plus bizarre.

C'est plutôt ce que *font* les deux chinchillas. L'un – le mâle, je suppose – est monté sur l'autre, ayant posé ses petites pattes avant près de ses oreilles. Ce serait un euphémisme de dire qu'ils se frottent : ils tremblent comme s'ils faisaient une crise d'épilepsie. Je perçois également de petits couinements aigus.

D'une certaine manière, la scène est plus mignonne que dérangeante… et c'est en soi déjà assez dérangeant, n'est-ce pas ?

— Fluffster ! m'exclamé-je lorsque je retrouve la parole. Que fais-tu ? Sur *qui* le fais-tu ?

Ils continuent pendant quelques secondes de plus avant de se séparer. Le chinchilla qui était en-dessous sort de sous la table et se transforme instantanément en Kit.

Une Kit complètement nue.

— Je vais prendre une douche, lance-t-elle.

En baissant les yeux vers Fluffster, elle ajoute :

— Merci.

Elle part, mais je reste plantée là, ne sachant pas quoi faire ni quoi dire.

— Puis-je avoir de l'avoine ? me réclame mentalement Fluffster.

Je me précipite pour l'aider, ravie de trouver quelque chose à faire.

Quand il commence à manger, je lâche :

— Veux-tu que je te trouve un chinchilla femelle ?

— Quoi ?

Il lève la tête.

— Non. Bien sûr que non. Un animal ne peut pas donner son consentement.

Il saisit un autre morceau d'avoine avec ses petites pattes.

— Tu pourrais aussi bien me demander si je veux le faire avec le chat.

Il semble pensif pendant un instant, puis il ajoute :

— Tu devrais sans doute garder Kit loin du chat.

— Bien vu.

Je me retiens tout juste d'ajouter que j'espère qu'il n'a pas attrapé une forme surnaturelle d'herpès aujourd'hui.

Il termine son avoine et lève la tête.

— Puis-je utiliser mon bain de poussière maintenant ?

— Bien sûr.

Nous nous rendons donc dans ma chambre.

Je verse de la poussière fraîche dans le bain et laisse Fluffster l'utiliser. Ensuite, je change immédiatement la poussière, même si elle tient normalement plusieurs séances. À cause… des cochonneries sexuelles.

— Je vais aller la voir, déclare Fluffster en courant hors de la chambre.

— D'accord.

Ce n'est que lorsqu'il est sorti que j'ajoute doucement :

— Qui aurait pu deviner que les domovoi étaient des amants si attentionnés ?

Fluffster ne répond pas dans ma tête, alors je

m'assois sur le lit, et c'est alors que je suis frappée par une angoisse émotionnelle inexplicable.

Si nous étions dans *Star Wars*, je dirais qu'il y a une grande « perturbation dans la Force », mais là, il ne peut s'agir que d'une seule chose.

Il y a un rapport avec ma vision de l'enterrement.

Quelqu'un que j'aime est en danger mortel.

# CHAPITRE VINGT-DEUX

CHAQUE CELLULE de mon corps me hurle de sauter sur mes pieds et de faire quelque chose, mais ce serait inutile. Je ne sais pas du tout où est le danger ni qui en est la cible.

Je respire profondément, puis je recommence, et j'espère que tout mon entraînement dans la cellule de Nero servira à quelque chose.

L'espace mental reste hors de portée. J'essaie encore en utilisant toute ma volonté pour atteindre la concentration nécessaire.

J'échoue une fois. Deux fois.

Je respire profondément, et encore.

Enfin, quelque chose se met en place et je tourbillonne dans l'espace mental.

---

Je suis entourée par des prismes triangulaires froids comme l'Antarctique, de couleur marron et au goût de cuivre et ils suintent tout un opéra de peur et de chagrin.

Est-ce cette vision que mon inconscient veut montrer ?

J'imagine que oui. Mais si ce n'est pas ça ? Combien de temps dois-je consacrer à cette vision ?

Felix a un jour deviné que les formes initiales pourraient bien avoir la longueur optimale… mais combien ai-je envie de parier sur cette théorie ? Je pourrais avoir besoin de plusieurs visions, encore et encore, comme je l'ai fait la veille, et je ne veux pas répéter l'erreur d'hier et arriver à court de jus avant d'avoir une réponse.

Je zoome une seule fois sur la forme la plus proche. Avec un peu de chance, ce sera un bon compromis.

Quand je souhaite toucher ma cible, je sens une résistance ressemblant à ce que j'ai déjà perçu quand j'ai eu des problèmes avec les visions effrayantes au début de mes voyages dans l'espace mental.

Quoi que ce soit cette fois, ce doit être une horreur supérieure.

En serrant mes mâchoires métaphysiques, je continue à me concentrer sur la forme et à pousser ma volute à entrer en contact avec elle…

À la dixième tentative, je suis violemment absorbée par la vision.

———

Je n'ai pas de corps, et je flotte juste devant la chambre de Felix quand il en sort avec Maya.

— Je suis désolée de devoir partir si vite.

Maya agite son téléphone à côté de l'endroit où se trouverait mon visage si j'en avais un.

— Maman m'a prévenue que mon grand-père vient à la maison, alors je dois rentrer tôt.

En dehors du texto de la mère de Maya, le téléphone possède un selfie joue contre joue avec Felix en fond d'écran. L'heure affichée à l'écran est 17 h 34.

— Ce n'est pas un problème, la rassure Felix.

Il ajoute avec mélancolie :

— Je n'ai jamais rencontré mes grands-pères en personne.

Ils se dirigent vers la porte d'entrée et je flotte derrière eux, comme un fantôme. Felix déverrouille la porte et il l'ouvre pour Maya avec ses manières exagérées de gentleman. Cette dernière remonte les lunettes sur son nez avec son minuscule index, puis elle sort. Felix la suit comme un zombie… apparemment hypnotisé par le balancement de ses hanches étroites.

Ils s'arrêtent à côté de l'ascenseur et tendent la main pour appuyer sur le bouton en même temps. Leurs doigts se touchent et ils gloussent tous les deux comme des adolescents.

L'ascenseur s'ouvre.

Si j'avais des yeux maintenant, je les écarquillerais. Comme des soucoupes.

Un homme brun familier à l'air mince et jeune se

trouve dans l'ascenseur. Ses yeux verts passent de Felix à Maya puis reviennent vers Felix.

— Vous ! s'étonne Felix.

Il a lui aussi dû reconnaître cet homme comme étant Koschei, le bras droit de Baba Yaga.

— Moi, confirme Koschei de sa voix d'outre-tombe.

Felix se place devant Maya pour la protéger, l'éloignant de l'ascenseur.

Avec des mouvements à peine perceptibles, Koschei passe la main dans son veston, en sort un couteau orné et bondit en avant.

Avant que Felix ou Maya puissent réagir, Koschei tranche la gorge de Felix.

— Pardon, gamine, dit-il quand mon colocataire tombe dans une flaque de sang grandissante. Je ne peux pas laisser de témoins.

Maya ouvre la bouche pour hurler, mais Koschei lui transperce la poitrine tout en couvrant sa bouche de son autre main…

———

Je suis de retour sur mon lit et tout mon corps tremble comme si je venais de boire une citerne d'expresso.

J'attrape mon téléphone en chancelant.

Il est déjà 17h34.

La vision terrible que je viens d'avoir se produira dans quelques secondes.

Saisissant le pistolet que j'ai confisqué plus tôt, je

sors si vite de la chambre que mes chaussettes glissent sur le parquet.

Le dos de Felix disparaît lorsqu'il ferme la porte d'entrée derrière lui.

Canalisant tous mes entraînements récents à la course, je sprinte à sa poursuite.

Si Kit ouvre la porte de la salle de bains au mauvais moment, c'en est terminé de Maya et de Felix.

Ou si je trébuche.

Ou si je suis trop lente.

Lorsque j'arrive devant la porte, je fais presque tomber le pistolet en la déverrouillant et en sortant d'un bond.

Felix et Maya se trouvent à mi-chemin de l'ascenseur.

— Stop !

Je pointe mon pistolet vers la porte de l'ascenseur.

— Revenez ici, maintenant !

Soit ils pensent que je les menace avec le pistolet, soit ils n'aiment pas mon ton, car ils pâlissent. L'important, c'est qu'ils reviennent vite.

Maya est la première à portée de main, alors je l'attrape par sa capuche et la pousse dans l'appartement, puis je répète la même manœuvre brutale avec Felix.

En haletant, je referme la chaîne de la porte, mais je la laisse entrouverte afin d'entendre ce qu'il se passe à l'extérieur. Si ma vision est exacte, j'aurai le temps de fermer le verrou... non pas qu'un verrou arrêtera Koschei.

— Fluffster ! crié-je. Je pense que Koschei est sur le point de m'attaquer. Prépare-toi à te battre.

Je ne sais pas si Fluffster était déjà près de la porte ou s'il est apparu si vite que je ne peux pas voir ses mouvements, mais il se trouve soudain à côté de moi, son petit visage de rongeur adoptant un air déterminé assez étrange pour un chinchilla.

Felix et Maya me fixent encore avec des yeux ronds, reprenant leurs esprits.

L'ascenseur sonne dans le couloir. J'entends des pas doux et je visualise Koschei sortant de l'ascenseur.

C'est alors que je me rends compte qu'il y a des failles dans ma théorie selon laquelle il veut me tuer.

Il travaille pour Baba Yaga, et elle a dit à Nero qu'elle ne cherchait plus à me causer du tort.

Et on ne peut pas mentir à Nero.

N'est-ce pas ?

Nero est-il si stupide qu'il n'a pas inclus les sbires de Baba Yaga dans le marché « ne pas tuer Sasha » ?

Non.

Si quelqu'un sait comment conclure un marché en béton, c'est bien Nero.

Cela laisse une autre possibilité, une possibilité trop effrayante pour l'envisager.

Et si c'était Nero qui mentait… à moi ?

Baba Yaga a-t-elle pu l'atteindre ? L'a-t-elle payé pour qu'il me dise de ne pas m'inquiéter ?

Non.

Même s'il est extrêmement pénible, je ne l'imagine pas faire une chose pareille. Il est bien plus plausible que Baba Yaga ait trouvé un moyen rusé de mentir à Nero.

C'est alors que je constate quelque chose d'étrange.

Les pas de Koschei ne sont pas logiques.

Au lieu de s'approcher, ils semblent s'éloigner.

Quand j'entends frapper à la porte de quelqu'un d'autre, je comprends brusquement le danger réel… et en même temps, je suis submergée par une monstrueuse angoisse de voyante.

# CHAPITRE VINGT-TROIS

JE TIRE sur la chaîne quand j'entends la voix de Rose s'exclamer :

— Koschei ? Que fais-tu ici ?

— Je suis envoyé par Baba Yaga, répond-il juste au moment où j'ouvre ma porte. Elle voulait que je dise que ceci n'est pas personnel, ce sont les affaires.

Je lève mon pistolet en courant.

Koschei serre la robe de chambre de Rose d'une main, tenant le couteau orné dans l'autre, se préparant à frapper.

Je tire en essayant de ne pas toucher Rose.

Un point rouge grandit sur l'épaule de Koschei, mais il abat le couteau.

Rose hurle.

Je tire encore… et même si la balle le frappe au torse, il ne regarde même pas dans ma direction. Le couteau fend encore l'air et Rose pousse un autre cri horrible.

Je vise sa tête et presse la gâchette.

La balle lui frôle le crâne.

Il chancelle légèrement, mais le couteau remonte, comme dans une scène de *Psychose*.

Je m'approche et pose le pistolet sur sa tempe. L'estomac retourné, je tire sur la gâchette. Sa tête explose et il tombe à terre avec Rose.

En haletant, je tire encore et encore sur son torse, jusqu'à ce que le pistolet soit vide.

Son aura de Conscient disparaît, mais je sais que ce n'est que temporaire. Ce n'est pas pour rien qu'ils le surnomment Koschei l'Immortel.

Luttant contre la nausée, je ramasse le couteau sur le sol et me tourne vers Rose. Elle est allongée sur le pas de sa porte et saigne abondamment. Je commence à me pencher au-dessus d'elle, mais un éclat d'énergie pourpre entoure le corps de Koschei.

Son aura de Conscient revient et toutes les balles sortent de son corps, tintant en tombant sur le sol.

Je recule lentement et tiens le couteau devant moi.

Le corps de Koschei s'élève, à la façon de Nosferatu.

Je me rends compte que je suis dans la posture d'art martial de mon entraînement… C'est un compliment pour le travail de Nero.

Les yeux verts de Koschei me fixent avant de regarder le corps prostré de Rose. Je serre le manche avec plus de force et je regrette que Nero et Thalia ne m'aient pas appris à utiliser un couteau.

Koschei me regarde.

— Elle ne s'en sortira pas, m'informe-t-il calmement. Mon travail ici est terminé.

Il se tourne et repart vers l'ascenseur. Je l'observe en luttant pour respirer. Il appuie sur le bouton.

— Tu ne vas pas me tuer ? lancé-je d'un air hébété lorsque les portes s'ouvrent et qu'il monte.

Il incline la tête.

— Le voulais-tu ?

Avant que je puisse répondre, les portes de l'ascenseur se referment, comme les rideaux d'un théâtre macabre.

Toujours engourdie, je jette un coup d'œil à la porte de mon appartement. La tête de Felix en sort, alors je crie :

— Appelle une ambulance ! Maintenant !

Je m'agenouille dans la flaque de sang à côté de Rose. Sa respiration est perturbée par des gargouillis douloureux et son aura de Consciente est très faible.

— La pierre que Nero t'a donnée pour le Jubilé, articule-t-elle. Apporte-la-moi.

Peut-elle l'utiliser pour se soigner ?

L'espoir donne des forces à mes jambes lorsque je sprinte jusqu'à mon appartement, piétinant presque Felix, Maya et Fluffster dans l'entrée.

— Restez à l'intérieur ! leur aboyé-je en filant dans ma chambre.

Si ça se trouve, Koschei essaie de les attirer à l'extérieur.

J'ouvre un tiroir, trouve le collier et repars en courant, renversant presque Kit cette fois, qui vient de sortir de la salle de bains enveloppée dans une serviette.

Pendant que je cours hors de l'appartement, j'entends Felix donner notre adresse à l'opératrice des secours au téléphone.

Lorsque j'atteins Rose, je m'agenouille à côté d'elle et pose la pierre dans sa paume ensanglantée.

— Voici ce que tu m'as demandé.

Pendant ma courte absence, la flaque rouge sombre sur le sol s'est agrandie, et la peau pâle de Rose a pris une teinte translucide.

Une boule se forme au fond de ma gorge lorsque les gargouillis de sa respiration difficile s'intensifient, et son regard lutte pour se focaliser sur moi. Une terrible seconde plus tard, je vois une lueur de reconnaissance dans ses yeux.

— Je crois que je sais pourquoi c'est arrivé, articule-t-elle d'une voix rauque, des postillons sanglants accompagnant ses mots. Si j'ai raison, ceci devrait aider.

Ses doigts se referment spasmodiquement sur la pierre.

— De quoi parles-tu? demandé-je fébrilement, avant de secouer la tête. Peu importe. Ne parle pas. Garde tes forces pour guérir.

— Non.

Son regard se focalise sur moi.

— Tu dois veiller sur Vlad.

— C'est à toi de veiller sur lui, répliqué-je malgré la boule qui grossit dans ma gorge. Arrête de dire n'importe quoi.

Une quinte de toux et un gargouillis la secouent, et du sang coule du coin de sa bouche.

— Tu dois me le promettre, chuchote-t-elle en me regardant avec la même intensité étrange.

Je serre sa main vide dans la mienne.

— Bien sûr. Je te le promets.

Elle regarde la pierre dans sa paume, comme pour essayer de l'hypnotiser. Un souffle plus tard, un flot d'énergie rose s'écoule de tout son corps dans la pierre.

La pierre brille et son aura de Consciente disparaît.

Non.

Ce n'est pas possible.

Je pose les doigts contre son cou.

Pas de pouls.

Les mains tremblantes, je sors mon téléphone et pose l'écran en verre contre ses lèvres.

Aucun signe de respiration.

En pilote automatique, je déverrouille l'écran du téléphone avec mes doigts glacés, et j'appelle Nero. Le téléphone sonne plusieurs fois avant de passer sur son répondeur.

— Rose est morte, dis-je d'une voix qui me paraît inconnue. J'ai besoin de toi.

En raccrochant, je fixe le téléphone, hébétée, avant de me souvenir de quelque chose d'important.

Vlad.

Il doit savoir.

Mon cerveau est une passoire, mais je me souviens

bizarrement des nombres que Rose avait composés sur son téléphone.

Le téléphone de Vlad sonne une fois. Deux fois. À la troisième sonnerie, l'appel est pris.

— Allô ? dit-il d'un ton inquiet.

J'avale la boule dans ma gorge.

— Vlad, c'est Sasha. C'est au sujet de Rose...

— Où es-tu ?

Sa voix est terrifiante.

— À son appartement. Je pense qu'elle est...

Il a déjà raccroché.

*Morte.*

Le mot appuie sur ma poitrine comme un iceberg, brisant quelque chose au fond de moi. Je reste assise là pendant un temps indéterminé, des taches blanches flottant dans ma vision.

— Rose ! s'exclame Felix quelque part près de moi. Qu'est-il arrivé ?

Je saute sur mes pieds et me tourne si vite que je manque de vomir. Felix, Maya et Kit se tiennent derrière moi, le visage horrifié.

Je suis soudain furieuse.

— Je vous ai dit de rester dans l'appartement. Voulez-vous que Koschei vous tue aussi ?

Felix réagit comme si je lui avais mis une claque et il recule de quelques pas.

— C'est Koschei qui a fait ça ?

L'air normalement espiègle de Kit est maintenant grave.

— Le Conseil devra immédiatement envoyer les Exécuteurs… mais sans doute pas Vlad.

— Vlad est en route, m'entends-je dire de loin.

— Faites rentrer Sasha, ordonne Kit d'un ton autoritaire à Felix et à Maya. Je vais demander à l'Exécuteur le plus proche de gérer tous les humains arrivant par hasard sur la scène. Nous voulons que cet endroit soit vide quand Vlad arrivera.

J'éclaircis ma gorge râpeuse.

— Je dois être là quand il arrive. J'ai promis de veiller sur lui.

Ignorant mes paroles, Maya et Felix me saisissent par les épaules. Une part de moi veut se débattre, mais je les laisse me traîner dans ma chambre, puisque ma soumission a un effet bonus : cela permet de faire entrer ces deux-là dans l'appartement, comme je le souhaite.

Le temps s'écoule par petits bonds discrets, comme si j'étais défoncée. Un instant je me trouve près de la porte, l'instant suivant je suis près de mon lit.

Comme mes jambes tremblent, je trouve plus facile de me laisser tomber sur le lit.

— Qu'est-il arrivé ? demande Fluffster dans mon esprit.

— Koschei a tué Rose, chuchote Felix. Sasha a tout vu. Je m'inquiète pour elle.

Fluffster saute sur le lit et s'installe contre moi. Felix et Maya posent une couverture sur moi et me caressent le dos pour m'apaiser.

Rien ne fonctionne.

Je reste allongée là, mes pensées tourbillonnant comme un *hand spinner*.

Ce n'est pas possible.

Rose ne peut pas être morte.

Quelqu'un dans la communauté des Conscients possède peut-être un pouvoir semblable à celui que Koschei exerce sur lui-même ? Le pouvoir de ramener Rose à la vie ?

Non.

Kit ou quelqu'un d'autre l'aurait mentionné.

Mon menton tremble et il y a une pression derrière mes yeux, mais les larmes ne viennent pas… comme si mes canaux lacrymaux étaient bouchés. Quand j'étais petite, peu importe mon état, une bonne crise de larmes me faisait toujours aller mieux… tout comme un bon vomissement peut parfois éloigner les pires nausées.

Je parie que les larmes ne viennent pas parce qu'au fond de moi, je pense ne pas mériter d'aller mieux. Après tout, *ceci* était le sujet de ma vision de l'enterrement, et je ne l'ai pas compris à temps. J'ai échoué à sauver Rose. Elle n'était même pas sur la liste des personnes pour lesquelles je m'inquiétais, alors qu'elle aurait dû y être.

Une fois que je commence sur la voie de la culpabilité, de plus en plus de pensées de ce genre me parviennent. Si j'avais laissé une plus longue durée à ma dernière vision, j'aurais vu Koschei marcher jusqu'à l'appartement de Rose après avoir tué Felix et Maya… et j'aurais eu l'occasion de faire quelque chose. Peut-être. En outre, je suis peut-être la raison pour laquelle il l'a tuée, car je commence à croire que le plan de Baba Yaga est de me tourmenter en tuant les personnes que j'aime.

Les caresses dans mon dos s'arrêtent et Maya et Felix sortent de la chambre sur la pointe des pieds. Pensent-ils que je me suis endormie ?

J'aimerais plus que tout dormir et qu'il ne s'agisse que d'un cauchemar.

D'un autre côté, comment savoir que ce n'est pas le cas ?

D'ailleurs, comment puis-je savoir que je ne me trouve pas dans une vision en ce moment même ? J'ai vu des proches mourir dans mes visions.

Le problème avec cette théorie, c'est que je ne me souviens pas d'être entrée dans l'espace mental avant que tout ceci arrive. Mais d'un autre côté, pourquoi m'en souviendrais-je ? Si je n'avais pas acquis le contrôle conscient de mes visions, je penserais être dans une de mes visions éveillées involontaires, ou même dans un rêve comme mes visions du début. Toutefois, je possède maintenant le contrôle conscient, alors ça ne peut pas être le cas.

Une seconde. Peut-on entrer dans l'espace mental depuis l'intérieur d'une vision ? Personne ne me l'a dit explicitement, mais cela devrait être impossible. Sinon on pourrait obtenir des visions dans des visions dans des visions à l'infini, ce qui semblerait assez fou.

D'accord.

Je dois atteindre l'espace mental.

Avoir quelque chose à faire sans quitter ma position fœtale et sans lâcher la fourrure de Fluffster me convient, alors j'essaie.

Et j'échoue.

Encore et encore.

Suis-je en train de me saboter parce que je *veux* qu'il s'agisse d'une vision ?

Repoussant cette pensée avec d'autres, j'inspire malgré la boule dans ma gorge et je souffle lentement. Puis je le refais plusieurs fois.

La concentration de l'espace mental semble être à ma portée lorsque j'entends un bruit terrible. Quelqu'un rugit de douleur, puis j'entends des objets se briser et se déchirer.

Fluffster s'extirpe de mes doigts raides.

— Je vais voir ce qu'il se passe.

Les bruits continuent, mais je ne peux me résoudre à bouger.

Le vacarme cesse enfin, et Fluffster revient en courant dans la chambre.

— C'était Vlad, m'explique-t-il mentalement. Il n'a pas bien pris la nouvelle.

— Vlad ?

Je regarde le domovoi.

— Il est devenu fou furieux, et il est parti en trombe.

Fluffster fait les cent pas.

— Kit est inquiète. Elle pense qu'il devrait laisser les Exécuteurs gérer ça et se récuser parce qu'il a une relation personnelle avec la victime. Elle pense que

Vlad veut se venger sans respecter la loi, ce qui aura des conséquences terribles pour lui auprès du Conseil.

Évidemment, le Conseil adopte une position aussi stupide. Comment quelqu'un peut-il en vouloir à Vlad de chercher à se venger ? Si je parvenais à bouger mes muscles, je sortirais sans doute moi-même, faisant de mon mieux pour tester à quel point Koschei est vraiment immortel.

Ma promesse à Rose remonte dans le marécage turbulent de mes pensées.

Je suis censée veiller sur Vlad, et je n'ai pourtant pas été à la hauteur jusqu'ici. Je n'étais pas là pour lui quand il a découvert le corps sans vie de son amante. Maintenant je le laisse devenir *persona non grata* auprès du Conseil.

Mais que puis-je faire ?

L'espace mental est à nouveau la réponse. Si je peux l'atteindre, je peux à la fois me prouver qu'il ne s'agit pas d'une vision et avoir un aperçu de l'avenir de Vlad.

Je répète donc mes efforts de respiration pendant un moment, jusqu'à ce que la concentration mentale requise me parvienne.

———

JE FLOTTE dans l'espace mental pendant un moment, sans former de pensées ni remarquer les formes qui m'entourent.

N'ayant pas de corps, je profite de l'absence de

nausée, ainsi que de la disparition du poids sur ma poitrine et du nœud douloureux dans ma gorge.

Cependant, je ne suis pas venue ici pour m'épargner de la douleur. Je voulais être certaine de ne pas être dans une vision, et apparemment ce n'était pas le cas. Cet espoir, bien que mince, était ma version du déni.

Ou alors, il est bien possible d'avoir une vision à l'intérieur d'une vision et ainsi de suite.

Non. C'est encore le déni qui parle.

Rose est partie, et que ma réalité fasse partie d'une vision ou pas, la seule façon logique de me comporter, c'est de prétendre que ce n'est pas une vision et de continuer à vivre ma vie.

D'une façon ou d'une autre.

Je repense à Vlad, car le moins que je puisse faire pour Rose, c'est d'essayer de tenir ma promesse. Je pense à son front imposant sur son visage extrêmement symétrique et gravé dans l'ivoire.

Rien ne change.

Je suppose que je dois creuser plus profondément. Vlad était violent et lunatique dans ses meilleurs jours, mais étant donné la façon dont il protégeait Rose, la rage qu'il ressent maintenant doit être…

Autour de moi, les formes changent.

Sans traîner, je raccourcis la durée de la vision et en touche une au milieu de la nuée.

———

La salle glauque ressemble à un abattoir.

— *Gdye on* ? aboie Vlad contre ce qu'il reste du type à l'allure de mafieux allongé sur la table en métal.

L'homme crie quelque chose d'incohérent en russe.

Vlad arrache indifféremment un morceau de chair tatouée du corps de l'homme, le jette dans un grand seau presque rempli et crie dans un russe rapide...

———

Je suis de retour sur le lit, le cou tendu comme une corde.

Si je dois aider Vlad, il me faut savoir où il sera, et ma vision ignoble ne montrait pas sa localisation.

Je dois donc réessayer.

En réprimant un gémissement de douleur, je reprends ma respiration propice à l'espace mental.

Inspire. Expire.

Inspire.

Expire.

Quelque chose change dans ma tête et je me retrouve une fois de plus dans l'espace mental. Pendant que je flotte parmi les formes inconnues, j'envisage mes possibilités.

Je peux obtenir une autre vision de Vlad et sans doute le voir torturer d'autres employés de Baba Yaga afin de remonter jusqu'à Koschei.

Beaucoup de raisons font que cette idée ne me plaît pas.

Et si je cherchais Koschei à la place ? Pourrais-je avoir de la chance et voir Vlad au moment où il se venge ? Étant donné sa dernière rencontre avec Koschei, il aura peut-être besoin que l'on veille sur lui ?

Même si tout en moi se révolte à cette idée, j'essaie de penser à l'essence de Koschei. Je commence par ses attributs physiques, et je visualise bientôt sa beauté mince et sa voix distincte.

Non.

Ça ne suffit pas.

Je fais ensuite de mon mieux pour deviner l'infâme personnalité de Koschei.

Je dois être douée pour cet exercice désagréable, car les formes autour de moi se transforment une fois de plus.

Sans changer la longueur de la vision, j'étire ma volute et tourbillonne à contrecœur dans une nouvelle scène.

———

KOSCHEI SE TIENT au coin de la 57$^e$ Ouest et de la 12$^e$ Avenue et il fixe son smartphone. Il est 18 h 57 et l'adresse sur le GPS correspond au numéro gravé dans l'immeuble de style art moderne qui le surplombe.

Koschei s'avance vers la porte et je flotte comme un fantôme derrière lui.

L'ascenseur s'arrête au quatorzième étage.

Il se dirige vers l'appartement 14N et frappe à la porte.

— Qui est-ce ? demande une voix féminine familière derrière la porte.

— C'est Keanu, votre concierge, prétend Koschei en déguisant à peine sa voix rocailleuse.

— Veuillez revenir dans quelques heures, répond la femme. Je ne suis pas habillée.

Koschei fronce les sourcils, puis il fait un pas en arrière et donne un puissant coup de pied dans la porte.

La porte craque, mais elle reste en place.

Il donne un autre coup.

Cette fois, la porte cède et Koschei entre.

Une Lucretia tout à fait habillée se tient à côté d'une chaise en forme de trône au milieu d'un salon meublé presque à l'identique de son bureau au fonds d'investissement de Nero.

— Je suis envoyé par Baba Yaga.

Koschei sort un couteau.

— Elle voulait que je dise que ceci n'est pas personnel, ce sont les affaires.

— Ne parle pas de quelqu'un d'autre.

Lucretia place l'énorme chaise entre eux et ajoute :

— Je sens que tu n'as pas envie de faire ça.

— Ceci n'est pas personnel.

Il fait un pas en avant et lève le couteau.

— Quand tu venais au banya, je t'ai toujours admirée… de loin.

— Alors, ne fais pas ça, insiste-t-elle d'un ton habituellement très maîtrisé qui paraît de plus en plus désespéré à mesure que les secondes s'écoulent. Je sais qu'elle n'utilise pas son pouvoir de contrôle de l'esprit sur toi, alors tu as le choix.

— C'est vrai, concède Koschei, s'excusant presque. Mais je ne suis plus qu'à quelques meurtres d'être débarrassé de mes obligations envers elle. J'aimerais beaucoup que quelqu'un d'autre puisse prendre ta place, mais tu fais partie de son plan.

Au lieu de répondre, Lucretia attrape quelque chose dans les ornements complexes du trône.

Du métal brille dans les airs.

Koschei écarquille les yeux et fixe la rapière dans les mains de Lucretia avec un mélange d'admiration et de regret.

Elle renvoie la grande chaise vers lui d'un coup de pied et se met en garde.

Il évite la chaise et se rapproche d'elle.

La rapière de Lucretia frappe à la vitesse du dard d'un scorpion. Bien que sa lame se plante en lui façon brochette, Koschei continue à avancer jusqu'à ce que la pointe de la rapière sorte de son dos.

Lucretia lutte pour extraire son arme…

# CHAPITRE VINGT-QUATRE

LA VISION EST TERMINÉE, et je me retrouve en position fœtale.

Pendant que je digère ce que je viens de visualiser, une montée d'hormones du stress noie mon chagrin naissant, diminuant la pression constante sur mes canaux lacrymaux.

Lucretia est en danger.

Ma respiration accélère et je sens mon système nerveux sympathique passer en mode de fuite ou de combat.

Bien. Ça devrait m'aider à voler jusqu'à la maison de Lucretia et à combattre Koschei avec elle.

Je me lève d'un bond. La chambre tourne pendant quelques secondes, mais ensuite, l'adrénaline éclaircit ma vue et revigore mes muscles.

J'attrape le téléphone.

Il est 18 h 21.

Koschei sera devant chez Lucretia à 18 h 57, ce qui

ne me laisse pas beaucoup de temps. S'il y a de la circulation – et il y a toujours de la circulation à Manhattan –, il faut parfois plus d'une demi-heure pour arriver en centre-ville d'ici.

J'utilise une application pour vérifier si c'est plus rapide avec les transports en commun, mais cela m'indique que le trajet le plus court prend quarante minutes et un changement.

J'attrape mon pistolet et sors en courant de la chambre… avant de me souvenir que j'ai déchargé l'arme sur Koschei.

Ariel a peut-être caché des balles quelque part dans sa chambre, mais je n'ai pas le temps de les chercher.

Avec un peu de chance, Kevin, le garde du corps/chauffeur de Nero a des balles de réserve dans sa limousine.

— Comment vas-tu ? me demande Fluffster quand je passe devant lui en courant dans le couloir. Vas-tu à la salle de bains ?

— Koschei est sur le point de tuer Lucretia, lancé-je par-dessus mon épaule. C'est ma psy. Je dois la sauver.

— Quoi ? Non, n'y va pas !

Les minuscules pattes de Fluffster ont du mal à rester à ma hauteur.

— Koschei tuerait alors deux personnes au lieu d'une.

— Il ne m'a pas tuée alors qu'il en a eu l'occasion.

Je me tourne face à lui en enfilant mes chaussures près de la porte.

— Je pense que Baba Yaga fait maintenant semblant

d'honorer son marché avec Nero. C'est ça, ou bien elle veut que je souffre en causant la perte de mes proches avant de me tuer enfin.

— Mais dehors, je ne peux pas te protéger.

Le message mental de Fluffster est terriblement triste.

— Je suis désolée, je n'ai pas le temps d'en discuter.

Je déverrouille la porte.

— Contente-toi de garder Felix et Maya en sécurité jusqu'à...

— Ils sont déjà partis, m'interrompt-il. Vous êtes complètement fous.

— Tu les as laissés partir ?

— Maya devait rentrer, répond-il au moment où quelque chose de poilu passe dans ma vision périphérique. Kit s'est portée volontaire pour la ramener... et elle a ordonné que quelques Exécuteurs les accompagnent. Felix s'est joint à eux.

— Et personne n'a estimé qu'il fallait me mettre au courant ?

Je regarde derrière l'étagère à chaussures et je vois que la boule de fourrure qui vient de traverser la pièce est Lucifer.

Fluffster suit mon regard.

— Le chat de Rose va rester avec nous. Nous avons essayé de te dire tout cela, mais tu semblais catatonique.

— Très bien.

En regardant Lucifer, je me rends compte qu'elle a

l'air plus triste que la fois où elle a avalé la clé et failli mourir.

— Je n'ai vraiment pas le temps pour ça. Si tu as un moyen de réconforter ce chat, fais-le, s'il te plaît.

— J'ai essayé.

Fluffster baisse la tête.

— Elle doit savoir ce qui est arrivé.

— Ils vont payer pour ce qu'ils ont fait, promets-je au chat avant d'ouvrir la porte.

Le couloir donne l'impression qu'une tornade y a chassé un troupeau de bisons d'un bout à l'autre.

— Vlad était très bouleversé, explique Fluffster avant même que je puisse poser la question. Il était assez inconsolable.

Je cours jusqu'aux portes cabossées de l'ascenseur et j'appuie sur le bouton. Les portes s'ouvrent en crissant... On dirait bien que Nero aura d'autres réparations à faire dans l'immeuble.

C'est alors que je les vois dès que les portes de l'ascenseur s'ouvrent en bas.

— Sans rigoler... marmonné-je.

En serrant les poings, je sors de l'ascenseur pour faire face à Roxy et à ses deux sbires.

# CHAPITRE VINGT-CINQ

LA LIMOUSINE vers laquelle je me dirige ne se trouve plus qu'à un petit sprint, mais les trois chiennes – dans tous les sens du terme – se sont habilement placées entre la porte et moi. Leur sourire lupin est sinistre sur leur visage couvert de maquillage Dior.

— Je t'avais dit qu'elle finirait par sortir, lance Ashley – ou Maddie – avec la voix d'une fumeuse de soixante ans.

— C'était mon idée de suivre la limousine, rappelle l'autre – celle qui a aidé Roxy à me poursuivre dans Battery Park l'autre jour, quand il a fallu que Rose et Vlad me sauvent. Pourquoi t'attribues-tu toujours le mérite de ce que je fais ?

— Kevin ! crié-je aussi fort que possible.

Kevin – qui se tenait à côté de la voiture, tripotant son téléphone – regarde dans notre direction.

— Maddie, ferme la porte ! ordonne Roxy à celle qui parle comme une fumeuse.

Maddie court vers la porte en même temps que Kevin s'élance vers l'immeuble. Maddie arrive la première, saisissant la porte des deux mains. Kevin, qui est un type solide, regarde Maddie sans grande inquiétude en tirant la porte vers lui.

La porte ne bouge pas.

Il applique un peu plus de force.

Toujours pas.

Maddie est-elle très forte, ou bien est-ce la construction de la porte ?

Ce doit être la seconde possibilité, car le Mandat empêche Maddie de révéler une force surnaturelle à quelqu'un qui n'a pas d'aura, comme Kevin.

— Je ne savais pas que ton chauffeur faisait aussi garde du corps, raille Roxy en ignorant la lutte autour de la porte. On dirait qu'il ne pourra pas te sauver, de toute façon.

Ashley inspire de façon exagérée.

— Elle a peur. Je le sens.

— Je n'ai pas peur de vous, répliqué-je. Je n'ai pas le temps pour vos histoires. Pouvons-nous faire ça plus tard ?

Roxy pose ses mains extrêmement bien manucurées sur ses hanches.

— Tu ne partiras pas d'ici.

— Réfléchissez.

Je désigne Kevin de la tête.

— Vous auriez un plus gros avantage s'il n'était pas là.

— Nous ne sommes pas obligées de nous

transformer pour nous occuper de toi, rétorque Ashley à voix basse. Nous sommes trois et tu es toute seule.

En réalité, elles ne sont que deux, sauf si Maddie lâche la porte et laisse entrer Kevin, mais deux contre une reste un mauvais rapport de force… surtout que je m'inquiète plus d'être retardée que de me battre.

— Ça suffit, dis-je en grinçant des dents.

J'attrape mon pistolet. Il est vide, mais je peux quand même bluffer.

Roxy me saute dessus, jetant le pistolet de ma main avant que je puisse le pointer sur elle. L'arme claque sur le sol.

— Attrape ça ! crie Roxy à Ashley. Tu vas payer pour ce que cette sorcière sénile m'a fait, siffle-t-elle en me regardant.

Je frémis de colère et jette un regard noir au visage ricanant de Roxy.

— Que viens-tu de dire ?

J'écarte un peu les jambes etplante les pieds dans le sol, prenant instinctivement la posture pour laquelle je me suis tant entraînée.

— Ton amie gériatrique attardée a retiré mes pouvoirs pendant une semaine, grogne Roxy en levant son menton parfait. Maintenant tu vas…

— Tu parles de Rose ?

— Qui d'autre ? dit-elle d'un ton méprisant. Combien d'autres femmes décrépites…

Je vois rouge et donne le coup que Nero et Thalia m'ont fait répéter.

Mon poing s'écrase sur le menton de Roxy.

Elle semble s'envoler avant de s'effondrer sur le sol en granit.

Je lui donne un coup de pied dans les côtes. Elle pousse un petit cri, luttant pour se relever pendant que ses acolytes la fixent, fascinées.

— Ose dire autre chose sur Rose, maintenant, sale chienne.

Je lui flanque un autre coup de pied.

— Je te défie.

— Stop ! crie Ashley par-dessus les battements de mon cœur dans mes oreilles.

Je lui accorde un regard. Elle pointe mon pistolet sur ma tête. Je lui montre mes dents et mon pied vise la tête de Roxy, cette fois.

L'arme d'Ashley clique vainement.

Roxy se couvre la tête juste à temps pour prendre un coup dans les avant-bras. Ma botte égratigne son bras, causant une tache de sang très satisfaisante.

— Ne bougez plus ! ordonne Kevin.

Je regarde derrière moi.

Kevin se trouve maintenant dans le vestibule avec deux pistolets dans les mains : l'un pointé sur Maddie, l'autre sur Ashley.

Ces deux dernières ont levé les mains, et mon pistolet/celui d'Ashley se trouve par terre.

À travers le brouillard de rage, je comprends que Kevin a dû se résoudre à les utiliser une fois qu'il a vu mon pistolet entrer en jeu.

J'aurais aimé qu'il le fasse plus tôt. Je suis pressée.

Je suis surprise de voir que Kevin ne baisse pas ses

armes. Au contraire, il paraît sur le point de tirer. Roxy remarque ce nouveau danger et elle roule sur le dos en poussant un grognement de douleur.

Craignant qu'elle essaie de tenter quelque chose, je lève le pied, prête à lui écraser le visage avec mon talon.

— Non, dit-elle avec une lèvre éclatée. Je me soumets.

Son aura du Mandat faiblit avant de reprendre son intensité normale.

Maddie et Ashley l'observent avec des yeux de la taille de pizzas géantes.

Je me sens bizarre, c'est comme si quelqu'un avait fait couler de la caféine directement dans mon cerveau.

Cependant, cette sensation se dissipe rapidement. Ce n'est peut-être que la surprise de voir les dégâts que j'ai causés à Roxy ?

— Moi aussi, je me soumets, renchérit Ashley d'un ton cérémonieux, avant de se laisser tomber sur le sol et de s'étendre en adoptant la même posture que Roxy.

Cette fois, c'est son aura qui clignote, et je ressens encore une fois cette montée d'énergie étrange. Il doit s'agir d'une sorte de rituel de loups-garous.

En fait, Kit n'a-t-elle pas mentionné la « soumission » en lien avec Roxy ?

— Moi aussi, je me soumets.

Maddie s'allonge par terre et son aura clignote également. Je reçois une autre poussée d'énergie.

En secouant la tête, je décide de réfléchir à toutes ces bizarreries de loups-garous plus tard.

— Nous devons nous rendre en centre-ville, lancé-je à Kevin. Je dois y être aussi vite que physiquement possible.

— Tu sors d'abord, dit-il en gardant les pistolets pointés vers les adolescentes sur le sol.

Je ramasse mon arme et cours vers la limousine. Je m'installe à l'avant afin de voir la route. Kevin monte quelques instants plus tard, démarre la voiture et me regarde.

— Au croisement de la 57ᵉ rue Ouest et de la 12ᵉ Avenue. Le bâtiment d'art moderne là-bas. C'est au 14N. Dépêche-toi.

Les pneus de la voiture crissent lorsque nous bondissons en avant.

— As-tu des balles pour ce type de pistolet ?

Je lui montre mon arme. Je ne veux pas le distraire, étant donné notre vitesse, mais j'ai besoin d'être armée.

— Boîte à gants, répond-il sans me regarder. La boîte avec l'inscription dorée.

Je trouve les balles et recharge mon arme. Quand je lève la tête, je grimace en voyant la densité de circulation sur l'autoroute de West Side.

Je sors mon téléphone et rappelle Nero. Je tombe sur son répondeur, alors j'énumère tout ce qui est arrivé aujourd'hui, en laissant seulement de côté les parties surnaturelles… Je ne veux pas être punie par le Mandat parce que Kevin peut tout entendre.

Ensuite, je tente le téléphone de Vlad. Il ne décroche pas, alors je lui laisse un message demandant de me rappeler… puis je lui envoie le même par texto.

Aucune réponse.

Peut-être ne veut-il pas salir son téléphone avec du sang, ou bien est-il trop occupé à torturer les sbires de Baba Yaga ?

Une ouverture se crée sur la voie de gauche et Kevin fait une embardée, ratant tout juste un taxi jaune. Nous ne gagnons que quelques mètres, et je m'inquiète de plus en plus de ne pas arriver à temps.

La circulation accélère un peu et Kevin reprend ses manœuvres de kamikaze pendant que je sautille sur mon siège. Lucretia est sur le point de se battre pour survivre, et je ne peux rien y faire.

Stupide circulation.

Stupide Roxy.

En pensant à la loup-garou, je ressens un léger remords. Je l'ai frappée avec tant de force que j'ai maintenant mal au pied. Elle doit souffrir en ce moment, sauf si les loups-garous guérissent plus vite que la normale, ce qui est possible. Non pas qu'elle mérite ma pitié. Les choses qu'elle a dites au sujet de Rose...

J'arrête d'y penser, ne voulant pas craquer. Je dois me concentrer sur Lucretia.

Mon esprit refuse d'obéir à la logique.

*Rose est morte. Rose est morte.*

Le chuchotement insidieux entraîne avec lui une pression écrasante sur ma poitrine et mes conduits lacrymaux, mais les larmes refusent de sortir. J'ai pourtant besoin du soulagement apporté par une bonne crise de larmes.

Nous nous arrêtons brusquement au coin de la 57e et de la 12e, et Kevin défait sa ceinture de sécurité.

— Où vas-tu ? lui demandé-je.

— Je t'accompagne pour gérer le dangereux malfrat russe, affirme-t-il en répétant l'euphémisme que j'ai utilisé pour désigner Koschei dans mon message vocal à Nero.

— Non, ne fais pas ça. Ce sera très dangereux.

Je défais ma propre ceinture et ouvre la portière.

— C'est mon travail, soutient Kevin en sortant de la voiture. Quoi qu'il se passe au 14N, ça ne sera rien comparé à ce que me fera le patron s'il t'arrive quelque chose.

Je n'ai pas le temps d'argumenter et je ne peux pas décrire la nature spéciale de ce danger sans que le Mandat me fasse saigner par tous les orifices. Je le laisse donc m'accompagner.

— Voici mon mari, déclaré-je en désignant Kevin de la tête lorsque nous arrivons à la hauteur du garde de sécurité. Nous sommes ici pour le conseil conjugal. Le nom de notre thérapeute est Lucretia Rossi. Au 14N.

— Ton mari ?

Kevin me jette un regard quand les portes de l'ascenseur se referment. Je hausse les épaules.

— En général, je suis bien plus douée pour les mensonges.

Il hoche la tête et sort son pistolet.

Je l'imite.

L'ascenseur s'arrête et Kevin passe devant.

Je cours derrière lui.

Nous trouvons la porte du 14N enfoncée.

Kevin fait comme les flics à la télé : il se précipite à l'intérieur en levant le pistolet. Je fais de mon mieux pour l'imiter et je le suis. Il y a des signes de lutte partout, mais Koschei n'est pas là.

— Je vérifie le périmètre, me chuchote Kevin à l'oreille. Va voir si tu peux l'aider.

Il hoche la tête en direction du canapé qui me bloque la vue et se précipite dans une autre pièce.

Le cœur battant, je contourne le canapé, en sachant déjà ce que je vais y trouver.

Lucretia est allongée sur le sol, ses blessures au couteau sont identiques à celles de Rose et son aura du Mandat a disparu.

J'enjambe la rapière couverte de sang comme si je contrôlais mon corps à distance depuis un bunker, et je m'agenouille à côté d'elle pour vérifier ce qui est déjà évident.

Aucun pouls.

Aucune respiration.

Aucune aura du Mandat.

Hébétée, je me laisse tomber sur Lucretia en serrant son corps sans vie dans mes bras.

# CHAPITRE VINGT-SIX

JE NE SAIS PAS COMBIEN de temps je passe là, accrochée au corps immobile de Lucretia.

Mes pensées s'agitent comme des écureuils ayant abusé du café, et la pression dans mes yeux est intolérable.

Une question rationnelle me parvient alors à travers la brume et la confusion : comment Lucretia peut-elle être morte ? C'est une prévamp : une espèce de Conscients qui se transforment en vampires en mourant. Je me souviens alors qu'Ariel a mentionné un jour que si une prévamp n'est pas assez puissante, elle ne se transforme pas. Sauf si elle a bu le sang d'un vampire de façon préventive.

Il se pourrait bien que Lucretia n'ait pas bu un tel sang. En tant que thérapeute, elle sait comme il peut être addictif. En outre, Ariel a aussi dit qu'un tel choix possédait un effet secondaire ennuyeux : le vampire donneur devient le seigneur du nouveau vampire et peut le contrôler pendant une décennie.

Koschei et Baba Yaga ont dû être au courant de la vulnérabilité de Lucretia. Sinon, pourquoi auraient-ils pris la peine de commettre un crime qui ne faisait que transformer Lucretia en une ennemie potentiellement plus puissante ?

Une seconde.

Lors de notre séance récente, Lucretia a mentionné qu'elle avait bu le sang de Gaius après une blessure. Elle avait dit ne pas être devenue dépendante, que c'était comme recevoir une piqûre de morphine quand on en avait besoin.

Elle s'est peut-être transformée, mais Koschei l'aurait tuée deux fois, une fois en tant que Consciente normale, puis en tant que vampire ?

Comment fait-on pour tuer un vampire, d'ailleurs ?

Soudain, des mains glacées s'accrochent à mes épaules.

Je ressens ensuite une vive douleur lorsque les canines de Lucretia pénètrent la peau de mon cou.

# CHAPITRE VINGT-SEPT

— LUCRETIA !

Je fais de mon mieux pour briser son emprise sur moi.

— C'est moi, Sasha !

Elle ne me lâche pas, se contentant de sucer la blessure dans mon cou.

Je veux attraper mon pistolet, mais elle frappe ma main, projetant l'arme de l'autre côté de la pièce.

— Arrête ça, dis-je en donnant des coups de pied à mon amie réanimée. Tu ne veux pas me manger.

— Laisse-la partir, dit Kevin quelque part. Sinon, je tire.

— Tu ne vas tirer sur personne, intervient une voix hypnotique familière.

— Je ne vais tirer sur personne, répète Kevin, qui semble ensorcelé.

— Jette ce pistolet sur le côté, poursuit la voix.

Kevin jette son arme dans la même direction que la mienne.

— Lucretia, ma chère, laisse immédiatement partir Sasha.

La voix dégouline de malice mielleuse et, malgré ma stupeur et ma panique, je comprends de qui il s'agit.

Lucretia relâche mes épaules et je me lève péniblement.

— Où est Ariel ? m'enquiers-je en me retournant pour vérifier mes soupçons, posant involontairement la main sur la morsure à mon cou.

Bingo.

Le joli visage du nouveau venu appartient à Gaius, le fléau de l'existence d'Ariel.

— Où est-elle ? répété-je en avançant vers lui.

— Je t'ai entendue la première fois.

Les yeux de Gaius perdent leur apparence réfléchissante et redeviennent normaux.

Kevin est complètement immobile.

Lucretia s'appuie sur son coude et regarde autour d'elle, apparemment plus perdue que les étudiants ivres pendant les vacances de printemps. En se concentrant sur moi, elle voit la blessure dans mon cou et pâlit – ce qui est assez difficile, puisque sa mort l'a déjà rendue plus pâle que son teint habituel de poupée de porcelaine.

En parlant de mort, ou plutôt de mort-vivant, elle n'a toujours pas d'aura, alors que Gaius et les autres vampires en ont une. Celle-ci doit peut-être être réappliquée ?

Je repousse ce mystère lorsqu'elle me dit :

— Je peux sentir ta peur. Je suis vraiment désolée.

— Tu es toujours empathe après ta transformation ?

Je me rends alors compte qu'il y a beaucoup de meilleures questions à poser, la majorité étant des variantes de ce que j'ai déjà demandé à Gaius.

— En effet, confirme-t-il avec une fierté presque paternelle. Elle sera précieuse pour moi.

Il regarde mon cou et ajoute :

— Vous avez toutes les deux de la chance que je sois arrivé : les nouvellement transformés ont du mal à se contrôler.

— Je n'aurais pas fait de mal à Sasha, assure Lucretia en s'asseyant.

— C'est faux, répond Gaius d'un ton taquin. Tu aurais facilement pu la tuer, ce que Nero et le Conseil n'auraient pas apprécié. Cela arrive souvent aux nouveaux.

— Impossible, soutient Lucretia, mais elle s'écarte de moi comme si elle avait besoin de cette distance pour éloigner la tentation.

— Tu dois te nourrir, lui dit Gaius en indiquant Kevin qui, parce qu'il est ensorcelé, ne montre aucune réaction à cette suggestion horrible.

Je fais un autre pas en avant.

— Une minute.

— Ne puis-je pas simplement boire une poche de sang ? demande Lucretia en se levant avec l'agilité d'une athlète olympique. Boire sur un humain, c'est…

— Pardon pour ce malentendu, grince-t-il d'une

voix dont le côté mielleux s'est évaporé pour ne laisser que pure malice. En tant que *seigneur*, je *t'ordonne* de boire sur cet humain.

Lucretia donne l'impression qu'il vient de lui écraser le cerveau avec un camion. Avec une détermination de zombie, elle s'avance vers Kevin.

— Attends.

Je me place devant elle.

— Ne fais pas ça.

— C'est ça, susurre Gaius en m'ignorant. Ce sera de plus en plus dur de me résister à chaque ordre que je te donnerai.

Lucretia me pousse sur le côté avec la force d'Ariel et je comprends soudain ce qu'il se passe quand je rétablis mon équilibre en m'aidant du canapé.

Bien sûr. Lucretia est maintenant l'esclave de Gaius… et elle le restera pendant dix ans.

— Gaius, s'il te plaît.

Je me précipite en avant lorsque Lucretia mord Kevin.

— Préfères-tu que ce soit toi ?

Gaius se met en travers de mon chemin, son grand corps formant une barrière impénétrable. Derrière lui, Lucretia se nourrit. Sa gorge se soulève d'abord à contrecœur, mais après quelques gorgées, elle se met à aspirer avec de plus en plus d'enthousiasme.

— Lucretia ! crié-je en essayant vainement de contourner Gaius. Kevin n'est pas un *happy meal*. Tu vas le tuer.

Lucretia s'écarte à contrecœur du cou de Kevin. Le

chauffeur semble pâle, mais rien de plus, si l'on ignore le vide dans ses yeux ensorcelés.

— Je n'ai pas dit que tu pouvais t'arrêter, souligne Gaius à Lucretia par-dessus son épaule. Bois et ne t'arrête que lorsque je dirais stop.

Même s'il est évident que Lucretia essaie de lutter contre cet ordre, elle lui obéit plus vite.

Une fois qu'elle se remet à boire, elle accélère, comme si sa soif augmentait à chaque gorgée. La pâleur de Kevin commence à ressembler à celle des deux vampires dans la pièce… ce qui ne doit pas être bon signe.

— Arrête ça !

Je donne un coup de poing contre la mâchoire de Gaius, puis je le pousse, mais il se contente de lever un sourcil parfait.

— La violence est-elle vraiment la solution ?

Si je le pouvais, j'arracherais tout de suite la gorge de Gaius. En l'occurrence, je dois essayer de détourner son attention.

Je fais une feinte sur la droite, faisant semblant de le contourner, puis je saute soudain sur la gauche.

Il glousse derrière moi, apparemment amusé lorsque je saisis Lucretia et que je fais de mon mieux pour décoller sa tête du cou de Kevin.

J'aurais aussi bien pu essayer de rompre un bloc de ciment en deux.

Le corps de Kevin s'affaisse dans ses bras.

— Non.

Je tire plus fort.

— Lucretia, arrête !

D'étranges bruits d'aspiration s'échappent de sa bouche alors qu'elle continue à sucer comme une sangsue gloutonne.

— Il n'y a plus de sang dans ce corps.

Gaius s'avance vers la rapière ensanglantée sur le sol, la ramasse et l'examine d'un air admiratif.

— Allons-y.

Lucretia laisse Kevin tomber par terre et court derrière Gaius, qui a quitté l'endroit si vite qu'il a dû utiliser ses pouvoirs de vampire.

Je file de l'autre côté de la pièce et je récupère mon pistolet, puis je sors en courant dans le couloir, ne sachant pas si je dois tirer sur les deux ou seulement sur Gaius.

Le couloir est déjà vide. C'est peut-être mieux. Je n'ai pas assez d'énergie pour leur courir après.

En fermant la porte d'entrée, je me retourne vers Kevin. Je m'agenouille à côté de son corps immobile et je vérifie ses signes vitaux.

Rien.

Il est mort.

Comme Rose.

J'ai envie de crier des obscénités, mais le cri reste coincé dans ma gorge.

C'est ma faute. Encore une fois.

Une deuxième personne est morte aujourd'hui à cause de moi.

Il y aura deux enterrements.

La pression derrière mes yeux est devenue un acide bouillant.

En me détournant du cadavre, je pose les mains sur mes yeux.

*Mort.*

Avait-il une famille ? Des enfants ? Une pauvre femme est-elle devenue veuve ce soir ?

Les restes d'adrénaline qui me faisaient fonctionner s'évaporent, me laissant entièrement drainée.

Rose et Kevin.

Ariel qui a disparu.

Lucretia qui est un vampire lié à Gaius.

Il m'est difficile de respirer, impossible de réfléchir. Il n'y a que cette affreuse pression brûlante et un vide écrasant.

Je ne sais pas combien de temps je reste là, agenouillée à côté du corps de Kevin, avant d'entendre des pas légers derrière la porte.

J'ai des difficultés à m'en soucier.

Les charnières grincent.

Je devrais me lever ou au moins demander qui est là, mais mes jambes et mes lèvres refusent de bouger.

Et puis c'est trop tard, de toute façon.

Le nouvel arrivant se précipite trop vite vers moi pour que mes yeux puissent le suivre.

# CHAPITRE VINGT-HUIT

IL S'ARRÊTE devant moi et je reconnais les pommettes saillantes sur son visage : un visage métamorphosé par la fureur.

C'est Nero.

Il m'a trouvée. Il a dû apprendre où j'étais grâce à mon message. Cependant, il arrive trop tard. Si seulement…

— Es-tu blessée ? demande-t-il. Qu'est-il arrivé ?

Incapable de former des mots, je secoue la tête. Nero ne semble pas satisfait par ma réponse laconique. S'accroupissant à côté de moi, il me palpe comme s'il cherchait des blessures. Son regard se focalise sur les plaies dans mon cou.

— Qui a fait ça ?

On dirait un T-rex défendant son territoire.

Mes glandes surrénales reviennent à la vie, me donnant la force d'articuler :

— Lucretia. Elle était morte. Puis vivante. Gaius l'a

obligée à faire ça.

Je désigne le corps de Kevin de la tête et j'ai soudain le tournis.

— Je te ramène à la maison, affirme Nero d'une voix lointaine.

Si je pouvais parler, je l'avertirais de ne pas trop s'approcher de moi. Je lui dirais que tous ceux qui s'approchent de moi sont en danger. Que tous ceux que j'aime sont des cibles, et que je ne veux pas qu'il meure. Que je ne pourrais pas survivre s'il était le suivant.

Des mains solides me soulèvent, me collant contre son torse large, et une odeur propre, boisée et masculine m'enveloppe comme une couverture toute douce.

Il me porte hors de l'immeuble et, pendant qu'il marche, la chaleur de son corps fait disparaître une minuscule part de douleur.

Ça n'aide pas beaucoup, cependant. C'est un océan de douleur qu'il faudrait absorber.

Je l'entends vaguement aboyer des ordres dans son téléphone. Il veut que quelqu'un organise un enterrement approprié pour Kevin, et que la famille de Kevin soit couverte financièrement.

Il m'installe alors sur le siège avant de la limousine et je le perds de vue lorsqu'il referme la portière.

Sans sa proximité, le vide terrible en moi grandit jusqu'à atteindre la taille de Jupiter, et la pression derrière mes yeux s'intensifie de façon impossible.

Pourrait-elle finir par me rendre aveugle ?

Mes yeux peuvent-ils tomber de mes orbites,

comme…

Nero ouvre la portière du côté conducteur, monte à bord et démarre.

— Peux-tu me dire ce qui est arrivé avec plus de détails ? demande-t-il lorsque nous nous arrêtons à un feu rouge. Ça pourrait être important.

Je reste assise en regardant droit devant moi, les bras serrés contre mon buste. J'ai l'impression que je risque d'éclater en morceaux si je commence à parler.

Finalement, je trouve la force de marmonner un résumé délirant des événements. Je dois être au moins un peu compréhensible, car le visage de Nero affiche un kaléidoscope de réactions effrayantes.

— La vision était peut-être celle de l'enterrement de Rose, dis-je pour conclure, hésitante. Ou celui de Felix ou de Maya si je ne les avais pas sauvés. Ou alors celui de Kevin. Ou bien quelqu'un d'autre va mourir ensuite. Peut-être…

Je me tais lorsque nous nous arrêtons.

Je ne reconnais pas tout de suite les environs.

Il s'agit de l'immeuble élégant de Nero.

Il m'a ramenée chez *lui*, pas chez moi.

Avant d'avoir le temps d'intégrer cette information, je me retrouve dans les bras de Nero, à sentir l'effet apaisant de son contact. C'est particulièrement agréable lorsque nous montons dans l'ascenseur et que Nero me caresse le dos comme si j'étais un chat.

Pourtant, je ne devrais pas penser aux chats, surtout pas à ceux qui ont l'air aussi tristes que moi.

Trop tard.

Je me roule en une boule plus serrée dans ses bras, respirant difficilement lorsque mon esprit me remontre la vue de la pauvre Lucifer qui semblait comprendre ce qui était arrivé à sa maîtresse.

Nous sortons de l'ascenseur et Nero me porte jusqu'à son appartement.

Une fois à l'intérieur, il me conduit à la cuisine, me pose sur mes pieds et nettoie la blessure dans mon cou. Ensuite, il prépare un petit pansement et l'applique doucement sur les marques.

Après avoir rangé sa trousse de secours, il place ses grandes paumes de chaque côté de mon visage et me fixe droit dans les yeux.

Je ne peux m'empêcher de le regarder aussi.

Ses anneaux cornéo-limbiques sont extrêmement épais aujourd'hui, rendant le bleu gris de ses iris encore plus ensorcelant.

C'est purement une illusion, mais j'ai l'impression que son regard assaille physiquement les vannes qui bloquent mes canaux lacrymaux.

Je chancelle en avant, comme attirée par lui.

Il met ses mains sur mes épaules et me serre contre lui, appuyant ma joue contre son torse musclé en serrant les bras autour de moi. Je me cramponne à lui, tremblant de tout mon corps. Une boule dans ma gorge m'empêche de respirer et la pression derrière mes yeux devient intolérable.

— Chut, murmure-t-il. Ça va aller. Tout ira bien.

Et comme s'il attendait cela, un sanglot s'échappe de ma gorge nouée et les vannes s'ouvrent d'un seul coup.

# CHAPITRE VINGT-NEUF

AU DÉBUT, je pleure de façon incontrôlable.

Nero me caresse doucement le dos et il me berce à chaque gémissement, sanglot et reniflement... ce qui me fait me sentir un tout petit peu mieux.

Quand je n'ai plus de voix, les sanglots se transforment en gémissements rauques et je m'agrippe à la chemise de Nero avec mes dernières forces. Il masse mes épaules et me chuchote des petits riens rassurants à l'oreille.

Je ne sais pas pendant combien de temps nous restons ainsi, mais quand je m'écarte enfin, je vois une grande tache humide sur son torse.

Sans en tenir compte, Nero s'avance vers la chaise la plus proche de moi, l'écarte de la table et me fait signe de m'asseoir avec toute l'élégance d'un maître d'hôtel dans un restaurant chic.

Je pose mes fesses et essuie mon visage avec ma manche.

Comme s'il s'agissait d'une de mes illusions, un verre d'eau apparaît dans la main de Nero. Il le place devant moi et je le bois d'une traite.

On dirait que pleurer et baver sur son patron déshydrate beaucoup.

Nero s'avance vers l'immense comptoir de cuisine et bricole quelque chose avec la bouilloire dernier cri posée là.

— Bois ça aussi.

Il pose une tasse fumante devant moi.

— C'est de la mélisse et de la camomille.

Je soulève la tasse de mes mains glacées, souffle dessus et sirote prudemment une gorgée.

— C'est agréable, dis-je d'une voix éraillée. Merci.

En hochant la tête, Nero va vers son frigo de taille industrielle et en sort quelques avocats à l'apparence parfaite, un sac de baies, et quelques légumes à feuilles.

Mon téléphone sonne.

Je le sors et je vois que Nero fronce les sourcils.

C'est Felix.

Je décroche pour lui crier qu'il ne devait pas quitter la maison. Quand j'ai terminé, il crie à son tour que je n'avais pas à partir faire une autre mission de sauvetage par moi-même.

Nous faisons cependant vite la paix : il est à la maison et en sécurité maintenant, et je lui explique le peu de temps que j'avais.

— Je pense que tu devrais rester avec Nero jusqu'à ce que nous sachions ce qu'il se passe, suggère Felix. Je ne peux pas imaginer d'endroit plus sûr pour toi.

Il raccroche avant que je puisse exprimer mon opinion.

Je bois mon thé tout en réfléchissant à la réalité de ma situation.

Je suis chez Nero.

Ce qui est une situation pour le moins déroutante.

Comme pour me perturber un peu plus, Nero place un bol de salade fraîchement préparée devant moi et retourne au frigo.

— Je n'ai pas faim, dis-je tout en examinant le plat à l'apparence délicieuse.

— Mange autant que tu le peux, suggère Nero en ouvrant le frigo.

Je pique un peu de salade sur ma fourchette et la porte prudemment à ma bouche.

Waouh.

Soit j'ai plus faim que je ne le croyais, soit c'est la meilleure salade que j'ai jamais goûtée. Je dévore mon bol en entendant crépiter quelque chose sur le feu.

— Des pommes de terre et des champignons, explique Nero quand il me voit jeter un regard furtif dans sa direction.

— Ça sent très bon, marmonné-je en avalant la dernière bouchée de salade.

Nero apporte toute la poêle à frire, pose deux assiettes et sert une énorme portion sur la mienne. Malgré la salade, mon estomac gargouille férocement en voyant le plat.

Ce n'est pas très élégant.

Et il l'a entendu.

Sinon, comment expliquer le sourire qui touche le coin des yeux de Nero ?

Après avoir piqué quelques morceaux de patates et de champignons, je porte la fourchette à ma bouche. Un gémissement de plaisir s'échappe accidentellement de mes lèvres.

Le sourire a disparu de ses yeux, mais ses anneaux cornéo-limbiques s'épaississent. Pourtant, Nero ne fait et ne dit rien pour indiquer qu'il m'a entendue.

— Mange, je reviens tout de suite.

Avant que je puisse émettre une objection, il sort de la cuisine.

Quand il revient, j'ai fini la moitié de mon assiette. Il se sert une assiette et l'attaque avec l'appétit d'un chien errant affamé.

— Un peu de musique ?

Il montre une enceinte Amazon près de lui. Comme j'ai la bouche pleine, je hoche simplement la tête.

— Alexa, lance Nero de sa voix grave, joue *Gangnam Style*.

Je suis tellement surprise par son choix que je manque de m'étouffer avec un champignon.

Le rythme de la vidéo la plus regardée de YouTube commence trop fort, alors Nero demande à l'enceinte de baisser le volume.

Je déglutis avant de dire :

— Je pensais que tu allais mettre Johnny Cash ou Leonard Cohen, par exemple. Pas…

— Parce que j'ai la voix grave, je dois apprécier les chanteurs à la voix grave ?

Le sourire est revenu aux coins de ses yeux.

— Eh bien, non, mais je ne pensais pas vraiment que tu aimais la pop coréenne.

Je pique d'autres pommes de terre sur ma fourchette.

— Sauf si tu aimes seulement cette chanson-là ?

— La K-Pop mêle quelques-uns de mes genres préférés, explique Nero avant de choisir une chanson que je connais moins. Les paroles de celle-ci sont…

— Attends, tu parles coréen ?

Je sais que je ne dois pas être surprise quand il s'agit de Nero, mais les mots de la chanson sont si incompréhensibles que…

— Je travaille en étroite collaboration avec Lee Kun-Hee, précise Nero.

Puis, méprenant peut-être la raison pour laquelle j'écarquille les yeux, il ajoute :

— C'est le président du groupe Samsung.

— Je le sais. Je suis simplement surprise que tu aies appris le coréen pour parler avec un client, même s'il est riche.

— Je connais la langue de tous ceux avec lesquels j'interagis.

Il enfourne les derniers restes de pommes de terre.

— Quand quelqu'un me parle avec un interprète, il peut me mentir.

— Hmm. Je ne savais pas.

Mentir à Nero est un sujet sensible. Cela me rappelle son affirmation selon laquelle Baba Yaga n'essaie pas de me tuer. Elle n'a pas déclenché son alerte de détection des mensonges quand elle a prétendu cela, alors que ses sbires sont venus pour me tuer dans la salle de bains de l'hôtel.

D'un autre côté, Koschei a bien fait attention à me laisser tranquille quand il a…

Non. Je ferais mieux de ne pas penser à ça, sinon je vais me remettre à pleurer.

Même si la nourriture a perdu de sa saveur, je finis mon assiette. Quand je lève les yeux, je surprends Nero en train de me regarder avec ce qui ne peut être que de la compassion.

C'est bien la première fois. Le pape est-il sur le point de devenir bouddhiste ?

— Ça ira mieux, un jour.

Nero pose la main sur mon poignet pour me réconforter.

Je secoue la tête. J'ai peur de craquer si je parle.

— Je te le promets, murmure-t-il. On apprend à vivre avec, au bout d'un moment.

Je chasse quelques larmes errantes et je le fixe.

La façon dont il a dit cela me donne l'impression qu'il parle par expérience personnelle. Lucretia a effectivement mentionné quelque chose au sujet de la crainte qu'il éprouve à l'idée de perdre quelqu'un qui lui est proche. Il a dû vivre un drame par le passé.

Mais qui ?

Et quand ?

Je ne suis pas assez suicidaire pour poser la question, alors je pose mon autre main sur la sienne.

Nous restons ainsi pendant quelques longues secondes, puis il s'écarte et me propose un dessert.

— Non, merci, décliné-je en ne sachant pas trop quoi faire de mes mains maintenant qu'elles ne touchent plus la sienne. J'ai assez mangé.

— Dans ce cas, suis-moi.

Il se lève.

— J'ai installé quelque chose pour toi. Ça devrait être prêt maintenant.

Je me lève et il me conduit à travers une multitude de pièces jusqu'à ce que nous entrions dans une salle de bains géante qui ressemble à une salle d'exposition d'équipements extravagants pour les spas. Il y a des bougies allumées partout, et une baignoire énorme est disposée au milieu de tout cela, avec de l'eau qui tombe en cascade à l'intérieur, comme si c'était une chute d'eau dans un canyon.

Nero jette un coup d'œil au niveau de l'eau et vérifie la température avec sa main.

— C'est parfait.

Il se tourne vers moi.

— C'est pour toi.

Mon pouls accélère.

Il appuie sur un bouton et l'eau se met à bouillonner quand les jets du jacuzzi s'enclenchent. Nero s'attend-il à ce que je me déshabille et que je monte dans le jacuzzi devant lui ? Est-ce pour cela qu'il y a des bougies romantiques ?

Une part de moi l'espère. Cependant, l'autre part sait que je ne suis pas vraiment dans le meilleur état d'esprit pour faire des choix en ce moment... particulièrement quand ces choix impliquent le fait de me dénuder devant mon patron, mentor à plein temps et bourreau à mi-temps.

Ne sachant pas trop quoi faire, je plonge mes doigts dans l'eau. La température est effectivement parfaite, et rien ne m'a paru aussi agréable depuis longtemps.

— Il y a des serviettes propres là-bas, m'informe Nero en indiquant une étagère immense. Profite.

Et là-dessus, il résout tous mes dilemmes en sortant à grands pas de la pièce. Je reste seule, perturbée par la déception que je ressens en le voyant partir.

Tant pis.

Je me déshabille et monte dans la baignoire. Les jets m'entourent dans toutes les directions, produisant un effet de massage relaxant.

Je soupire de plaisir.

Il doit y avoir de l'eau chaude au paradis.

En fait, je me sens si bien que je commence à culpabiliser. Comment puis-je être aussi détendue après tout ce qui est arrivé ?

La pression sur ma poitrine recommence, mais je suis rapidement apaisée par la digestion et les bulles dans l'eau.

Au bout de quelques minutes, je suis si décontractée que je me sens toute bizarre.

Qui a besoin de Xanax quand il y a des glucides et des jacuzzis ?

Mes paupières deviennent lourdes et je cède à la tentation de fermer les yeux.

# CHAPITRE TRENTE

JE ME RÉVEILLE dans les draps les plus doux que j'ai jamais sentis.

Ai-je fait une folie dans un hôtel cinq étoiles ?

Non.

Je m'en souviens maintenant.

Je suis dans l'appartement de Nero.

La dernière chose que je me rappelle, c'est d'avoir fermé les yeux dans le jacuzzi. Me suis-je endormie dedans ? Si c'est le cas, comment ai-je fini ici ?

En frottant mes yeux endormis, je regarde autour de moi. Il doit s'agir de la chambre de Nero. En tout cas, je l'espère : elle fait la taille de tout mon appartement.

Nero lui-même n'est pas en vue.

Suis-je soulagée ou déçue ? C'est toujours difficile de réfléchir le matin.

Je regarde sous les draps de luxe.

Oups.

Comme je m'y attendais, je suis aussi nue qu'une stripteaseuse dans un camp de nudistes.

Je me lève à contrecœur. Mes vêtements d'hier se trouvent sur la table de chevet à côté de mon téléphone, tout comme une culotte en dentelle qui ne m'est pas familière, un pantalon de yoga tout neuf et un tee-shirt de style sportif.

Qu'est-ce qui est pire ? L'idée de Nero passant à La Perla tôt le matin pour acheter cette culotte, ou le fait qu'il en ait gardé une juste au cas où je passerais dormir chez lui ?

Ou une autre femme, d'ailleurs.

Je repousse cette pensée que je n'aime pas du tout.

Me sentant trop propre pour remettre les habits d'hier, je choisis les nouveaux vêtements. Bien sûr, tout me va et c'est aussi confortable que les draps. Ça doit être pour moi, finalement.

Lorsque je tends la main vers mon téléphone, je constate que mes vêtements d'hier semblent eux aussi fraîchement lavés.

Quoi ? Nero a-t-il des serviteurs invisibles ? Ou bien est-ce mon fantasme parce que cela ferait de moi la Belle et de lui la Bête ?

D'après mon téléphone, il est 9 h 30. Un lundi.

Waouh.

Nero ne m'a pas réveillée pour aller travailler. Avec un peu de chance, ça veut dire que j'ai officiellement un jour de congé. Juste au cas où, je cherche si je n'ai pas de texto ou d'e-mail concernant le travail.

Non. Silence radio total.

Sympa.

Étant donné que c'est lundi et que le soleil est déjà levé, Nero doit être au bureau. Son éthique de travail est une légende urbaine de Wall Street.

Je vais donc pouvoir fouiller un peu.

J'entre dans l'énorme salle de bains et découvre une brosse à dents encore dans son emballage. C'est une réplique exacte de la mienne. Le dentifrice est également mon préféré, tout comme toutes les autres affaires de toilette posées là.

Je suppose qu'il y a des avantages à dormir chez quelqu'un qui vous a espionnée toute votre vie.

Je me prépare dans la salle de bains et je sors de la grande chambre. C'est alors que des odeurs délicieuses viennent chatouiller mes narines. En me laissant guider par mon nez, je me dirige vers la cuisine.

Nero porte des vêtements de sport très flatteurs et il prépare quelque chose sur sa cuisinière futuriste.

Il n'est pas au travail ?

Est-ce un jour férié que j'ai oublié ?

Je jette un coup d'œil à mon téléphone.

Non. Ce n'est pas ça.

— Bonjour, lance-t-il sans se retourner. As-tu bien dormi ?

Dois-je le confronter sur ma nudité au réveil ? Je peux presque l'imaginer dire : « Préférais-tu te noyer dans le jacuzzi ? »

— Qu'est-ce qu'on mange ? demandé-je à la place, et la rime « mon ange » ne sort heureusement pas de ma bouche.

Il se retourne et, d'un geste élégant, pose une assiette devant moi. Ce sont des œufs Bénédicte, un de mes aliments préférés, et je parie qu'il le sait.

En accompagnement, des asperges grillées – un autre plat préféré – avec des tomates, et une purée de pommes de terre en forme de mini château de sable.

Joli.

Il pose un repas identique devant lui, puis nous verse du thé et nous sert du jus d'orange dans des flûtes à champagne. Ensuite, il ouvre une bouteille de champagne Cristal et, d'un geste fluide, il transforme nos jus de fruits en mimosa.

Brunch à la *Sex and the City*.

Avec mon patron.

Tout à fait normal.

*Mais bien sûr.*

— Tu n'es pas au travail, fais-je remarquer en coupant mes œufs et en faisant de mon mieux pour ne pas trop baver. Les poules sont-elles enfin passées chez le dentiste ?

Nero sourit à nouveau avec ses yeux.

— Même moi, je peux prendre un jour de congé de temps en temps.

Je goûte les œufs. Ils sont divins. Nero est un bien meilleur cuistot que Felix. Et peut-être même meilleur que la plupart des chefs cuisiniers de Tribeca.

— Bien sûr. Tu peux prendre un jour de congé.

Je bois une gorgée de mimosa avant de rajouter :

— C'est juste que tu ne le fais jamais.

Je fais suivre la boisson pétillante par du thé… C'est

le même mélange apaisant de camomille et de mélisse que la veille.

— Quand as-tu pris une journée comme celle-ci pour la dernière fois ?

— À l'été de 1825, répond-il sans la moindre trace d'humour.

— Tu plaisantes, n'est-ce pas ?

J'attaque une tige d'asperge avec ma fourchette.

— C'était juste avant que la première voie de chemin de fer au monde soit ouverte, précise-t-il, toujours pince-sans-rire. Je savais que j'allais avoir beaucoup de travail, alors j'ai pris un jour de repos.

— Eh bien. Il y a les gens qui travaillent trop, et puis il y a ceux qui prennent des vacances tous les cent quatre-vingt-douze ans. Pour ton bien, j'espère que tu plaisantes.

En me fixant intensément, il trinque avec moi. Je lèche nerveusement les restes de sauce hollandaise sur mes lèvres.

— J'espère que tu vas au moins profiter de ton jour de congé.

Il fixe ma bouche avec une faim qui ne semble pas liée au petit déjeuner.

— Je commence à en profiter, oui.

Je rougis. Il est évident que je ne supporte pas très bien l'alcool, même quand il est dilué. Ressentant un besoin soudain de me purifier, j'essuie mes lèvres avec une serviette.

Il fixe toujours ma bouche, alors je décide de changer de sujet.

— Cela ne coûte-t-il pas des milliards de dollars à l'entreprise quand tu prends un jour de congé ?

— Environ quarante-neuf millions, répond-il encore une fois avec sérieux. Mais grâce à ton travail, nous avons fait une performance exceptionnelle la semaine dernière.

Est-il sarcastique en ce moment ? C'est la deuxième fois qu'il sous-entend que mes choix aléatoires d'actions lui ont rapporté de l'argent… mais ce n'est pas possible.

— Laisse-moi deviner, reprend-il en levant son regard vers le mien. Malgré ton talent avec les mots, tu n'as pas vraiment utilisé tes visions pour me fournir des conseils en bourse la semaine dernière, n'est-ce pas ?

Heureusement, ma bouche est remplie de bacon, d'œuf et de muffin anglais, alors je marmonne quelque chose d'inintelligible. J'aurais dû éviter d'utiliser des noms amusants. Il allait finir par comprendre, évidemment.

— C'est bien ce que je pensais, dit-il. Mais crois-tu que tes choix étaient *véritablement* aléatoires ?

J'avale la nourriture qui m'empêche de parler.

— Ce n'était pas *vraiment* aléatoire.

— Encore une affirmation exacte, mais qui induit en erreur.

Il semble impressionné et ajoute :

— Laisse-moi reformuler : penses-tu avoir seulement choisi ces actions parce qu'elles avaient des abréviations légèrement amusantes ?

— Légèrement amusantes ?

Je bois une gorgée de mimosa pour me donner du courage et poursuis :

— Ce n'est pas ma faute si certaines personnes n'ont pas le sens de l'humour.

— C'est possible, mais chaque choix que tu as fait était très bon.

Il me salue avec son verre et sans trace de moquerie.

— Sérieusement ?

Je trinque avec lui sans réfléchir.

— Veux-tu que je t'envoie notre bilan financier ?

— Non, ça va. Je te crois.

Je bois une autre gorgée, alors que je ne devrais pas. Il se penche vers moi.

— Bien. Car je ne te mens jamais.

Au lieu de le contredire, j'ai soudain très envie de l'embrasser.

Comme dans une vision, je peux visualiser le baiser, depuis la pression de ses lèvres fermes et pourtant douces jusqu'à…

Une seconde. Qu'est-ce qui ne va pas chez moi ? L'alcool m'attaque fortement. Au lieu de suivre ce désir insensé, je repousse mon mimosa et dis :

— Dans ce cas, voici deux autres conseils gratuits : Southwest Airlines et la National Beverage Company.

Il lève sa boisson pétillante et me fait un grand sourire.

— Tes choix sont LUV et FIZZ ?

— J'ai aussi envisagé de te donner la maison mère de KFC et Pizza Hut.

Je lui souris à mon tour avant de continuer :

— Leur abréviation est YUM, tout comme ta nourriture.

— Merci.

Nero tapote sur son téléphone et écrit quelque chose.

Je le regarde, incrédule.

— Es-tu sur le point de donner l'ordre à quelqu'un d'investir dans LUV, FIZZ et YUM ?

Il lève la tête de son message.

— Seulement les deux premiers. Tu as dit avoir seulement *envisagé* YUM. Es-tu en train de dire que maintenant, c'est une recommandation ?

— Pourquoi pas ? Investis dans YUM, tant que tu y es. J'ai autant confiance en ça que le reste.

— Merci, dit-il, impassible. Juste une seconde.

Je fourre le reste de la nourriture dans ma bouche pendant qu'il tape sur son téléphone.

Comment a-t-il pu gagner de l'argent avec mes choix au hasard ? Suis-je douée à ce point dans les prédictions boursières ? Si c'est le cas, j'aimerais bien mieux devenir aussi douée pour garder ceux que j'aime et moi-même en sécurité... et que la bourse aille se faire voir.

Les bouchées délicieuses se transforment en sable quand l'image de Rose allongée sur le sol passe devant mes yeux. La douleur dans ma poitrine revient avec plus de force, et la pièce commence à tourner autour de moi, les murs se rapprochant inexorablement.

— Sasha.

Une main solide couvre ma paume et la masse doucement.

— Ne pense pas à ça. Reste ici avec moi.

Je cligne des paupières, tirée de mes souvenirs sombres par son contact chaleureux. Ou peut-être par la montée d'hormones que génère ce contact.

Je lève les yeux vers lui. Son regard est hypnotisant, m'attirant vers lui, comme si ses pouvoirs défiaient les lois de la gravité.

Il se penche vers moi. La gravité surnaturelle doit être multidirectionnelle.

Je sens son souffle chaud.

Des papillons s'installent durablement dans mon estomac lorsque je me souviens de ce qui est arrivé la dernière fois que nos visages étaient si proches.

Le temps ralentit et une question périlleuse me tourne dans la tête.

Pourquoi ne puis-je pas encore l'embrasser ?

Il m'a réconfortée, il a cuisiné pour moi, il a pris sa première journée de congé depuis des siècles afin d'être là pour moi.

Mais non.

J'ai déjà réfléchi à ça.

Il est mon patron et mon mentor.

D'un autre côté, mon travail ne me plaît pas vraiment, et le mentorat est une situation temporaire. Et ce n'est pas comme s'il m'apprenait grand-chose, de toute façon. Peut-être que si je l'embrasse, cela conduira à des leçons plus intéressantes de…

J'arrête immédiatement ce cheminement de pensée.

Pour ce que j'en sais, toute cette gentillesse inhabituelle pourrait être de la manipulation, un moyen de s'assurer que sa petite voyante se comporte bien. Une fois que je lui serai inutile, il pourra facilement se trouver une autre voyante et m'abandonner.

Tout comme l'ont fait mes parents biologiques et Rose.

Nero s'écarte à contrecœur. Même si j'étais sur le point de reculer moi aussi, je suis vexée de savoir qu'il a décidé de ne pas m'embrasser.

Je retire brusquement ma main de son contact apaisant. Il semble blessé et se lève d'un seul coup. Il se dirige à grands pas vers le lave-vaisselle avec son assiette sale.

— Laisse-moi t'aider à nettoyer.

Je me lève et prends ma propre assiette avec des doigts tremblants.

— Je m'en occupe, dit-il, mais il s'écarte quand je pose l'assiette à côté de la sienne.

Au bout de quelques instants, la table est nettoyée et je la fixe, mal à l'aise, ne sachant pas trop quoi faire.

— Je vais à la salle de sport, annonce Nero sans aucune trace d'émotion dans la voix.

— Tant mieux pour toi, lâché-je en espérant parler d'un ton aussi indifférent que lui.

— Je pense que tu devrais te joindre à moi, ajoute-t-il d'un ton qui me paraît un peu trop autoritaire.

— Je ne suis pas d'humeur.

Je regarde ma tenue parfaite pour le sport et me

maudis de l'avoir choisie, tout comme je le maudis d'avoir été assez malin pour la laisser à côté du lit.

— Les endorphines de l'exercice physique te feront du bien, explique Nero d'un ton plus raisonnable. Tu devrais…

— Est-ce encore une de tes séances de mentor ?

Je lève le menton et il soutient mon regard.

— Non. Tu peux m'accompagner ou pas. C'est à toi de choisir.

— Très bien, décidé-je en me surprenant moi-même. Puisque tu le demandes si gentiment, je suppose qu'un peu de sport me ferait du bien après cet énorme petit déjeuner.

— Bien, dit-il en tournant les talons. C'est par ici.

Il marche si vite que c'est déjà du sport de rester à sa hauteur.

Après quelques embranchements, nous nous trouvons dans sa salle de sport privée : c'est une pièce de la taille d'un terrain de basket remplie d'équipements dernier cri.

— Échauffe-toi là, déclare-t-il en me montrant un vélo elliptique.

Il s'installe sur le tapis de course à côté de moi, l'enclenche et retire son tee-shirt qu'il jette sur la machine à côté de lui.

Je me dis que je ne vaux rien côté cardio quand mon pouls accélère subitement, et pas du tout en lien avec l'intensité de mes mouvements.

Mon patron est un spécimen impressionnant de virilité et quand il court, ça se voit encore plus.

Quelques minutes à baver plus tard, il m'informe que nous nous sommes suffisamment échauffés.

C'est très vrai dans mon cas.

En fait, j'ai peut-être même des bouffées de chaleur.

Nous passons dans la zone des haltères et il me montre comment faire quelques exercices… pendant que je lutte contre l'envie de tracer le contour des muscles de son torse avec la langue.

Je suis soulagée lorsqu'il fait un pas en arrière et que je peux vraiment me concentrer sur l'exercice.

Je suis vite ravie qu'il m'ait traînée à la salle de sport. C'est l'activité parfaite quand on est en colère ou bouleversé. Chaque fois que je soulève un poids, j'imagine que je donne un coup de poing à quelqu'un ou à quelque chose… et ça m'aide à forcer.

— Bon travail, souligne Nero lorsque je laisse tomber les haltères avec un grognement. Maintenant, le développé couché.

J'acquiesce, mais je constate bientôt que j'ai fait une énorme erreur. Regarder ses muscles fléchir pendant que des gouttes de sueur se forment sur sa peau lisse et bronzée détruit toute maîtrise de moi.

— Je suis fatiguée, capitulé-je quand je ne peux plus le supporter. Je vais à la douche.

Il me fixe intensément et je me raidis, craignant qu'il propose de me laver le dos… et que j'accepte.

— Trouveras-tu ton chemin ? demande-t-il à mon grand soulagement.

— Oui, ça ira.

Je m'enfuis de la salle de sport, me précipite à la

salle de bains et prends une douche froide. Ça devient un vrai rituel en présence de Nero.

La douche m'aide un peu, mais quand je sors, mon visage est encore légèrement trop rouge. Tant pis. Je me sèche rapidement et j'enfile mes vêtements de la veille fraîchement lavés.

Il est clairement temps de rentrer chez moi.

Je m'oriente jusqu'à la porte d'entrée de l'appartement-terrasse et je trouve Nero, toujours torse nu. J'essaie de ne pas avaler ma langue en remarquant les gouttelettes de sueur sur son torse taillé au burin.

— Bon… c'était sympa. Merci pour tout.

Je fais un pas en avant, mais il ne s'écarte pas de mon chemin. J'essaie encore, un peu plus franchement, cette fois.

— Je pense que je vais rentrer chez moi, maintenant.

— Non.

Nero croise les bras sur son torse comme un videur.

— Tu restes ici.

# CHAPITRE TRENTE-ET-UN

— JE M'EN vais si je veux, dis-je avant de me rendre compte de la puérilité de ma réponse.

D'un ton plus adulte, j'ajoute :

— Tu ne peux pas me garder prisonnière.

En tout cas, je l'espère, mais qui sait ce qu'il peut faire en tant que mentor ? Et en tant qu'enfoiré sans scrupules, d'ailleurs ?

— Tu n'es pas prisonnière, répond-il presque à contrecœur. Je veux seulement être certain que tu es en sécurité.

Il s'approche de moi.

— Quand j'aurai découvert ce qu'il se passe, je te laisserai partir.

— Eh bien, c'est simple, répliqué-je en faisant un pas en arrière. Ta partenaire, Baba Yaga, essaie de me tuer.

— C'est impossible, rétorque-t-il fermement. Elle a

affirmé que ce n'est pas le cas et elle ne peut pas me mentir. Nous avons déjà parlé de ça.

— Alors elle me pousse à vouloir être morte, lancé-je lorsque mes soupçons concernant une connivence entre Nero et Baba Yaga refont surface.

— Je ne pense pas que cela explique ses actes. Lucretia travaille pour moi, et même si elle n'était pas couverte par notre accord, je serais étonné que Baba Yaga veuille me provoquer. De plus, il est idiot d'énerver Vlad. Elle ne ferait pas ça juste pour se venger de toi.

— D'accord. Alors tu es en train de dire que si elle voulait me faire du mal, elle choisirait une cible plus facile, comme Ariel… dont nous n'avons toujours pas de nouvelles, d'ailleurs.

— Ou Felix, suggère-t-il. Ou ta famille.

Je sens la bile au fond de ma gorge.

— Ne t'inquiète pas. Je garde un œil sur tes parents adoptifs, précise Nero en faisant un autre pas vers moi. Et j'ai dit à Felix de rester à la maison, où ton domovoi et la Conseillère Kit doivent être une protection suffisante.

Ma nausée s'estompe, mais je fais néanmoins un pas en arrière, hors de sa portée. Il fronce les sourcils, mais il ne bouge pas.

— Je ne pense pas que Baba Yaga veuille te faire du mal… et c'est pour ça que j'ai demandé à quelqu'un d'enquêter.

J'écarquille les yeux.

— C'est vrai ?

— Oui. On la nomme Freda Krueger, m'informe Nero comme s'il citait une célébrité.

Je lève les sourcils.

— Je connais un Freddy très célèbre avec ce nom de famille, dans *Les Griffes de la nuit*. Mais je n'ai jamais entendu parler d'une version féminine. S'il te plaît, ne me dis pas que Hollywood fait encore un autre remake avec...

— Son vrai nom est Bailey Spade, explique Nero en me regardant.

Quand je ne reconnais toujours pas, il ajoute :

— Elle était dans la même école que Felix.

— Ça ne me dit toujours rien.

Je me balance d'un pied sur l'autre.

— Il n'a jamais parlé d'elle.

— Bref, son nom n'a pas d'importance. Elle a accepté de se renseigner pour moi, et elle possède des capacités uniques qui en font la personne idéale pour découvrir la vérité.

Je me frotte les tempes.

— Tu as engagé une détective Consciente ?

— Tu peux le voir de cette façon. L'important, c'est que son rapport arrive dans quelques heures, et je pense que tu voudras l'attendre.

Je croise les bras en imitant sa posture.

— Je n'ai pas l'impression d'avoir le choix. Que veux-tu que je fasse si je reste ?

— J'espérais que tu voudrais bien me montrer quelque chose.

Il passe la main dans la poche de son short.

Une main dans la poche ? C'est un bon moyen pour avoir l'attention d'une femme. Je ne peux m'empêcher de fixer son entrejambe, fascinée.

Mon patron va-t-il jouer les pervers ? Que vais-je faire si c'est le cas ?

Il sort la main de sa poche avec un paquet de cartes à jouer.

— J'aimerais voir tes tours de cartes de près.

J'écarquille les yeux.

Il est doué. En fait, s'il existait des médailles pour les maîtres manipulateurs, Nero aurait la médaille d'or.

Il a dû comprendre que cette idée m'excite presque autant qu'un autre baiser.

— Je suppose que je peux te montrer une chose ou deux, déclaré-je en utilisant tous mes talents d'actrice afin de paraître moins enthousiaste. Il me faudrait une table…

— Suis-moi.

Nero me conduit dans une aile de la maison que je n'ai pas visitée. En chemin, il s'arrête devant un placard et enfile un tee-shirt.

Mes hormones sont en deuil, mais je lui suis reconnaissante. Je m'inquiétais de ne pas pouvoir me concentrer sur les cartes.

Nous finissons dans une pièce de sept mètres par neuf plutôt petite pour cet appartement. J'observe le décor, bouche bée de fascination jalouse.

— J'accueille des parties de poker aux enjeux élevés ici, explique Nero quand il voit ma bouche ouverte. Je pensais que ce serait le bon endroit pour les tours de magie.

Sans rire. Cet endroit ressemble à un casino miniature. Si quelqu'un voulait concevoir le meilleur décor pour mes tours de cartes, ce serait celui-là.

— Puis-je utiliser cette table ?

Je m'avance vers la table de poker verte et touche la surface parfaite pour les jeux de cartes.

— Bien sûr. C'était l'idée.

Nero s'assoit en face de moi.

— Super.

Je redresse le dos et sens la montée de confiance qui accompagne toujours mes performances.

— Bats ces cartes.

Nero me surprend encore une fois en mélangeant les cartes de façon professionnelle. Il coupe ensuite d'une façon que ne renierait pas le meilleur croupier de Monte-Carlo, et pendant que j'observe ses mains fortes et musclées accomplir tous ces mouvements délicats, je me rends compte qu'il me faut une autre douche froide.

— Passe-les-moi, dis-je d'une voix rauque.

Nero pousse le paquet vers moi et j'aurais pu jurer voir un petit sourire satisfait sur ses lèvres.

J'étale les cartes face vers le haut afin que Nero puisse les voir.

— Es-tu satisfait de la façon dont tu les as mélangées ?

— Oui, dit-il sans quitter mes mains du regard.

— Bien.

Je les rassemble.

— Maintenant, nomme ta main préférée au poker ainsi qu'un nombre de joueurs.

— La quinte royale, répond Nero en fixant toujours mes mains. Et quatre joueurs.

Il essaie de voir ce que je fais sans se laisser distraire, et c'est un vrai risque quand il s'agit de mon art. Pour faire mon tour, j'ai besoin qu'il détourne le regard, mais comment ? Chez moi, j'aurais un plan pour le distraire, mais ici, je dois me résoudre à autre chose.

Les questions aident beaucoup à détourner l'attention, alors je lâche :

— Cela fait un moment que je voulais te demander ça : quel type de Conscient es-tu ?

Comme je l'espérais, Nero lève les yeux, ce qui me permet de faire discrètement ce que je veux.

Bien que je ne m'attende pas à une réponse, je suis distraite par la possibilité qu'il le fasse. Heureusement que je me suis entraînée avec les cartes pendant toutes ces heures, sinon je ne réussirais pas maintenant.

Nero incline la tête sur le côté.

— Ce n'est pas que je ne veux pas que *tu* le saches. Il vaut simplement mieux que *personne* le sache.

— Je sais garder un secret.

Je trouve ironique de prononcer cette phrase alors que je fais quelque chose de secret sous le nez de Nero.

— Je te crois. Mais il existe des êtres comme Bailey qui peuvent quand même obtenir l'information sans ta participation volontaire.

— C'est vrai ?

Je lâche presque les cartes avant de faire remarquer :

— Ta petite détective est effrayante.

— Ce n'est pas la mienne, réplique-t-il en me fixant intensément.

— Peu importe.

J'attrape les cartes.

— Continuons cette démonstration.

Avec une honnêteté exagérée, je distribue quatre mains de poker sur la table et je demande :

— Quel joueur ?

— Quel joueur quoi ? veut savoir Nero en recommençant un peu tard à surveiller mes mains.

— Quel joueur aura la quinte royale ?

Je ne peux m'empêcher d'afficher un sourire satisfait.

— Celui-là.

Il montre le joueur numéro trois.

— Vérifie, s'il te plaît, dis-je en ayant la montée de dopamine habituelle après un tour qui se passe bien.

Nero retourne les cartes, révélant la quinte royale de cœur. Il fixe les cartes, puis moi, puis de nouveau les cartes.

— Fais-moi penser à ne jamais jouer aux cartes avec toi, s'exclame-t-il enfin avant de claquer la main sur la quinte royale.

J'ai déjà entendu ça un million de fois, mais de la part de *Nero*, cela vaut tous les petits chatons mignons du monde.

Je lui montre ensuite quelques-uns de mes tours

classiques préférés avec les cartes, et Nero regarde tout avec un enthousiasme sincère.

Pour finir, j'invente un tour à l'improviste. Je lui fais choisir une carte au hasard et je la perds dans le paquet. Ensuite, je lui dis que nous reviendrons à cette carte dans un petit moment.

Je fais ensuite le tour où j'avale des aiguilles comme je m'y suis entraînée à la maison. Nero prend des airs de dégoût exactement aux bons moments, même si la façon dont il fixe ma bouche me déconcentre terriblement.

Pour le final, je fais sauter les cartes vers la table en même temps que je crache la dernière aiguille... et elle transperce une seule carte en l'air.

La carte « perdue » de Nero.

Il se lève et applaudit.

— C'était très impressionnant.

Il me jette un regard admiratif.

— Tu es incroyable.

Je rougis du haut de la tête jusqu'au bout des orteils et j'ai envie de danser de joie.

— Tu peux garder le paquet, dis-je pour éliminer tout soupçon de cartes spéciales et surtout pour répondre autre chose que « non, c'est toi qui es incroyable ».

Nero fixe le souvenir et semble encore plus impressionné.

S'il fait semblant, il est doué.

Doué à faire peur.

D'abord, il a essayé de se faire une place dans mon

cœur à travers mon estomac avec sa cuisine. Maintenant, il utilise le genre de flatterie qui pourrait absolument me faire monter dans son lit.

Mais je ne dois pas me faire avoir. Je dois faire quelque chose pour rompre ce sortilège diabolique.

Je n'arrive à penser qu'à une seule chose et il se trouve que je fais d'une pierre deux coups.

— Parle-moi de mon père.

L'enthousiasme s'évapore instantanément du visage de Nero et il se laisse lourdement retomber sur la chaise en redevenant sérieux.

— S'il te plaît ? Tout ce que tu peux me dire.

— Tu lui ressembles beaucoup, grogne-t-il doucement. Lui non plus, il ne lâche jamais rien.

Je réprime un hoquet de surprise et reste assise en silence, craignant de tirer Nero de sa volonté inhabituelle de communiquer.

— Comme toi, il crée ses propres règles au fur et à mesure.

Il montre le chaos de cartes sur la table.

— Et tu as hérité de son imagination, ainsi que de son ingéniosité. Tu as aussi hérité de sa loyauté presque pathologique.

Puis, il se tait et reste assis, perdu dans ses pensées.

Je me rends compte que je ne respire plus depuis qu'il a commencé à parler, alors j'inspire maintenant.

Je ne sais pas s'il en a conscience, mais Nero vient de parler de Raspoutine au présent. Cela répond à une interrogation désespérée que j'avais.

Mon père biologique est *en vie*.

Je décide de tenter le tout pour le tout, et d'un ton apaisant, je demande :

— Comment puis-je le trouver ?

Le regard distant de Nero se transforme et il reprend le visage de marbre qu'il affiche souvent au travail.

— Je ne peux pas te le dire. J'en ai déjà trop dit.

C'était une erreur d'insister. Je serre les poings et me lève. Je sais qu'il ne fait que respecter le contrat passé avec mon père, mais j'ai quand même très envie de lui donner un coup de poing.

— J'aimerais être seule pendant un moment, déclaré-je d'un ton aussi cordial que possible étant donné les circonstances.

— Je vais te conduire au salon.

Il se lève et me montre le chemin, le dos raide en marchant. Je le suis dans une autre salle opulente. Le mur sud est couvert par une télévision assez grande pour être accrochée à Times Square.

— Je serai dans mon bureau, indique Nero en disparaissant vite fait.

L'ai-je vexé en demandant un peu d'intimité ?

Bien.

Je suis certaine qu'il pourrait m'en dire plus sur mes parents s'il le voulait vraiment. Il ne le veut pas, c'est tout.

Je me surprends à faire les cent pas et constate que je dois me calmer. En essayant de penser à autre chose, je m'avance vers des étagères couvertes par une énorme collection de Blu-ray.

Comme c'est désuet. N'aime-t-il pas le streaming ?

Je lis quelques titres de films au hasard. *Le Loup de Wall Street*, *The Big Short : le Casse du siècle*, *Un Fauteuil pour deux*, *Les Initiés*, *Margin Call*, *Wall Street*… Les choix de Nero suivent un schéma bien défini, et c'est presque triste. Même pendant son peu de temps libre, il regarde des films en lien avec son travail.

Comme je me sens un peu plus calme, je m'installe sur un fauteuil relax confortable et je ferme les yeux.

C'est alors que j'y pense.

Je suis réveillée depuis des heures, et je n'ai pas utilisé mes pouvoirs pour savoir comment allait Vlad. Je ne fais pas du très bon travail en veillant sur lui pour Rose.

Je parie que Nero serait encore plus satisfait de lui-même s'il savait comme il m'empêche de me concentrer.

Enfin, « mieux vaut tard que jamais » a toujours été ma devise.

Sans ouvrir les yeux, je passe dans l'état d'esprit requis et atteins l'espace mental en un temps record.

---

SANS TENIR compte de ce qui m'entoure, je me concentre sur Vlad et mon environnement se transforme.

Les formes autour de moi possèdent maintenant des notes de peur et de chagrin aussi fortes que celles qui accompagnaient la vision dans laquelle Felix et Maya étaient tués.

Ces visions vont me montrer quelque chose de tout aussi terrible.

Je touche à contrecœur la forme la plus proche sans modifier la durée de la vision : j'essaie d'apprendre de mes erreurs. Je perçois de nouveau la résistance qui confirme mes soupçons sinistres.

En tirant ma langue inexistante, je pousse ma volute à toucher la forme.

Ça ne fonctionne pas au début, mais au vingtième essai, la gueule métaphorique de la vision s'ouvre et je tombe dedans.

# CHAPITRE TRENTE-DEUX

JE SUIS DÉSINCARNÉE et entourée d'eau.

C'est une jetée. Un panneau au loin indique « Gare maritime St George, Staten Island ».

Il n'y a que quelques personnes sur la jetée et tout le monde me tourne le dos, à l'exception de Vlad. Le visage de celui-ci évoque les masques de samouraï sûrement conçus pour démoraliser leurs adversaires.

Ces inconnus ont de quoi être effrayés.

Vlad avance et mon point de vue flotte jusqu'à se percher au-dessus de son épaule.

Les autres personnes sur la jetée sont Koschei, Ariel, Lucretia et Gaius, ainsi que trois Exécuteurs que je reconnais de ma performance télévisée désastreuse.

Vlad tourne la tête d'un côté et de l'autre. Il doit être en train d'examiner ses adversaires. Son regard ne s'attarde pas sur Ariel, qui le fixe d'un œil vitreux, ni Lucretia, qui semble avoir envie d'être ailleurs. Il se concentre apparemment sur Koschei. Le couteau dans la main de cet homme a sans doute attiré son attention.

C'est le couteau qui a tué Rose.

Koschei fait un pas en arrière, comme s'il était repoussé par la force du regard de Vlad.

Enfin, Vlad porte son attention sur Gaius qui sort la rapière de Lucretia.

— Toi et ta foutue ambition, grogne Vlad dont le visage adopte une grimace sauvage.

— Je n'ai fait qu'égaliser les chances, répond froidement Gaius. Sans les boosts de pouvoir de ta petite sorcière, tu ne pourras pas me battre, et encore moins nous tous.

Si Gaius voulait soumettre Vlad, mentionner Rose était une erreur tactique.

Vlad bouge et, comme dans un effet spécial de cinéma, ses mouvements paraissent flous. Les trois Exécuteurs vampires bondissent en avant, se plaçant entre Vlad et Gaius. Le poing de Vlad pénètre le torse du premier avec un craquement ignoble. Il arrache la colonne vertébrale de l'homme et la jette sur le côté.

L'Exécuteur n'est plus.

Je suppose que c'est une bonne façon de tuer un vampire.

Les deux autres attaquants hésitent : Vlad en tire profit en saisissant leurs têtes qu'il frappe l'une contre l'autre. Elles explosent comme des pastèques dans une presse hydraulique.

Voilà une deuxième bonne façon de tuer un vampire.

— Attaquez-le ! ordonne Gaius à Lucretia et à Ariel.

Les deux femmes s'approchent de Vlad par les côtés pendant que Koschei fonce droit vers lui. Gaius contourne Lucretia à toute vitesse, ayant sûrement l'intention de poignarder Vlad dans le dos avec la rapière.

Ariel atteint Vlad en premier, et ce dernier hésite pendant un moment, ce qui permet à Ariel de saisir son bras gauche avec sa force surnaturelle. Retrouvant sa détermination, Vlad donne un coup de poing contre le buste d'Ariel, lui faisant décrire un grand arc avant qu'elle tombe dans l'eau. C'est alors que Lucretia enfonce ses dents dans le cou de Vlad et arrache un gros morceau de chair.

Ignorant la douleur, Vlad saisit Lucretia par les épaules, l'arrache à son cou et la lance dans l'eau, de l'autre côté de la jetée. Cette action lui coûte cher, puisque cela permet à Koschei d'enfoncer le couteau dans la poitrine de Vlad.

Vlad faiblit et Gaius le frappe dans le dos avec la rapière. Vlad saisit le poignet de Koschei et arrache sa main qui tient le couteau. Ensuite, il projette la main et le couteau par-dessus son épaule, poignardant l'œil de Gaius.

Celui-ci pousse un cri de douleur, mais il garde son calme. Il arrache la rapière du dos de Vlad et le frappe à nouveau.

Et encore.

Vlad tombe à genoux.

Koschei lui jette un regard presque plein de pitié.

Gaius utilise la rapière pour frapper la blessure que Lucretia a laissée dans le cou de Vlad. La rapière fine n'est pas à la hauteur de la tâche, alors Gaius arrache le couteau de son œil et il s'en sert pour finir de couper la tête de Vlad.

Koschei grimace lorsque la tête roule sur le côté et que le corps sans tête de Vlad s'effondre, son aura de Conscient disparaissant en même temps.

— C'est fait, dit Koschei à Gaius. Maintenant, nous…

## CHAPITRE TRENTE-TROIS

JE SUIS de retour dans le fauteuil de Nero, l'adrénaline traversant si vite mes veines que j'ai des difficultés à réfléchir.

Je sors mon téléphone de ma poche et j'appelle Vlad, mais je tombe sur sa messagerie. Sauf qu'au lieu d'un bip, la voix automatique affirme : « La messagerie est pleine et ne peut plus accepter de messages pour l'instant. Au revoir ».

Il n'a pas vérifié son répondeur depuis un moment.

J'envisage de lui envoyer un texto lui disant de ne pas se rendre à Staten Island, mais je m'arrête. Et si c'était mon texto qui lui donnait l'idée d'aller là-bas ?

À la place, j'écris : *N'engage pas de combat avec Koschei. Appelle-moi immédiatement. C'est une question de vie ou de mort.*

J'attends une réponse pendant quelques secondes.

Il n'y en a pas.

Soit il a jeté son téléphone, soit il n'y fait pas

attention. Ou alors, il est tellement accablé de chagrin qu'il se moque du danger. Malheureusement, ça correspond à ma vision. Il a vu qu'il n'avait aucune chance sur la jetée, et pourtant il a attaqué.

Eh bien, je ne vais pas le laisser faire.

Toutefois, il me manque des détails importants, comme l'heure de l'attaque. Il faisait jour dans ma vision, et il fait jour maintenant. Mais quel jour ? Ai-je des minutes ou des heures ?

Mon intuition m'indique qu'il n'y a pas beaucoup de temps… et je commence à faire confiance à mon intuition.

Je cours retrouver Nero. Il a dit qu'il était dans son bureau. Où est-ce ? Est-ce la pièce où j'ai ouvert son coffre… et où nous nous sommes embrassés ?

Au bord de la crise de spasmophilie, je fais de mon mieux pour ne pas trébucher sur les meubles coûteux. Si je tombe, ça me retardera.

Des pensées me tournent dans la tête comme des abeilles en colère.

Ça ne peut pas m'arriver encore une fois.

Si je ne l'empêche pas, Vlad va mourir. Et même si le sort d'Ariel n'était pas manifeste dans la vision, elle pourrait se noyer… tout comme Lucretia.

En parlant d'Ariel, pourquoi obéit-elle aux ordres de Gaius ?

Et pourquoi Gaius travaille-t-il avec Koschei ?

Le fait que Vlad mentionne l'ambition de Gaius était un indice. Peut-être veut-il le travail de Vlad ? On aurait dit que Rose l'en empêchait avec sa capacité à booster les pouvoirs…

Je déboule dans le bureau de Nero comme un missile humain. Il bavarde avec quelqu'un sur Skype et ne semble pas me remarquer. Je m'arrête en dérapant devant lui.

— J'ai besoin de ton aide.

— Je te rappelle, dit-il à l'écran avant de lever la tête vers moi.

Je dévoile tout en essayant de garder un discours cohérent. Pendant que je parle, Nero s'assombrit. Cependant, quand j'arrive à la fin, son visage devient indéchiffrable.

— Nous pouvons rouler jusqu'à Staten Island par la New Jersey Turnpike, proposé-je d'une seule traite. Mais ce serait peut-être un peu plus rapide par Brooklyn, ça dépend de la circulation. Sur l'eau, c'est aussi…

Nero se lève de sa chaise avec une élégance menaçante.

— Qui a dit que nous allions quelque part ?

— N'as-tu pas entendu un seul mot de ce que je viens de dire ?

Je m'avance vers lui en serrant les poings.

— Vlad va mourir. Ariel pourrait…

— Ariel est un soldat pourvu de super force, répond Nero avec dédain. Elle sait nager.

— Mais Lucretia…

— S'est transformée en vampire, alors elle sera très difficile à tuer maintenant.

Il croise les bras.

— Elle ne se noiera pas non plus.

— Mais Vlad…

— Est imprudent, tranche Nero. Attaquer un suspect du meurtre de son amante sans respecter la loi ? Attaquer des collègues Exécuteurs… y compris le type qui se charge de l'enquête ? Ça va faire mauvaise impression au Conseil…

— Que le Conseil aille se faire voir.

Je lui jette un regard noir avant de demander :

— Es-tu en train de dire que tu ne vas pas m'aider ?

— Je suis en train de dire que tu peux envisager de respecter le choix de Vlad de se suicider par vengeance. Je pense également qu'il peut avoir ce qu'il veut de façon posthume. En le tuant, Gaius et Koschei franchiront une limite. Avec toi comme témoin, ils…

— Tu n'es pas sérieux !

— Ne penses-tu pas que cela peut être le vrai plan de Vlad ?

Ses anneaux cornéo-limbiques s'élargissent à toute la surface de ses yeux.

— Il ne peut pas tuer Koschei l'Immortel tout seul, mais avec les ressources du Conseil…

Il hausse les épaules.

Je serre les poings.

— J'ai promis à Rose de m'occuper de lui.

— *De t'occuper de lui*, répète Nero et j'entends presque les guillemets qu'il place autour de l'expression, lui donnant une connotation équivoque.

Est-il jaloux de Vlad ? Si c'est le cas, quelle piètre

opinion a-t-il de moi ? Rose n'est même pas encore enterrée. Considérer Vlad sous l'angle romantique...

J'inspire profondément et prononce calmement :

— Même sans tenir compte du sort de Vlad, je ne prendrai jamais de risques concernant la vie d'Ariel. Elle n'est pas elle-même, alors il n'y a aucune certitude qu'elle peut nager quand Vlad l'aura jetée à l'eau.

Nero réfléchit un instant.

— On dirait que Gaius l'a ensorcelée, constate-t-il. Elle devrait néanmoins agir par instinct.

— Tu n'as pas l'air très sûr de toi.

Nero grogne quelque chose d'inintelligible et avance vers son coffre-fort. En m'empêchant de regarder, il compose un mot de passe et la porte en métal s'ouvre.

Il sort un morceau de papier qu'il contemple pendant quelques secondes.

— Je suis lié à un contrat m'interdisant de me rendre à Brighton Beach, m'informe-t-il sans lever les yeux du papier. Cela a été établi comme le territoire de Baba Yaga.

— La jetée se trouve à Staten Island, alors c'est bon de ce côté-là, noté-je en m'accordant une lueur d'espoir.

— Je n'ai pas le droit de toucher aux employés de Baba Yaga.

Nero étudie toujours ce que je suppose être le contrat.

— Comment est-ce défini ?

J'étire le cou pour essayer de déchiffrer le texte moi-même, mais il le retire de ma vue.

— Quelques personnes, comme Koschei, sont énumérées par leur nom. Les autres sont définies comme toutes celles qui la gardent…

— Gaius ne travaille pas officiellement pour elle, fais-je remarquer d'un air triomphant. C'est pareil pour les Exécuteurs et Lucretia. Ariel peut même être décrite comme son ennemie. Si nous pouvions faire en sorte que tout le monde ne s'acharne pas sur Vlad, lui et moi pourrions nous occuper de Koschei, ce qui signifie que tu n'auras pas à toucher à un cheveu du sbire officiel de Baba Yaga.

— Je suivrais peut-être l'interprétation à la lettre du contrat, mais pas son esprit.

Il serre les doigts autour du papier en me regardant.

— Des voyous russes ont essayé de me tuer, lui rappelé-je.

— Nous avons déjà établi que Baba Yaga n'essayait pas de te tuer. Elle ne peut pas me mentir.

— Très bien. Mais l'objectif principal de ce contrat était de faire en sorte que Baba Yaga ne me fasse pas de mal, n'est-ce pas ?

Nero hoche la tête.

— Alors, c'était la première à en avoir rompu l'esprit. Quand elle a tué Rose, elle m'a fait du mal. Ce n'était peut-être pas une attaque physique, mais j'aurais préféré recevoir un million de coups et être couverte d'hématomes.

Prononcer ces mots suffit à me faire larmoyer, et je

laisse faire, car ça aide la cause que je plaide. Je constate également que je viens de jouer un double coup sous la ceinture en rappelant l'autre jour à Nero, quand un orque qu'il avait engagé m'a fait un bleu. Il pourrait bien encore se sentir coupable, vu comme Nero a sauvagement massacré toute l'équipe d'orques après ça.

On dirait que quelque chose que j'ai dit le touche… En tout cas, j'espère que ça explique le tumulte d'émotions sur son visage. Avec lui, on ne sait jamais. Beaucoup de choses dépendent de ce que Nero pourrait bien ne pas avoir.

Une conscience.

— Tu es pénible, grogne-t-il en jetant avec colère le papier dans son coffre. Je vais t'aider.

Il sort un pistolet du coffre.

— Mais sache ceci : si Gaius ou les autres annoncent qu'ils travaillent pour Baba Yaga, je ne pourrai rien faire.

— Je comprends. De toute façon, j'aurais encore une chance d'avertir Vlad au sujet de ma vision. Et puis, s'ils disent travailler pour Baba Yaga, ils seront liés par ton contrat et donc ils ne pourront pas me faire de mal. Ça pourrait bien me donner un avantage.

— Le contrat couvre l'autodéfense.

Il me tend le pistolet et je me rends compte que c'est le mien… ou plutôt, celui que j'ai volé à la brute l'autre jour.

— Si tu attaques Baba Yaga ou ses employés, continue Nero, ils obtiendront le droit de te faire du mal, ce qui est la raison pour laquelle tu ne le feras *pas*.

J'ai envie de lui demander à quoi sert le pistolet dans ce cas, mais j'évite.

— Viens.

Il attrape mon poignet et me traîne hors de son bureau en courant. Nous traversons son appartement en sprint jusqu'à atteindre une partie que je n'ai pas encore vue : un escalier en verre qui mène jusqu'au toit.

Avant que je puisse l'interroger, nous surplombons une vue magnifique de la ville au-dessous.

Cependant, ce n'est pas la vue qui me coupe le souffle.

Notre mode de transport se tient devant nous.

Un hélicoptère brille sous le soleil.

Je dois accorder ce mérite à Nero : quand il propose son aide, il le fait avec style.

# CHAPITRE TRENTE-QUATRE

NERO PLACE un casque sur mes oreilles et démarre la machine impressionnante. Je regarde bouche bée l'immeuble devenir de plus en plus petit au-dessous de nous.

La vue est un vrai fantasme pour touristes.

— Appuie sur ce bouton près de ton oreille si tu veux parler, indique Nero dans mon casque.

J'appuie sur le bouton.

— Je ne savais pas que tu pilotais les hélicoptères.

Il grogne quelque chose pendant que nous tournons vers l'Empire State Building.

— Waouh ! m'exclamé-je sans appuyer sur le bouton. Si ce n'était pas une mission de sauvetage, j'aurais vraiment apprécié le voyage.

D'un autre côté, si ce n'était pas une mission de sauvetage, j'aurais soupçonné Nero d'essayer de me séduire à la Christian Grey.

— Je dois reprendre ma conversation de tout à

l'heure, explique Nero. S'il te plaît, garde ton casque en mode muet. Elle est très secrète au sujet de ses capacités.

Elle ?

Je n'ai pas l'occasion de poser la question, car Nero doit brancher quelque chose sur mon casque et j'entends une sonnerie. Quelqu'un décroche tout de suite et une voix féminine agréable dit :

— Tiens, tiens, voilà monsieur Bowser.

Elle glousse et ajoute :

— Ça ne vous ressemble pas de raccrocher au moment où ça devient intéressant.

Bowser ?

Parle-t-elle du personnage de jeu vidéo qui se trouve être l'ennemi juré de Mario ? Je peux à peu près l'imaginer. Même si Nero ne ressemble pas à l'hybride de tortue-dinosaure du jeu, la voix de Bowser est très grave.

J'aime déjà cette personne et son sens de l'humour.

— Miss Spade, répond Nero. Veuillez continuer votre rapport.

Ah. Voici la mystérieuse Bailey Spade, aussi connue sous le nom de Freda Krueger.

Ignorant les paysages à se damner, je me penche en avant et me prépare à écouter attentivement, ce qui est rendu difficile par le bruit des pales.

— Vous aviez raison, reprend Bailey d'un ton plus sérieux. Baba Yaga rêve effectivement d'un siège au Conseil. Elle semble certaine que le siège est sur le point d'être libéré et qu'elle pourra l'avoir.

Malheureusement, je n'ai pas plus d'informations là-dessus. Cette femme dort rarement. Sans doute à cause de son manque de mélatonine. Plus nous vieillissons, moins nous en produisons.

La production de mélatonine ? Elle dort rarement ? Quel est le rapport avec le reste ?

Nero incline l'hélicoptère vers le centre de mon quartier.

— Qu'en est-il de Koschei ? Nous nous étions mis d'accord pour dire qu'il…

— Il lui manque encore quelques faveurs avant d'être libéré par Baba Yaga… ce qui est son rêve le plus cher, poursuit-elle. Ensuite, il a l'intention de s'échapper dans les Autremondes. Je ne sais toujours pas s'il a accès à un portail privé ou pas. Je suis presque certaine qu'il ne peut pas être acheté ou raisonné comme vous l'espériez.

Je regrette profondément d'avoir accepté de faire comme si je n'étais pas là. J'ai tellement de questions que j'ai l'impression que je pourrais exploser.

— Quelques découvertes intéressantes ? demande Nero pendant que nous nous approchons du port.

— Oui. Une énorme.

Bailey semble soit grisée par l'excitation, soit amusée par l'ambiguïté de ce qu'elle vient de dire.

— Baba Yaga a un allié. Vous ne devinerez jamais qui.

— Gaius ? grogne Nero.

— Comment le saviez-vous ?

Bailey a pris le même ton déçu qu'un enfant de cinq

ans qui vient de découvrir une paire de chaussettes dans son cadeau de Noël.

— J'ai mes sources, répond Nero. Donne-moi tous les détails.

— Il lui a prouvé sa loyauté en se rendant en Russie et en tuant un ennemi dont elle a rêvé, explique Bailey. Il cherche également à obtenir un siège au Conseil, et il veut remplacer Vlad à la tête des Exécuteurs.

Je décroche mon regard de la Statue de la Liberté et force mon cerveau submergé à traiter ce que je viens d'entendre.

Mon hypothèse précédente était correcte. C'est Gaius qui a demandé à Baba Yaga de tuer Rose. Comme je l'ai vu pendant le sauvetage d'Ariel, Rose avait un moyen de rendre Vlad plus puissant, et il était donc un obstacle pour Gaius... qui veut renverser Vlad.

Je pense alors à quelque chose.

À peu près au moment où Gaius se rendait en Russie, il m'a parlé au téléphone... et puis Baba Yaga a mystérieusement obtenu mon numéro.

— Et pour Ariel ? demande Nero. Quel est son rôle dans tout ça ?

Bailey semble perplexe :

— Une seconde, comment savez-vous que je la connais ?

— Gaius et elle sont liés, répond Nero. Je ne savais pas que tu la connaissais.

— Ah bon. Eh bien, je la connais.

Bailey semble soulagée par cette explication simple.

Elle doit connaître la tendance de Nero à espionner les gens.

— Je connais Ariel par mon travail au centre de désintoxication, ce qui signifie que parler d'elle violerait le secret professionnel.

Elle connaît Ariel grâce au centre de désintoxication ?

Une minute.

Felix a effectivement parlé d'elle. Il a dit avoir une amie au centre qui savait pénétrer dans les rêves des gens et les guérir de cette façon.

Bailey doit être cette amie.

Sauf qu'on dirait qu'elle fait plus que guérir avec ses pouvoirs. Elle peut les utiliser pour obtenir des informations grâce aux rêves des gens… ce que j'ai découvert dans les souvenirs de Darian.

Et maintenant, je comprends ce commentaire au sujet des habitudes de sommeil de Baba Yaga. Elle a envahi les rêves de la sorcière.

Ça devait être un endroit vraiment répugnant.

— Que peux-tu me dire sans briser le secret médical ? demande Nero. La sécurité d'Ariel est en jeu. Gaius va l'utiliser pour attaquer Vlad… et tu peux imaginer comme ce sera dangereux pour elle.

— Elle fait des progrès, répond Bailey. Elle veut maintenant se débarrasser de son addiction. Elle était sur le point de…

— Traîner avec un vampire semble contredire ta théorie.

Nero tripote le panneau de contrôle lorsque nous nous approchons de Staten Island.

— Il l'a certainement ensorcelée afin qu'elle lui obéisse, déclare Bailey. Au bout d'une semaine de désintoxication, les patients y sont très vulnérables.

— Tu ne penses donc pas qu'elle a repris de son sang ? demande Nero, et j'ai envie de l'embrasser pour cette question.

C'est ce qui m'inquiète le plus.

— J'en doute. Lui donner du sang à ce moment de sa désintoxication la rendrait moins réceptive à l'ensorcellement.

— Je dois partir, l'informe Nero quand nous approchons d'un grand stade de base-ball. C'est du bon travail.

— Merci. Et maintenant, au sujet de ma compensation…

— Nous en parlerons bientôt.

Nero entame notre descente et ajoute :

— Maintenant, je dois vraiment partir.

— À plus tard, dit-elle.

Nero raccroche et fait atterrir l'hélicoptère.

— C'est le terrain des Staten Island Yankees, explique Nero lorsque nous retirons nos casques. Nous ne sommes pas loin à pied.

— Alors, courons, dis-je lorsque nous descendons de l'hélicoptère, et sans attendre de réponse, je commence à courir.

Nero me rejoint facilement, puis il passe devant… sans doute pour expliquer son atterrissage aux membres de la sécurité du stade. Ou alors, c'est pour acheter l'endroit, s'il ne le possède pas déjà.

En tout cas, il a raison. Il ne nous faut pas du tout longtemps pour arriver sur la jetée qui ressemble exactement à celle de ma vision. Vlad et le reste de la bande sont déjà présents.

Et nous arrivons trop tard.

# CHAPITRE TRENTE-CINQ

TOUT AUSSI RAPIDE que dans ma vision, Vlad bouge en un mouvement flou.

Les trois Exécuteurs vampires se placent entre Vlad et Gaius.

— Vlad, non !

Mon cri ne produit aucun effet.

Suivant le script de ma vision, la main de Vlad s'enfonce dans le torse d'un Exécuteur et en arrache la colonne vertébrale.

Bon sang.

Après ce que Nero a dit, je voulais empêcher Vlad de franchir cette limite. Tuer un autre Conscient, particulièrement un Exécuteur, va lui causer des problèmes avec le Conseil.

En tout cas, à supposer qu'ils le découvrent.

En parlant de Nero, il se précipite le long de la jetée encore plus rapidement que Vlad.

Suivant leur script fatal, les deux autres vampires

devant Vlad hésitent. Comme je ne peux pas espérer aller aussi vite que Nero, je sors mon pistolet à la place.

Vlad saisit leurs têtes.

Le crâne des deux vampires explose.

Je vise soigneusement la tête de Koschei et, en priant de ne pas toucher accidentellement Ariel, je tire sur la gâchette.

Le front de Koschei se fracasse en morceaux sanglants, et il tombe sur la jetée, temporairement mort.

Dans la vision, c'est à ce moment que Gaius a demandé à Ariel et à Lucretia d'attaquer, mais il ne semble pas le faire maintenant.

Tout le monde, y compris Koschei désormais ressuscité, se tourne vers la source du coup de feu… et c'est alors qu'ils voient Nero, qui n'est plus qu'à un bond d'eux.

— Plongez ! ordonne Gaius à Lucretia et à Ariel avant de sauter lui-même dans l'eau.

— Nero, attrape Ariel ! crié-je.

Nero fonce vers elle, mais Ariel saute dans l'eau avant qu'il puisse la retenir.

En même temps, Koschei pique un sprint vers le bord de la jetée.

Vlad le poursuit, mais Koschei parvient à plonger, et Vlad saute dans l'eau juste après lui.

Nero surveille attentivement la surface de l'eau, mais aucune tête ne réapparaît. Je vois alors Ariel grimper sur la jetée adjacente.

— Nous devons l'attraper, lancé-je à Nero avant de repartir en courant.

Nero me dépasse en quittant la jetée, mais lorsque j'arrive dans la rue, je le vois regarder autour de lui d'un air désemparé.

— Où est-elle ?

— Elle était partie quand je suis arrivé, déclare-t-il sombrement. Elle a dû monter dans une voiture qui passait.

— Elle était complètement trempée. Quel homme sain d'esprit aurait...

Je m'arrête en me rendant compte de ce que je dis. Même avec des vêtements mouillés, Ariel est si belle que peu d'hommes refuseraient de l'aider.

En fait, les vêtements mouillés ont même pu l'aider.

En me couvrant les yeux avec les mains, je pousse un juron étouffé.

Nero pose une main rassurante sur mon épaule.

— Vlad est en vie, murmure-t-il. Tout comme Ariel. Tu sais que ça aurait pu être pire.

— Tu as raison, bien sûr.

Je baisse les mains, résistant à l'envie de demander pourquoi j'ai l'impression d'avoir échoué si je m'en suis si bien sortie.

— Que faisons-nous maintenant ?

— J'ai déjà appelé un taxi pour toi, me dit Nero. Je vais rester par ici et faire de mon mieux pour cacher le bazar de Vlad.

Une voiture s'arrête près de nous, au bord du trottoir. Nero fait signe à la conductrice de baisser sa vitre, lui tend un billet de cent dollars et, sans le lâcher, demande :

— Avez-vous l'intention de faire du mal à Sasha ?

Il me montre du doigt.

— Quoi ?

La femme semble hésiter à partir, mais la vue de l'argent doit être trop tentante.

— Je sais que je parle comme un petit-ami trop protecteur, mais faites-moi plaisir.

Nero lui fait un sourire étonnamment charmant.

— Avez-vous de mauvaises intentions envers cette femme ?

— Je ne la connais pas, répond la conductrice en saisissant le billet de cent dollars. Et non, je ne lui veux aucun mal.

— Merci.

Nero m'ouvre la portière comme un gentleman. En se penchant si près qu'il m'embrasse presque sur la joue, il chuchote :

— Bonne route.

La peau brûlante à l'endroit où ses lèvres m'ont frôlée, je me presse de monter en voiture. La conductrice s'engage sur la route, puis elle m'examine dans son rétroviseur.

— Je sais, dis-je en la regardant dans les yeux. « Trop protecteur », c'est un euphémisme.

— N'empêche, je comprends que vous le supportiez.

Elle me fait un clin d'œil et poursuit :

— Je rencontre beaucoup de gens, mais rarement des hommes pareils.

Je soupire et nous roulons en silence pendant un moment.

— Où me conduisez-vous ? m'enquiers-je lorsque nous nous engageons sur l'autoroute.

Elle incline l'application de navigation vers moi et clique sur l'écran. Comme je m'y attendais, la destination est l'appartement de Nero.

Pas question. Je veux parler en face à face avec Felix, dormir dans mon propre lit, et caresser Fluffster.

— Pouvez-vous s'il vous plaît changer de destination ? J'aimerais que vous me déposiez en centre-ville… ce qui signifie un trajet plus court pour le même paiement.

— Aucun problème. Quelle est ton adresse, ma chérie ?

Je la lui donne.

Nous passons sur le pont Verrazano où nous tombons sur un embouteillage.

Enfin, au moins, la vue est spectaculaire.

Fixer l'eau au loin m'aide à me calmer. Je pense alors que je dois informer Nero de ma décision de rentrer chez moi. Je sors mon téléphone et lui envoie un message.

Nero répond presque immédiatement : *Tu serais plus en sécurité chez moi.*

*Merci,* lui renvoyé-je. *Quand nous avons parlé de la sécurité de Felix, tu as toi-même souligné la sécurité de mon appartement.*

*Très bien,* répond Nero. *Je te verrai au travail demain, à l'heure habituelle. Une limousine t'attendra.*

Je ne lui réponds rien de sarcastique, même si mes doigts ont très envie de le faire.

Sous-entendait-il que j'aurais pu sécher le travail si j'étais allée chez lui ?

Non. Il n'aurait jamais pris une deuxième journée de congé pour me tenir compagnie. Il faudrait une catastrophe de type extinction mondiale pour que ça arrive.

D'un autre côté, il avait peut-être prévu un dîner aux chandelles pour nous ce soir.

Mais oui, bien sûr.

Tant qu'on y est, nous nous serions tenus par la main et nous aurions mangé le foie d'une licorne rose invisible. Peut-être avec quelques fèves et un bon chianti.

La voiture devant nous avance de deux centimètres.

La route va être longue, mais je peux faire quelque chose pour passer le temps. Je peux avoir une vision pour m'assurer que Vlad et Ariel vont bien.

Ainsi décidée, je rassemble l'effort psychologique nécessaire et passe rapidement dans l'espace mental.

———

Je FLOTTE parmi les formes en me demandant comment procéder.

Par qui dois-je commencer : Vlad ou Ariel ?

Les dames d'abord, je suppose.

Je me concentre sur l'essence d'Ariel jusqu'à ce qu'un nouvel ensemble de formes apparaisse. Leur musique n'est pas effrayante, alors j'ai un bon pressentiment… en supposant que la vision sera bien au sujet d'Ariel.

Je touche la forme.

———

ARIEL EST ASSISE dans une voiture avec les yeux vitreux. La vue extérieure ressemble au New Jersey, mais ça pourrait aussi être Staten Island.

Elle roule.

Roule.

Et roule.

———

JE REVIENS à ma voiture coincée dans les embouteillages.

Ce que je viens de voir prouve qu'Ariel va bien pour l'instant. Si son trajet est assez long, peut-être sortira-t-elle de l'ensorcellement de Gaius et rentrera-t-elle à la maison ?

Ce serait merveilleux, mais je ne vais pas compter dessus.

De toute façon, c'est au tour de Vlad.

Je retourne dans l'espace mental et je pense à lui.

Une horde de formes apparaît quand je réussis.

Je les examine, surprise.

Il y a beaucoup de formes… bien plus que d'habitude. Le plus intéressant est que certaines des formes éloignées les unes des autres sont très différentes au niveau de la couleur, de la température et de la géométrie.

Je me demande si la seule chose qu'elles ont en commun est Vlad, s'il s'agit de lieux, de moments et d'événements différents.

Cependant, leur musique est étrange. Je dois donc aller voir pour m'assurer que Vlad n'est pas en danger. Mais comment ?

Si j'en touche un, je verrai une vision et c'est tout.

Je ne peux pas être certaine de retrouver cet ensemble de visions lors de mon passage suivant dans l'espace mental. Ce dont j'ai besoin, c'est de les voir toutes, pas juste une. Sauf que je n'ai aucun moyen de le faire.

Si j'avais des poumons, je pourrais soupirer, mais là, j'essaie d'invoquer Darian pour la énième fois.

Il pourrait connaître un moyen de faire ce à quoi je viens de penser, et si j'ai de la chance, avoir des conseils sur toute la débâcle concernant Baba Yaga.

Oh, et si l'appel aboutit, je dois lui demander comment on « raccroche » ces conversations sans sortir de l'espace mental. Je ne veux pas perdre toutes ces formes de visions.

Malheureusement, Darian n'accepte toujours pas les appels mentaux. Ou ne le peut pas.

Je flotte en réfléchissant tranquillement, entourée par les différentes formes liées à Vlad.

J'ai soudain une idée.

Darian n'est pas le seul voyant que je connaisse.

J'en ai maintenant rencontré un autre : Yaroslav le bannik.

Dès que je le comprends, j'ai envie de me frapper avec ma volute éthérée pour ne pas y avoir pensé plus tôt.

Il y a deux façons de parler au bannik auxquelles j'aurais dû penser : l'espace mental et le monde réel.

Après tout, Baba Yaga possède l'autre côté du contrat de Nero : elle n'est pas censée me faire de mal. Cela signifie donc que je peux entrer dans le banya sans problème et parler à qui je veux, non ?

En théorie, oui, mais je n'ai pas assez confiance en ces contrats pour risquer ma vie. Ce sera donc l'espace mental.

Je commence par son côté canon impressionnant, du style homme coincé sur une île déserte, puis je fais de mon mieux pour atteindre l'essence de cet homme en me souvenant de ses actes. Il m'a laissée échapper à Baba Yaga alors qu'il allait rester à sa merci. Il m'a aidée avec son plan compliqué. Je peux presque visualiser ses yeux tristes et profonds. C'est...

Je dois être plus douée pour la partie évocation, car une forme mouvante apparaît soudain à côté de moi... près des formes liées à Vlad.

Il s'agit clairement de la même espèce que celle de Darian l'autre jour, pourtant cette version est aussi différente de Darian que deux personnes peuvent l'être l'une de l'autre.

Peut-être plus.

Enfin, je tente le coup.

Je m'étire vers ce que j'espère être Yaroslav. Il pulse d'excitation et j'ai l'impression qu'il s'étire vers moi en même temps.

La connexion est faite.

Faute de meilleur terme, disons que nous tombons l'un dans l'autre.

# CHAPITRE TRENTE-SIX

UNE FEMME pâle est allongée sur le ventre devant moi, sur une serviette, la vapeur autour de nous se condensant en grandes gouttelettes sur sa peau nue.

Je suis bien trop près d'elle, alors j'essaie de m'écarter… et je découvre que c'est impossible.

Évidemment.

Je me trouve dans les souvenirs de Yaroslav. Mais bien sûr. Avec ma chance et étant donné les circonstances, il va se passer un truc cochon. Ça a intérêt à ne pas être moi qu'il fixe dans une vision du futur.

— Elle est si belle, prononce la voix de Yaroslav dans ma tête pendant qu'il fouette la femme avec les branches de bouleau dans sa main.

La pensée était en russe, mais parce que je suis dans son souvenir, je l'ai quand même comprise comme si elle avait pris forme dans ma propre tête.

— Ceci est la séance la plus étrange que j'ai eue avec un client, dit la femme d'une voix familière.

— Voulez-vous que j'arrête? réponds-je avec l'accent russe mélodieux de Yaroslav.

— Êtes-vous en train de faire du chantage à votre psy?

La femme regarde par-dessus son épaule, confirmant mes soupçons.

Il s'agit bien de Lucretia.

———

AU MILIEU de l'obscurité absolue du vide brille un hologramme de synapses que je reconnais comme étant Yaroslav.

Tout comme l'a été Darian, le bannik est translucide et attaché à la forme étrange de sa représentation dans l'espace mental.

Tout comme avant, je suis moi aussi un hologramme relié à l'entité que je suis, qui à son tour est tissée avec lui au niveau de l'espace mental… enfin, je crois.

— Je me demandais si tu avais assez de pouvoir pour faire ça.

Yaroslav me dévisage d'un air admiratif.

— Je n'aurais pas dû douter de toi.

— Merci.

Je descends quelques centimètres plus bas.

— Je suis ici parce que j'ai terriblement besoin d'un entraînement de voyante. Peux-tu m'aider?

— Bien sûr. Nous ferions mieux d'aller vite, ce genre de conversation coûte beaucoup de pouvoir.

On dirait que Darian n'a pas menti à ce sujet. C'est bien la première fois. Voyons s'il a menti sur autre chose :

— Une question rapide : as-tu vu des souvenirs à moi quand nous nous sommes reliés ?

— Je n'ai pas eu ce plaisir, répond Yaroslav d'un ton déçu. Et toi ? As-tu vu mes souvenirs ?

— Juste un aperçu de toi utilisant le banya. Un aperçu très court.

Il semble soulagé, alors mon mensonge par omission ne me gêne pas trop.

Et surprise, surprise : Darian a menti quand il affirmait qu'il s'agissait d'hallucinations. Les conversations de voyants dans l'espace mental permettent effectivement aux voyants d'apercevoir les souvenirs de l'autre.

C'est bien d'en avoir la certitude.

— Alors, que veux-tu apprendre ? demande précipitamment Yaroslav. Le temps n'est pas notre ami en ce moment.

C'est vrai. Il y a une limite liée aux pouvoirs. Je lui explique rapidement ce que j'essaie de faire avec la horde de visions concernant Vlad.

— C'est facile. Il te suffit de toutes les déclencher, comme tu le ferais pour une seule vision.

— Dois-je toutes les toucher en même temps ?

Je flotte un peu plus haut d'enthousiasme.

— Je pensais ne pouvoir en toucher qu'une.

— Si tu acceptes de dépenser ton pouvoir, et si tu en as assez, tu peux déclencher beaucoup, beaucoup de visions en même temps d'une façon très similaire au déclenchement d'une seule.

Je flotte encore plus haut. Il me tarde de retourner dans l'espace mental pour essayer ça.

— Existe-t-il également un moyen de se focaliser sur un moment et un endroit spécifiques de l'avenir de quelqu'un ?

Autant profiter à fond de cette opportunité.

— Il existe peut-être un moyen de le faire, mais je ne l'ai pas découvert moi-même. À la place, je fais ce que tu dis par instinct.

Il veut caresser sa barbe holographique, mais sa main la traverse.

Une seconde.

Il y a quelque chose d'étrange avec cette main.

Je l'examine de plus près et je comprends ce que c'est.

Yaroslav a un index en moins.

Bizarre. Son doigt était là la dernière fois que je l'ai vu.

En remarquant mon regard, il fronce les sourcils.

— Les actes ont des conséquences.

Il vole en avant afin que je puisse mieux voir les dégâts. De près, c'est assez affreux. Comme si quelque chose ou quelqu'un lui avait arraché le doigt avec les dents.

Récemment.

— C'est Bâba Yaga qui t'a fait ça ?

Je descends presque de trente centimètres avant de remonter à la hauteur de ses yeux.

— Après ta fuite du banya, elle a demandé à Koschei de choisir ma punition.

Yaroslav serre les poings.

— L'enfoiré a pris son temps.

Il flotte vers le bas comme une feuille d'automne, et je le suis sans le faire exprès.

— Je ne pensais pas pouvoir haïr Koschei encore plus. On dirait que j'avais tort.

Yaroslav me fixe dans les yeux.

— Tu le détestes ?

Je serre ma mâchoire holographique.

— Lui et Baba Yaga. Ils…

— Écoute, nous n'avons presque plus de temps, mais je dois te dire quelque chose au sujet de Koschei.

Le bannik monte et descend.

— Il a fait une erreur en me transformant, moi, un voyant, en un ennemi aussi motivé. Chaque morceau du doigt qu'il a enlevé m'a poussé à utiliser davantage de mon pouvoir. J'ai vu une quantité innombrable d'avenirs à la recherche de la mort permanente de Koschei, et j'ai fini par la trouver.

— Tu as réussi ?

Je remonte.

— Il peut vraiment être tué ?

— Je ne sais pas si ça fonctionnerait pour toi. Dans ma vision, c'est moi qui le faisais. J'ai trouvé un avenir dans lequel j'étais libre, vois-tu, et…

— Je pensais que nous n'avions pas beaucoup de temps. Raconte-moi juste les éléments importants.

— Tu as raison. Je me suis vu voyager dans l'Autremonde appelé Buyan. J'ai logé à l'Auberge du Lièvre d'Or. Pour le dîner, j'ai commandé des œufs de cane, et il y avait une é...

# CHAPITRE TRENTE-SEPT

JE SUIS de retour dans la voiture.

Merde.

Je n'ai pas eu l'occasion de lui demander comment quitter notre conversation sans sortir de l'espace mental. Maintenant, je vais devoir espérer pouvoir redécouvrir ce gros ensemble de visions liées à Vlad.

Et surtout, il n'a pas fini de me dire comment tuer Koschei de façon permanente.

Yaroslav allait-il dire qu'il y avait une épice spéciale qui poussait près de l'auberge ? Ou bien était-ce une écrevisse sur son assiette à côté des œufs de cane ?

J'avais tant de choses à lui demander. En outre, je n'ai pas eu l'occasion de lui raconter ce qui est arrivé à Lucretia… qui est manifestement sa petite-amie secrète.

Cela ne fonctionnera sans doute pas, mais je dois essayer de recontacter Yaroslav.

Je me calme les nerfs et retourne dans l'espace mental.

Je suis soulagée de voir les formes m'entourer. J'aurais pu être à court de pouvoir et avoir ainsi court-circuité la conversation, mais ce devait être Yaroslav.

J'essaie néanmoins de l'invoquer.

Ça ne fonctionne pas.

Bon. Je suppose qu'il vaut mieux que je retourne à ce qui a déclenché tout cela : des visions de Vlad.

Je pense au petit-ami de Rose comme je l'ai fait avant.

Un grand nuage de formes apparaît autour de moi.

Comme pour la horde précédente, ces formes ne sont pas homogènes, mais, en me basant simplement sur ma mémoire, je ne crois pas qu'il s'agisse du même groupe qu'avant. C'est presque comme si j'avais maintenant un tout nouvel ensemble de visions au sujet de Vlad… toutes aussi sinistres que la bande précédente, mais composées d'événements différents.

Il est temps de mettre les paroles du bannik à l'épreuve et de déclencher plusieurs visions à la fois. Il a dit que c'était facile, qu'il me suffisait de faire comme d'habitude, mais normalement je tends ce que j'ai appelé ma volute éthérée… et je pensais qu'elle était plutôt au singulier.

Étais-je plus près de la vérité quand je considérais la volute comme étant une sorte d'appendice nébuleux ? Dois-je finalement imaginer ma représentation dans l'espace mental comme une espèce de monstre de Lovecraft ?

Je zoome sur une poignée de visions de Vlad, choisissant celles qui semblent très différentes les unes des autres. Quand les cibles sont choisies, j'essaie de toutes les toucher, mais rien ne se passe.

Bon, d'accord…

Approchons cela sous un autre angle.

Je m'imagine sous la forme d'une pieuvre : à membres multiples, sans colonne vertébrale, et avec une conscience de moi étalée dans tout mon corps.

Cela fonctionne enfin, ou bien c'est ma persévérance.

Un jeu d'appendices ou de volutes s'étend en même temps vers les formes que je cible. Les formes m'absorbent aussi en même temps… et j'ai peur d'être déchirée en morceaux.

Mais non. Pendant un moment, j'ai simplement l'impression d'être à plusieurs endroits en même temps… et c'est alors que ma conscience s'éloigne en tourbillonnant.

———

VLAD S'APPROCHE d'un collègue Exécuteur et lève la main vers le visage de l'homme.

— Je suis désolé ! crie le vampire. Gaius…

Vlad arrache la mâchoire de son visage, transformant le reste de l'explication en un charabia macabre.

Il arrache ensuite méthodiquement d'autres parties du vampire, et quand il a terminé, la pièce ressemble à l'arrière-boutique d'un boucher pendant un week-end chargé.

Ne prenant pas la peine de nettoyer le sang de ses vêtements, Vlad se dirige vers la porte...

———

VLAD EST dans une cave sombre, entouré de corps démembrés.

Il attache un long tuyau d'arrosage à une énorme citerne d'eau, trouve une canalisation ensanglantée dans le sol en ciment, y dépose le tuyau, puis repart et ouvre un gros robinet.

L'eau se déverse dans la canalisation, évacuant le sang.

———

JE FLOTTE à côté d'une pièce géante qui ressemble à une armurerie pour le SWAT ou les SEALs de la Navy.

Vlad marche jusqu'au comptoir, transforme ses yeux en miroirs et fixe le vendeur.

— Vos grenades fumigènes produisent-elles du feu ? demande Vlad.

— Non, répond le vendeur ensorcelé.

— Apportez-moi une grenade fumigène, un fusil de chasse, un...

———

Vlad est couvert de sang face à cinq Russes armés jusqu'aux dents. Ses yeux semblent absorber la lumière dans la cave déjà très mal éclairée.

Un des mafieux pointe un doigt gros comme une saucisse vers Vlad et lui dit quelque chose en russe d'une voix tremblante. Vlad répond également en russe, mais je n'arrive à comprendre que la référence à Baba Yaga et la promesse d'une mort douloureuse dans son ton.

Les hommes de main sortent leurs pistolets.

Vlad bouge en un mouvement flou...

———

Vlad se trouve dans une sorte de salle d'hôpital comme celle où Baba Yaga gardait ses Blouses, les mafieux qu'elle utilise comme des marionnettes avec sa magie qui contrôle les esprits.

Les Blouses sont également allongées ici, comateuses et sous intraveineuse. Vlad s'avance vers un grand type et enfonce ses longues canines dans son cou.

Lorsque sa soif est apaisée, il arrache la tête de son goûter et se penche au-dessus du corps comateux suivant.

———

Vlad gare l'énorme camion-citerne dans une ruelle sombre, puis il attache un long tuyau à l'arrière et traîne l'autre extrémité jusque dans un sous-sol qui me semble familier.

Il branche alors le tuyau sur une citerne vide.

L'odeur d'essence assaille mes narines inexistantes lorsque Vlad remplit la cuve de liquide visqueux.

———

VLAD PARCOURT les couloirs du banya éclaboussé par le sang.

Il tue vicieusement chaque garde.

Chaque client.

Chaque employé.

———

VLAD SE TIENT avec un briquet devant un homme trempé d'essence.

— Oui, je fournis du bœuf à ce maudit restaurant ! crie l'homme d'un ton hystérique. Je le fais à perte.

Il lutte pour se dégager des cordes qui l'attachent et poursuit :

— Ce n'est pas le genre de personnes auxquelles on peut refuser quoi que ce soit.

— Ce restaurant n'aura plus de clientèle.

Vlad allume le briquet.

———

Vlad tue des gens à mains nues.

———

Vlad tue des gens avec différentes armes.

———

Vlad arrache…

# CHAPITRE TRENTE-HUIT

DE RETOUR dans le monde réel de mon trajet en voiture, je jurerais que je viens d'être témoin de milliers d'heures de violence.

Merde.

Vlad a clairement regardé beaucoup trop de films de vengeance et des quantités excessives de torture. Certains éléments de ces visions pourraient sortir tout droit de *John Wick*, *The Punisher*, *Hostel*, *Kill Bill* et *Saw*, pour n'en citer que quelques-uns.

Et pourquoi toute cette essence ? Pourquoi…

— Ma chérie, ça va ? demande la conductrice. Tu es devenue toute pâle d'un seul coup.

— Je me suis endormie et j'ai fait un cauchemar, me justifié-je d'une voix enrouée. Ça ira.

Les embouteillages devant nous se dissipent, alors la conductrice accélère et me laisse tranquille.

Je ferme les yeux et contrôle ma respiration jusqu'à

être en mesure d'affronter une fois de plus l'espace mental.

Vais-je oser avoir d'autres visions de Vlad ?

Non.

Sauf si j'accepte de vomir dans la voiture de cette gentille dame.

Toutefois, Ariel pourrait avoir besoin de mes services. Avec un peu de chance, *elle* n'est pas atteinte de folie meurtrière.

J'essaie d'atteindre l'espace mental… mais ça ne fonctionne pas. Au bout de quelques essais, j'abandonne. Le marathon meurtrier de Vlad a dû pomper tout mon jus de voyante. Je vais devoir faire attention avec cette capacité à avoir plusieurs visions en même temps.

Épuisée, je me rendors.

Lorsque j'ouvre de nouveau les yeux, nous nous arrêtons devant mon immeuble. La conductrice se gare entre une Lamborghini rouge et une limousine qui est une réplique exacte de celle que conduisait Kevin.

Un homme ressemblant à un panda m'ouvre la portière avec un énorme sourire.

— Salut, Bentley, lancé-je à mon ancien entraîneur. Que fais-tu ici ?

Son sourire s'élargit.

— Nero a engagé Thalia et moi pour veiller sur toi.

Nero a engagé pas un, mais *deux* experts en arts martiaux pour me garder ? Si c'est sa façon de montrer que je suis vraiment incontrôlable, message reçu.

— N'as-tu pas été viré par Nero ?

En remerciant la conductrice, je descends du taxi.

— Il a dit, et je cite : « tu as de la chance que j'aie urgemment besoin de muscles ».

L'imitation de la voix de Nero par Bentley ressemble davantage à un ours.

Je regarde autour de moi.

— Où est Thalia ?

— Dans la voiture, répond-il. Si tu veux mon avis, elle est trop sérieuse, même pour une nonne.

J'avance vers la limousine, puis je souris et salue la femme émaciée à l'intérieur. Thalia me salue également, mais sans sourire. Je ne sais pas s'il s'agit de son attitude habituelle, ou si elle est particulièrement grincheuse parce qu'elle doit me servir de chauffeur.

Il n'y a que Nero pour convaincre une nonne de devenir chauffeuse personnelle.

— Je rentre chez moi, indiqué-je à Bentley. Je n'aurai pas besoin de vous aujourd'hui.

— Nous restons là jusqu'à ce que Nero nous appelle personnellement pour nous relever de notre responsabilité, explique Bentley. Tu n'es pas la patronne ici. Désolé.

— Peu importe. À plus tard.

Avant qu'il ait l'occasion de bavarder davantage, je cours jusqu'au vestibule.

Bentley et Thalia n'essaient pas de me suivre.

Je monte dans l'ascenseur.

Une équipe de chantier répare les dégâts causés par Vlad à mon étage. Étant donné ce que je viens de voir dans les visions, il y aura beaucoup de choses à nettoyer après le passage de Vlad, dans un futur proche.

En ouvrant la porte de mon appartement, j'entends le bruit de petites pattes poilues sur le sol, puis des yeux de rongeur bougon me fixent.

— Nero a insisté pour que je dorme chez lui, déclaré-je de façon préventive. Je n'ai pas vraiment eu le choix.

— Mais voyons ! plaisante Felix en sortant de la cuisine avec un sandwich dans la main. Tu as quand même ton libre arbitre.

Je fixe son sandwich avec des yeux affamés.

Felix ricane en me le donnant.

— Le libre arbitre est la raison pour laquelle tu *restes* avec Nero, intervient Kit en sortant du salon vêtue d'une chemise de nuit en dentelle rose.

— Je suis presque certain que non, marmonne Felix en retournant à la cuisine.

— J'étais mort d'inquiétude, précise Fluffster dans ma tête quand je m'attaque au sandwich.

— J'ai besoin de m'asseoir, dis-je entre deux bouchées, et je passe dans le salon.

Lucifer est roulée en boule sur la causeuse, alors je m'assois à côté d'elle. Elle ne lève pas la tête. Je l'examine avec inquiétude. J'ai l'impression qu'elle est plus en forme aujourd'hui que la dernière fois que je l'ai vue.

— Elle a mangé aujourd'hui, explique Felix en arrivant avec un nouveau sandwich. Je pense que ça ira.

Kit s'assoit sur le canapé.

— Laissez-la s'acclimater et elle finira par régner sur l'appartement.

— Tu ferais mieux de tout nous raconter, ajoute Felix quand je fourre un autre morceau de sandwich dans ma bouche. Et vraiment tout.

Je déglutis et les mets au courant, à commencer par la vision de Lucretia en danger et le combat avec mes camarades loups-garous.

— Tu as réussi à domestiquer des loups-garous ? s'étonne Kit, qui se transforme en Roxy, puis en Maddie, puis en Ashley. Tu ne peux pas imaginer comme je suis jalouse en ce moment.

Je m'étrangle presque avec ma bouchée suivante.

— Comment ça, *domestiquer des loups-garous* ?

— Elles sont jeunes, alors elles ne comprennent sans doute pas complètement ce que cela implique de se soumettre à toi, explique Kit. Un loup-garou adulte préfère mourir que se soumettre à quelqu'un qui ne fait pas partie de leur meute.

Je dévisage Felix.

— Peux-tu me l'expliquer sans que ça ressemble à des trucs salaces ?

Il rougit.

— C'est un truc de loups-garous. Parce qu'elles se sont soumises, elles te verront pour toujours comme dominante. Disons simplement qu'elles ne te causeront plus jamais de problèmes.

Kit ricane.

— Et tu peux leur faire faire toutes sortes de…

— Bref, continuons avec mon histoire, la coupé-je

avant de leur raconter la transformation de Lucretia, l'implication de Gaius et l'arrivée de Nero.

Je passe ensuite sous silence mon intimité avec Nero et, ignorant les plaintes de Kit, j'en arrive à la vision de Vlad et à la conversation dans l'hélicoptère.

Felix écarquille les yeux comme des soucoupes sous son monosourcil.

— Bailey Spade est Freda Krueger ? Je n'arrive pas à croire qu'elle n'en ait jamais parlé.

— Elle me plaît, note Kit d'un air rêveur. Elle est tellement sarcastique. Tellement sexy. Tellement…

Felix sourit en se remettant de sa surprise.

— Bailey et Sasha ont toutes les deux un sens de l'humour assez tordu. Sauf que Bailey est plus…

— Puis-je finir mon histoire ? interviens-je d'un ton sévère.

Felix mord dans son sandwich et Kit lève les yeux au ciel. Je leur explique alors le reste, terminant par ma conversation avec le bannik.

— Je suis déjà allée à Buyan.

Pour une raison que j'ignore, Kit se transforme en un grand chat noir, puis elle reprend sa forme humaine habituelle et ajoute :

— C'est un endroit pittoresque.

Felix avale sa nourriture.

— Ma famille du côté paternel vient de Buyan, précise-t-il.

— Est-ce que ça signifie que tu sais comment y aller ? demandé-je avec enthousiasme.

— Non. Je n'y suis jamais allé. Dans la mesure du

possible, j'évite les Autremondes n'ayant pas de technologies.

Je regarde alors Kit.

— Et toi ? Peux-tu me dire comment m'y rendre ?

Elle hoche la tête, puis elle s'avance vers la table basse et ramasse un bloc-notes et une boîte de crayons de couleur. Je les garde là pour être toujours prête à faire le tour mentaliste classique de la duplication de dessin.

— Depuis la plateforme de JFK, il faut prendre le portail violet du sud.

Kit dessine un cercle violet dans la partie gauche du bloc-notes.

— De là, un portail vert à l'ouest.

Elle dessine un cercle vert de façon à ce qu'il recoupe le violet dans le coin ouest, puis elle explique le reste du chemin en dessinant de plus en plus de cercles. Quand elle a terminé, la carte ou le diagramme qui en résulte me semble vaguement familier.

Felix sourcille en regardant le bloc-notes.

— Est-ce une nouvelle façon de cartographier les Autremondes ? On dirait quelque chose de mon cours d'informatique. Ça ne ressemble pas du tout à ce que Hekima nous a appris.

— Non. Cette méthode est plus récente et plus précise, explique Kit. Mais ceci – elle indique le dessin – est soi-disant la façon dont les créateurs des portails le faisaient, à l'époque.

— C'est génial.

Je retire la feuille du bloc-notes, pose ce qu'il reste de mon sandwich et me dirige vers la porte.

Felix se met en travers de mon chemin, les mains sur les hanches… ce qui lui donne un air de suricate fâché.

— Où vas-tu ?

— N'est-ce pas évident ?

Je tapote ma poche.

— Je vais à Buyan. Vlad a besoin d'une méthode pour tuer un enfoiré immortel, et j'ai l'intention de l'aider avant qu'il se fasse tuer lui-même.

— Parles-tu le russe ? demande Kit. Parce qu'ils ne parlent qu'un dialecte russe sur Buyan.

— Non. Je connais un peu d'espagnol, et c'est à peu près tout.

— Je peux t'accompagner, intervient Fluffster en se levant sur ses pattes arrière. Je parle russe, tu t'en souviens ?

— Tu n'as pas de pouvoirs en dehors de cet appartement, lui rappelle Felix. Tu serais un handicap. Sasha devrait être accompagnée par Nero. Il parle couramment le russe et…

— Nero a un contrat avec Baba Yaga qui l'empêche de tuer ses employés, et le nom de Koschei est cité. Il ne participera pas.

— Alors, c'est moi qui viens.

Felix pose fermement le restant de son sandwich à côté du mien. Je le dévisage de la tête aux pieds.

— Tu en es sûr ?

— Je crois, dit-il en se balançant d'un pied sur l'autre.

— Ton robot est-il prêt ? Peux-tu l'envoyer à ta place ?

— Golem est prêt, oui, répond fièrement Felix. Mais je dois être relié à lui pour que ça fonctionne, et je ne peux pas le faire d'un portail à l'autre.

Je pince l'arête de mon nez.

— Oh. Ça paraît logique.

— Ne suis-je pas invitée, alors ? boude Kit. Je parle correctement le russe, vous savez.

Elle prononce quelque chose qui me semble être du russe parfait, et Felix et Fluffster lèvent les yeux au ciel… ce qui signifie qu'ils ont compris.

— Je pensais que tu ne voudrais pas y aller, dis-je à Kit.

— Pourquoi ?

— Tu as dessiné une carte pour se rendre là-bas. Je ne l'aurais fait que si je ne pouvais pas me rendre sur place.

— Tu m'as demandé comment aller là-bas, et je te l'ai montré.

La moue de Kit atteint des proportions presque comiques.

— Je ne voulais pas que tu penses que je te faisais du chantage pour t'obliger à me demander de venir en gardant mon savoir pour moi. Je voulais que tu aies envie que je vienne. Mais si ce n'est pas le cas, je comprendrais.

— Je crois que Kit a vraiment besoin d'une amie, note Fluffster dans ma tête. Sois gentille avec elle.

Je hoche la tête en direction du domovoi et, avec un visage sérieux et autant de gravité que possible, je demande :

— Kit, veux-tu s'il te plaît me faire l'honneur de nous accompagner ?

Sa moue disparaît et elle fait semblant de réfléchir.

— S'il te plaît, s'il te plaît ? dis-je tout gentiment.

— Comment pourrais-je te le refuser ?

Le visage de Kit semble soudain plus rond et plus rose. Sa tenue se transforme en sarafane, une robe traditionnelle russe aux couleurs vives qui tombe jusqu'au sol. Un foulard plus tard, Kit ressemble à la poupée russe que Felix m'a achetée il y a quelques années. Il ne lui manque plus que quelques Kit plus petites à ranger dans son ventre.

— Tu te joins aussi à nous ?

Elle fait battre ses longs cils en regardant Felix.

— Bien sûr.

— Tu n'es vraiment pas obligé, dis-je en même temps.

— Je vous accompagne.

En levant le menton, Felix sort à grands pas du salon.

— Il est tellement canon quand il a l'air déterminé, chuchote Kit dans mon oreille, avant d'ajouter plus fort : dommage que ça n'arrive pas très souvent.

Sans répondre à son commentaire, je suis Felix.

— N'oublie pas la lumière, dit Fluffster dans ma tête.

En levant discrètement les yeux au ciel, je fais ce que souhaite le domovoi, puis j'éteins également les lampes du couloir et de la cuisine.

— Bonne chance, nous lance Fluffster quand nous partons.

— Je suis avec eux, réplique Kit. Je vaux mieux que de la chance.

Felix et moi échangeons un regard en haussant les épaules.

— J'ai failli oublier, lâche-t-il soudain en m'adressant un regard coupable. Je gardais ça pour toi.

Il sort mon collier du Jubilé de sa poche. C'est le collier sur lequel Rose a utilisé ses pouvoirs, juste avant qu'elle…

Non.

Je ne vais pas penser à ça maintenant.

D'un air solennel, Felix fait passer le bijou par-dessus de ma tête, comme le président attribuant une médaille du mérite.

Ma respiration accélère et je me détourne de mes amis… pour me trouver face à un autre rappel des événements : les ouvriers réparent encore le couloir.

Kit et Felix suivent mon regard et leur visage devient sombre également.

Kit est la première à se remettre, et lorsqu'elle sort de l'immeuble, c'est d'un pas léger.

— Kit ?

Bentley court vers elle et la serre dans ses bras avec enthousiasme.

— Sasha m'a dit que tu étais son garde du corps, s'exclame Kit.

— Est-ce ta Lamborghini ? demande Bentley en montrant la voiture rouge que j'ai remarquée plus tôt.

— Effectivement.

Kit sort des clés qu'elle agite devant le nez de Bentley.

— As-tu envie de nous conduire à JFK ?

— Sasha vient-elle ? demande-t-il avec un visage qui redevient étonnamment sérieux.

Cela lui donne l'air d'un panda inquiet quant à la capacité de son espèce à se reproduire.

— Bien sûr que je viens.

— Alors, nous devons prendre la limousine, déclare-t-il en jetant un air de regret au porte-clés de Kit. Ce sont les ordres de Nero.

— On ne voudrait pas désobéir à Nero, ironisé-je d'un ton moqueur. Ce sera donc la limousine.

— Merci.

Bentley regarde à nouveau Kit.

— D'ailleurs, tu ne peux pas te garer là. Ton précieux va se faire enlever par la fourrière.

— Je lui ai dit la même chose quand nous sommes arrivés, intervient Felix. Elle ne m'a pas cru.

Kit agite encore les clés.

— Aimerais-tu la garer ailleurs ?

— Oh oui, répond Bentley avec enthousiasme. Mais s'il vous plaît, ne partez pas sans moi.

— Aucun problème, dit Kit.

— Fais vite, s'il te plaît, ajouté-je à mon tour.

Bentley attrape les clés de Kit et se dirige tout droit vers la Lamborghini.

Nous marchons tranquillement vers la limousine.

Lorsque le rugissement des 750 chevaux de la Lamborghini parvient à mes oreilles, je ressens une angoisse puissante.

— Attends ! crié-je en me retournant vers la voiture de Kit.

La Lamborghini explose.

# CHAPITRE TRENTE-NEUF

MES RÉTINES ENREGISTRENT d'abord la lumière du feu, puis un boum assourdissant assaille mes tympans. L'onde de choc me propulse en arrière contre Kit. La Conseillère m'attrape, évitant que nous tombions toutes les deux.

Felix n'a cependant pas autant de chance. Son dos frappe le trottoir.

Thalia sort de la limousine en courant avec un extincteur.

Je m'extrais des bras de Kit et me précipite vers Felix.

— Ça ira, souffle-t-il. Va aider la nonne.

Je contourne le bûcher pour aller voir Kit et Thalia. Les bras de Kit semblent tout abîmés lorsqu'elle arrache les restes enflammés de la portière du côté conducteur. Elle retire un corps brûlant de la voiture.

Elle le pose sur l'asphalte à une trentaine de

centimètres du feu et Thalia le vise désespérément avec un jet de mousse.

Le feu s'éteint, mais Thalia continue à l'asperger.

Kit pose une main sur l'épaule de la nonne.

— Il est parti. Il n'y a plus d'aura.

Elle a raison. Il manque plus qu'une aura à la chair calcinée. On reconnaît à peine qu'il s'agissait d'une personne… et cela fera sûrement partie de mes cauchemars pour le restant de mes jours. Idem pour l'odeur de barbecue.

— Pourquoi ?

Thalia laisse tomber l'extincteur maintenant vide. Sa voix fluette est rauque et son visage est tordu de chagrin.

— Pourquoi quelqu'un a-t-il fait cela ?

Se rend-elle compte qu'elle vient de rompre son vœu de silence ?

Je me tourne vers elle.

— Pour m'atteindre. Baba Yaga se moque des dégâts collatéraux.

Thalia serre les poings.

— Baba Yaga ? Qui que ce soit, je la ferai payer.

— Bienvenue au club, approuvé-je. C'est un gros club.

— Nous étions en route pour aller faire quelque chose qui pourrait nous aider à estropier cette salope, l'informe Kit d'une voix grave et dangereuse. Tu es la bienvenue si tu souhaites te joindre à nous.

Nous entendons des sirènes au loin.

Quelqu'un a déjà dû appeler les secours.

— Nous devons partir, intervient Felix. Il ne vaudrait mieux pas que nous soyons coincés ici à essayer d'expliquer ce qui est arrivé aux policiers humains.

Kit sort son téléphone et tape quelque chose avant de le ranger.

— Allons-y. Quelques Exécuteurs vont s'occuper des flics.

Personne ne bouge, alors Kit nous guide jusqu'à la limousine comme un troupeau de moutons sidérés.

Thalia est la première à retrouver son sang-froid, et elle s'assoit au volant. Kit et moi aidons Felix à monter dans la limousine, puis nous y grimpons à notre tour. Dans un crissement de pneus, Thalia nous fait bondir en avant.

Je trouve la trousse de secours et ordonne à Felix de me montrer où il s'est fait mal.

— Ce ne sont que des égratignures, ça ira.

Il me montre son dos.

Ignorant sa bravade, je nettoie ses plaies. Je peux ainsi me concentrer sur quelque chose… autre chose que les images terribles dans ma tête.

Felix grimace lorsque l'alcool touche ses coupures, mais il ne s'évanouit pas et ne crie pas non plus. Maintenant que j'y pense, il ne s'est même pas évanoui en voyant un corps calciné. Ma proximité semble désensibiliser mon colocataire habituellement très délicat.

— Prends ça.

Je tends deux comprimés de paracétamol à Felix.

— Merci, maman, grogne-t-il en les prenant quand même.

Il les avale avec de l'eau gazeuse chic trouvée dans le bar de la limousine.

Nous mettons notre ceinture et devenons silencieux. Maintenant que la montée d'adrénaline redescend, tout le monde ressasse ce qui vient d'arriver.

En me concentrant sur la respiration de méditation, je serre les mains autour de mes genoux et me balance d'avant en arrière.

Mes pensées tournent en rond comme dans une centrifugeuse de laboratoire.

Si Nero ne m'avait pas envoyé la limousine aussi vite qu'il l'a fait, nous aurions pris la voiture de Kit pour nous rendre à JFK. Ce seraient alors nos corps brûlés sur l'asphalte au lieu de celui du pauvre Bentley.

Le soulagement que je ressens d'être en vie est empoisonné par la culpabilité et la peur.

Quelqu'un a essayé de me tuer.

Encore.

Felix, Kit et moi, pour être précise.

L'explosion me revient en tête et une colère incandescente s'enflamme sous le choc. Si c'est à cause de Baba Yaga, elle va devoir répondre de son acte… et de tous les autres.

Si Vlad ne s'en prend pas à elle, ce sera moi.

Elle et Koschei.

En fait, je crois que j'apprécierais encore plus la mort de Koschei.

Je respire et me demande si l'explosion peut avoir été organisée par quelqu'un d'autre. Chester, par exemple. Il a peut-être entendu parler de ce qu'il s'est passé avec Roxy, sa fille, et décidé de s'en prendre encore à moi.

En mâchouillant une petite peau près de mon ongle, j'appelle Nero. Je tombe sur son répondeur et lui laisse un message en demandant de me rappeler dès qu'il le peut.

Le reste du trajet jusqu'à JFK se passe en silence, tout le monde faisant semblant de ne pas entendre les sanglots venant du côté conducteur de la limousine.

Thalia n'est absolument pas aussi insensible qu'elle en avait l'air pendant mon entraînement. Ou alors Bentley et elle étaient particulièrement proches.

La voiture s'arrête dans la zone de dépôt des passagers, et la séparation qui nous coupe de la conductrice descend.

Thalia nous montre l'écran de son téléphone, où elle a écrit :

*Je suppose que vous vous rendez dans les Autremondes.*

— Oui, répond Kit sans manifester de surprise quant à l'étrange mode de communication. Nous allons à Buyan.

*Je me suis exilée sur Terre*, écrit Thalia. *Si je pars, je romps mes vœux.*

Elle ne semble pas avoir remarqué qu'elle parlait à voix haute après l'explosion, rompant son vœu de silence, et je n'ai pas l'intention de le lui rappeler.

— De toute façon, tu ne peux pas laisser la voiture ici, remarque Felix. Pas si tu as l'intention de la garder.

— Tout ira bien pour nous. Ne t'inquiète pas, ajouté-je d'un ton aussi rassurant que possible. Cela nous aidera davantage si tu restes dans le coin et que tu nous ramènes à notre retour. Quelque chose me dit que cette limousine est à l'épreuve des balles.

Je tapote une vitre teintée.

*Nero nous a dit que c'était le cas*, écrit Thalia, puis elle détourne le regard quand des larmes se mettent à briller dans ses yeux.

Elle a dû se dire que le « nous » n'inclut plus Bentley.

— On te voit plus tard, alors, lance Kit à la nonne.

Thalia prend mon téléphone, compose un numéro, et appelle. Quand son propre téléphone sonne, elle raccroche et transforme l'appel manqué en contact dans mon répertoire. Elle me rend le téléphone et nous salue de la main.

Nous entrons rapidement dans l'aéroport et nous nous dirigeons vers les passages secrets.

— Laissez-moi voir si je me souviens du chemin, leur dis-je une fois que nous commençons à traverser les couloirs qui conduisent à la plateforme.

— Tente ta chance, déclare Felix, sceptique.

— Beau travail, me félicite Kit quand nous entrons dans la pièce immense. Veux-tu suivre ma carte pour le reste du chemin ?

Je sors le diagramme qu'elle a dessiné et m'avance vers le portail violet au coin sud de la salle.

— C'est ça, acquiesce Kit en traversant le portail.

— Après toi, me dit Felix, alors je suis Kit.

La plateforme de l'autre côté est une grotte.

C'est du moins ce que je suppose. L'endroit a une odeur de terre, comme dans les caves et les sous-sols, et le « ciel » est couvert de créatures lumineuses.

— Comment puis-je savoir où se trouve l'ouest ?

Je sors mon téléphone, mais il fait n'importe quoi.

— Ce n'est pas l'ouest véritable, explique Kit. En ce qui concerne ces cartes, la convention est de supposer que l'on est face au nord en sortant d'un portail. C'est un des nombreux défauts de cette méthodologie, et c'est pourquoi Hekima a inventé son propre système.

Je m'avance vers le portail vert du coin « ouest », et Kit m'applaudit avant de sauter à l'intérieur.

Felix et moi la suivons.

La plateforme à laquelle nous arrivons se trouve dans le désert.

Enfin, c'est ce que je pense. J'ai toujours imaginé qu'il existait une forme de vie dans n'importe quel désert, même très sec, mais la désolation ici semble être totale, sans même un seul cactus desséché en vue.

Nous passons à un portail rouge.

La plateforme de l'autre côté est remplie de Conscients… qui ont installé un marché ici entre les portails.

L'odeur d'épices inconnues me titille les narines pendant que je me faufile à travers la foule étrange jusqu'au portail dont nous avons besoin.

Le portail suivant ressemble beaucoup à celui de JFK.

Celui qui suit est à l'intérieur d'un arbre, comme dans le film *Avatar*.

Traverser un monde après l'autre de cette façon me rappelle le cours d'Orientation, quand le docteur Hekima a utilisé son pouvoir pour donner un avant-goût des Autremondes à la classe.

Le dernier portail nous conduit à une plateforme située dans une clairière au milieu d'une forêt.

D'un autre côté, appeler ça une forêt, c'est comme appeler le mont Everest une colline. Les arbres ressemblent à des bouleaux, mais ils sont assez grands pour toucher les nuages.

— Par ici.

Kit traverse l'herbe à hauteur d'épaule jusqu'au bord de la clairière, où un chêne immense est entouré par une chaîne en or énorme, comme le cou d'un rappeur gigantesque.

Je distingue une petite silhouette lorsque nous nous approchons du chêne. De la taille d'une panthère, le matou noir ressemble à un très gros chat domestique de Sibérie.

Oh, et il porte des lunettes sur son nez poilu.

Je pousse un soupir bruyant.

Le chat arrête de tourner autour de l'arbre et nous fixe avec une intelligence troublante.

— Est-ce que l'air ambiant cause des hallucinations ici ? demandé-je discrètement à Felix.

— J'en doute. J'ai entendu des histoires pour enfants

là-dessus. Comme tous les enfants russes. Je me demande maintenant si Pouchkine, le célèbre poète russe, était un des Conscients comme mon grand-père l'a toujours affirmé.

Kit s'avance vers l'arbre et s'adresse au chat en russe.

— Elle vient de demander au chat s'il connaît le chemin jusqu'à l'auberge du Lièvre d'Or, me traduit Felix.

Le chat remonte ses lunettes avec une patte poilue, puis il utilise cette même patte pour indiquer une route cabossée à notre gauche. Enfin, pour couronner le tout, il se met à parler d'une voix de baryton.

Je me frotte les tempes.

Un véritable chat qui parle.

Nous ne sommes vraiment plus dans le Kansas.

— J'arrive à peine à comprendre son dialecte, chuchote Felix. Mais je crois qu'il dit que c'est par là… et de faire attention à quelque chose.

— C'est aussi ce que j'ai compris, intervient Kit. Il a également offert de te donner une tête.

— Je ne crois pas que ce soit ça.

Felix recule d'un pas avant d'ajouter :

— Je crois qu'il a dit « tu *as* une grosse tête ».

— J'aimerais vous refaire part de mon idée sur les hallucinations, dis-je. J'accepte les vampires, les zombies et un chinchilla qui communique par télépathie et qui peut se transformer en monstre, mais ma limite se situe au niveau des chats géants qui parlent. Avec des lunettes.

Felix glousse pendant que Kit répond quelque chose au chat avant de se tourner vers nous.

— C'est loin. Il vaut mieux que je vous y conduise.

Felix et moi échangeons des regards étonnés, et lorsque nous nous retournons vers elle, Kit n'est plus là.

À la place, nous voyons une magnifique jument noire.

— Kit ?

J'examine le cheval, avec sa selle ornée et ses rênes incrustées de pierres précieuses.

Le cheval hoche la tête.

— Tu veux que nous… montions sur toi ? demande Felix en rougissant.

Kit-cheval lui fait un clin d'œil.

— Aide-moi à monter, lancé-je à Felix.

Dans un silence hébété, il m'aide à grimper sur le dos de Kit, puis me donne les rênes. Je tends la main à Felix et il monte derrière moi.

— Les mains sur ma taille et nulle part ailleurs, lui dis-je sans me retourner.

Je sens presque ses joues devenir encore plus rouges lorsqu'il s'exécute.

— Et pas de blagues sur le *pony play*, compris ? Ce qui se passe à Buyan reste à Buyan.

Le rire de Felix frôle l'hystérie.

Kit s'ébroue, puis elle se lance dans un galop effréné.

La chevauchée mouvementée n'est pas mon pire problème. Il s'agit plutôt, parce que je suis assise devant, des branches de bouleau qui me giflent comme une fana hardcore du banya.

Nous arrivons à un croisement de trois routes. Une grande pierre s'y dresse en évidence, couverte d'une jolie écriture que je suppose être du russe, car il y a un R inversé.

Felix scrute la pierre en fronçant les sourcils.

— Ce dialecte est encore plus difficile à comprendre dans sa forme écrite, mais je crois qu'il est écrit : « Si vous prenez à gauche, vous perdez votre cheval, mais vous serez sauvés. Si vous prenez à droite, vous allez à votre perte, mais vous sauvez votre cheval. Si vous allez tout droit, vous allez à votre perte avec votre cheval ».

Kit tourne à gauche.

Étant donné qu'*elle* est le cheval, je me dis que c'est à elle de choisir.

Je constate alors que nous ne sommes plus à dos de cheval. Kit fait pousser des cornes et grandit sous nos jambes.

— Elle s'est transformée en renne, me chuchote Felix au cas où je ne l'aurais pas encore compris.

— Et ne fais pas de blagues sur le fait qu'elle porte des cornes !

Felix glousse pendant un moment avant de se calmer.

Je parie qu'il a aussi mal au derrière que moi.

Lorsque nous sortons de la forêt, nous comprenons enfin de quoi parlait le chat.

Une tête géante se trouve devant nous.

# CHAPITRE QUARANTE

C'EST une tête d'homme.

Du moins, je l'espère. Il a une longue barbe, un nez fort et un menton proéminent. Un casque pointu de la taille d'une citerne orne sa tête, et de là où nous nous trouvons, il est difficile de voir si la tête sort du sol, ou s'il y a un homme géant coincé dans un énorme trou.

— La chaîne en or autour de l'arbre était-elle autrefois autour du cou de ce type ? demandé-je tout bas.

Personne ne répond.

À mesure que nous nous approchons, il devient évident que la tête est agitée.

Et elle a une bonne raison.

Une douzaine de types à cheval vêtus de cottes de mailles l'attaquent avec des arcs, des flèches et des épées.

— Des bogatyrs, chuchote Felix dans mon oreille.

Ce sont ces chevaliers très puissants des histoires de mon grand-père.

La tête souffle sur le bogatyr le plus proche. L'ouragan envoie le guerrier à terre, la nuque pliée dans un angle impossible. Quelques instants plus tard, il ressuscite d'une façon très familière.

— Tes bogatyrs doivent être le même genre de Conscients que Koschei, informé-je Felix par-dessus mon épaule.

— C'est intéressant. J'espère qu'ils sont assez nombreux ici pour que quelqu'un ait découvert comment les tuer pour de bon.

Je laisse traîner ma main près de mon pistolet, au cas où les bogatyrs décideraient de harceler quelqu'un de leur taille pour changer.

La tête géante est à nouveau attaquée. La pauvre chose ne semble pas avoir de moyen de tuer ses ennemis de façon permanente... ce qui pourrait expliquer pourquoi il mange le cheval du deuxième attaquant, ainsi que la jambe de cet homme.

Qu'arriverait-il si le géant avalait un guerrier immortel tout entier ? Ressusciterait-il encore et encore dans l'estomac du géant ?

En supposant que la tête possède un estomac.

Un des bogatyrs attire mon attention. Il tient un objet ovale qui ressemble à une petite boule à neige remplie de feu.

— Je crois que c'est l'œuf d'un oiseau de feu, chuchote Felix, fasciné. Ça semble logique que les œufs de contrebande viennent de ce monde.

Je lève les sourcils.

— Un oiseau de feu ?

— C'est une version russe du phénix, explique Felix. Grand-père disait que leurs œufs constituaient l'arme ultime contre les vampires et leurs cousins vicieux, les upirs. J'ai entendu dire que si les Exécuteurs te surprennent en possession d'un œuf d'oiseau de feu, il est probable qu'il t'arrive un accident mortel pendant ton « arrestation ». Il paraît que le Conseil en cache plusieurs sous le château, avec d'autres armes intéressantes.

En poussant un cri de bataille, le guerrier jette l'œuf d'oiseau de feu vers la tête du géant.

Ce dernier écarquille ses yeux de la taille de soucoupes, puis il souffle désespérément sur l'œuf.

La tactique fonctionne. L'œuf retourne à son envoyeur, frappe son bouclier et explose en une immense boule de feu. La chair et la cotte de mailles fondent pendant que le bogatyr et son cheval poussent des cris d'agonie.

Sentant venir la nausée, je me tourne vers Felix.

— Ces oiseaux de feu peuvent-ils être l'arme dont nous avons besoin pour battre Koschei ? Le bannik a mentionné un œuf de cane, mais…

Felix pointe un doigt pâle et tremblant vers le bogatyr qui ne crie plus. Je me retourne juste à temps pour voir les cendres du type calciné ressusciter comme s'il ne s'était rien passé.

Tant pis pour mon idée.

Plus nous approchons des combats, plus je m'inquiète de devenir un dommage collatéral.

Kit doit s'en rendre compte également, car elle quitte la route, décrivant un grand arc de cercle autour de tout le bazar.

Bien que le détour rende la chevauchée déjà mouvementée intolérable, Felix et moi ne nous plaignons pas.

Quand la pauvre tête est derrière nous, la route nous conduit dans un village de fermes bucoliques. Nous longeons des rues vides.

— Soit les gens travaillent aux champs, soit ils se cachent dans ces cabanes en bois, chuchote Felix.

— Ou bien la tête géante les a tous mangés. Ou…

J'arrête de parler, car je vois une grande structure en bois au milieu du village. Quand nous arrivons plus près, j'aperçois un lièvre en peinture dorée au-dessus de la porte.

— Je parie que c'est l'auberge du Lièvre d'Or, devine Felix.

Kit s'arrête et s'agenouille. Nous descendons et elle se retransforme en elle-même, avant d'entrer d'un pas assuré dans l'auberge en balançant les hanches sous son sarafane.

Felix et moi la suivons avec méfiance. J'ai l'impression d'entrer dans un saloon de western lorsqu'un groupe d'êtres étranges nous dévisagent depuis leur table.

— Je crois que ça, c'est une kikimora, chuchote Felix

quand il me voit fixer une sorte d'esprit monstrueux portant une version élimée de la robe de Kit. Et ça, c'est probablement un liéchi, ajoute-t-il quand je regarde la créature la plus effrayante de l'endroit.

Il s'agit d'une chose nue qui pourrait être l'enfant de la Créature du marais de DC et du Groot de Marvel et qui aurait été élevée à Tchernobyl.

Kit s'assoit à une table vide au milieu de la zone de repas, et nous la rejoignons. Une serveuse d'apparence humaine s'avance vers notre table et nous distribue des planches en bois sur lesquelles est gravée de l'écriture russe.

Kit et Felix scrutent leur menu.

— Il n'y a pas d'œuf de cane, constate Felix sans lever la tête. Que fait-on maintenant ?

Kit clame quelque chose en russe d'une voix forte.

L'endroit devient subitement silencieux et la serveuse pâlit.

Le liéchi se lève et marche pesamment jusqu'à nous.

Avec un poing en bois de la taille de la tête de Felix, il frappe la table et la réduit en petits morceaux. Puis il sourit, révélant des dents couvertes de mousse, et nous scrute d'un air affamé avec ses yeux marécageux.

# CHAPITRE QUARANTE-ET-UN

JE DÉGAINE mon pistolet et le pointe sur la tête de la créature.

— Ne bouge pas ou je tire.

Il est clair que la chose ne parle pas ma langue, ou bien elle ne comprend pas ce que peut faire un pistolet.

Elle tend une patte gigantesque vers le cou de Kit.

Je presse la gâchette.

Le pistolet émet un bruit inhabituel, mais rien de plus.

Malgré la main dans son cou, Kit se lève, mais elle n'est plus elle-même. Elle ressemble maintenant à notre attaquant, avec un détail important et dérangeant.

Elle est une femelle de cette espèce.

Du moins, c'est ce que je suppose d'après son imposante poitrine.

La réaction du liéchi confirme ma théorie. Il désire instantanément Kit.

On ne peut pas se méprendre sur *cette* modification du tronc d'arbre.

Il semblerait que les caractéristiques sexuelles des liéchis soient un peu différentes, car Kit est deux fois plus grande que notre attaquant très masculin.

Au lieu de flirter, elle le saisit elle aussi par le cou, puis le jette joyeusement contre le mur de l'auberge. Le mur en bois se fracasse et le liéchi excité vole encore pendant quelques mètres avant d'atterrir en boule dans un poulailler.

Kit prononce quelque chose en russe avec la voix tonitruante d'un liéchi.

— Quelqu'un d'autre veut venir m'emmerder ? traduit Felix, mais j'aurais pu le deviner.

La menace de Kit calme tout le monde. La serveuse fait une révérence en s'abaissant presque jusqu'au sol avant de partir en courant.

Je scrute mon pistolet sans comprendre.

— Il existe une raison pour laquelle certains Autremondes sont coincés à l'époque médiévale, chuchote Felix. Parfois, la poudre ne fonctionne pas comme il faut, d'autres fois c'est par exemple l'électricité qui ne marche pas.

— Il doit s'agir de différences dans les lois de la physique mentionnées par le docteur Hekima à l'Orientation.

Felix hoche la tête et nous restons assis pendant quelques minutes dans un silence extrêmement gênant.

Finalement, la serveuse revient, portant un œuf de style Fabergé dans ses mains. Je ne sais pas du tout à quoi ressemblent de véritables œufs de cane, mais je parie qu'il s'agit là d'une interprétation d'artiste.

Kit reprend sa forme habituelle et attrape l'œuf. Ensuite, elle dit quelque chose à tout le monde en russe et se dirige vers le mur détruit.

Felix et moi lui courons après comme si la kikimora allait nous sauter dessus… car c'est sans doute le cas.

— Je suis vraiment contente d'avoir demandé à Kit de nous accompagner, confié-je tout bas à Felix. Si c'était juste nous deux, nous serions en train d'être digérés dans le ventre de ce liéchi.

— Je pense que vous ne seriez pas allés plus loin que l'étape du chat, précise Kit avant de mettre l'œuf dans sa poche et de se transformer encore en cheval.

Felix et moi remontons et nous repartons au galop.

Quelques minutes après être passés à côté de la bataille toujours déchaînée contre la tête géante, tout un bataillon de bogatyrs se met à nous pourchasser.

— D'où viennent-ils ? murmure Felix à mon oreille, s'accrochant à moi comme si sa vie en dépendait lorsque Kit s'éloigne du sentier et accélère.

— Ce sont peut-être les renforts de l'équipe qui tue la tête, réponds-je en essayant de ne pas mordre ma langue quand nous sautons par-dessus un rocher. Ils ont peut-être décidé que nous étions plus amusants.

Felix me serre plus fort.

— Peut-être. Ou alors c'est une escouade qui se spécialise dans l'attaque des gens qui viennent voler la seule arme qui peut les atteindre.

On dirait qu'il est sur le point de s'évanouir.

Kit bondit au-dessus d'un fossé à toute vitesse, ses sabots frappant le sol comme un tambour.

Les bogatyrs nous rattrapent quand même.

Une flèche siffle à côté de mon oreille.

— Kit, ça devient dangereux ! crié-je par-dessus les cris de bataille et le bruit des sabots. J'espère que tu as un plan.

Un œuf d'oiseau de feu explose à un mètre de nous, la chaleur faisant presque brûler mes sourcils.

Si nous pouvions atteindre la forêt géante au loin, nous aurions notre chance. Kit doit parvenir à la même conclusion, car elle accélère à tel point qu'on dirait qu'elle vole.

C'est alors que je vois d'innombrables bogatyrs sortir de la forêt devant nous, bloquant toute possibilité d'évasion.

Abattue, je regarde les poursuivants derrière nous… et je le regrette.

Des douzaines d'œufs d'oiseaux de feu et assez de flèches pour obscurcir le ciel volent dans notre direction.

Ça y est.

Nous sommes sur le point de nous transformer en brochettes bien cuites.

# CHAPITRE QUARANTE-DEUX

C'EST ALORS que je me rends compte que le fait que Kit vole n'est pas seulement une impression. Elle vole vraiment, ce qui est souligné par le battement frénétique de ses ailes géantes.

— Est-elle devenue un de ces grands aigles du *Seigneur des Anneaux* ? m'étonné-je en nous regardant voler au-dessus des projectiles.

— Non, répond Felix d'un ton terrifié. Je crois qu'elle est l'oiseau roc.

Je regarde l'envergure de Kit.

Oui. Elle pourrait facilement être le roc : un énorme oiseau de proie de la mythologie orientale. Comme pour l'oiseau de feu, les légendes du roc doivent se fonder sur un élément dans les Autremondes.

Avant que le Mandat soit instauré, les Conscients devaient adorer se vanter. Particulièrement au sujet des oiseaux étranges.

— Je ne savais pas que Dwayne Johnson faisait

partie des Conscients, lancé-je en espérant qu'une mauvaise blague pourra nous calmer. Je ne savais pas non plus que *The Rock* savait voler.

Felix serre ma taille sans même glousser.

Je m'autorise un soupir de soulagement quand nous volons dans la forêt.

Nous évitons miraculeusement tous les arbres sur notre chemin.

Quand nous finissons par atteindre la plateforme dans la clairière et que nous atterrissons, le chat géant nous dévisage la bouche ouverte.

Le roc n'est clairement pas un natif de Buyan.

Nous descendons et Kit redevient elle-même.

En massant mon postérieur douloureux, je me jure solennellement de ne jamais, en aucune circonstance, remonter sur un cheval, un renne, un oiseau ou Kit.

— Tiens, dit-elle en me tendant l'œuf de Fabergé. Tu l'as mérité.

En entendant des cris de colère venant des bogatyrs au loin, je décide qu'il vaut mieux traîner Felix à travers le portail. Il est encore sous le choc, mais il pourra reprendre ses esprits de l'autre côté.

Une fois qu'il a repris une respiration normale, nous traversons rapidement tous les portails dans l'autre sens.

Lorsque nous sortons enfin à JFK, je porte mon attention sur l'œuf. Le loquet est facile à trouver pour mes yeux entraînés à l'évasion. À l'intérieur de l'œuf se trouve une aiguille finement ouvragée en métal argenté.

— Une aiguille, constate Felix en essuyant la sueur de son front. C'est plus logique qu'une écrevisse ou une épice.

— Je pensais qu'il allait mentionner quelque chose en rapport avec la nourriture ou une auberge, rétorqué-je, sur la défensive. Les aiguilles n'ont aucun rapport avec ça.

— Que faisons-nous de ça ? demande Kit en examinant l'aiguille quand elle me prend l'œuf ouvert pour le ranger dans sa poche.

Felix sort son téléphone et tapote quelquefois son écran.

— D'après Yandex.ru et en supposant que Koschei ait un lien avec une des légendes russes, il faut peut-être briser cette aiguille.

Il agite son téléphone avant d'ajouter :

— Mais je ne suis pas certain qu'il faille faire confiance à une source pareille.

J'attrape l'aiguille et essaie de la casser en deux.

Elle ne se tord même pas.

— Laisse-moi essayer, dit Felix en me prenant l'aiguille.

Il n'arrive pas non plus à la briser.

— Puis-je essayer ? demande Kit et, quand je lui tends l'aiguille, elle s'est transformée en orque géant.

L'orque essaie de rompre l'aiguille.

En vain.

Elle pose l'aiguille dans sa bouche et mâche.

Aucun résultat… ce qui est impressionnant, si l'on

considère qu'un orque a un jour cassé mon pistolet avec les dents.

Kit redevient elle-même et me tend l'aiguille.

— Demande à Nero de la casser, suggère-t-elle. Sa force est légendaire.

— Bonne idée.

Je fais semblant d'avaler l'aiguille comme je le fais pour mon tour de magie.

Kit semble stupéfaite, alors j'ouvre la bouche et lui montre qu'elle est vide.

— Tu as caché ton aiguille dans un piercing de ta langue qui a été spécialement conçu pour ça, lâche Felix sans même regarder dans ma bouche. Quand l'as-tu échangé avec les crochets de serrure que tu y portes habituellement ?

Kit aperçoit mon bijou de langue et semble déçue.

Je résiste à l'envie d'étrangler Felix parce qu'il a révélé deux de mes secrets les plus chers, et je résiste au désir de le supplier de me dire comment il peut savoir ce que personne ne devait jamais découvrir.

Ma meilleure hypothèse est que Felix a piraté l'ordinateur de mon contact à Vegas. Nous nous étions mis d'accord pour qu'il ne garde aucune copie des dessins, mais cette fouine cupide a dû le faire quand même.

L'air satisfait, Felix se dirige vers la sortie de la plateforme.

Je sors mon téléphone et préviens Thalia que nous arrivons.

Je trouve une douzaine de messages écrits,

beaucoup venant de Nero, dont je ne comprends pas l'heure d'envoi, jusqu'à ce que je regarde la date.

La dilatation du temps des Autremondes m'a joué un tour cruel.

Il est déjà tard, lundi matin.

Je suis censée être au travail.

# CHAPITRE QUARANTE-TROIS

JE REÇOIS une réponse de Thalia au moment où je commence à jeter un coup d'œil aux messages de Nero se résumant à « Appelle-moi tout de suite ».

*Nero voulait te voir dans son bureau il y a une demi-heure,* indique le texto de Thalia.

Effectivement, les messages suivants de Nero sont à l'avenant.

Je fais courir tout le monde jusqu'à la limousine, où Thalia et moi sommes d'accord pour dire que la situation requiert de rouler très vite jusqu'au travail.

— Qui veut des sashimis ? demande Kit après avoir fouillé bruyamment dans le minibar de la limousine.

Felix grimace.

— Je ne vais pas manger du poisson cru dans une voiture qui a fait le tour de JFK toute la nuit. Tout le monde ne peut pas transformer son estomac en celui d'un prédateur.

Kit glousse avant d'avaler courageusement le sashimi.

Je prépare un bagel au beurre de cacahouètes et à la confiture pour Felix et moi, et quand nous avons terminé le petit déjeuner, la limousine s'arrête à côté de l'immeuble du travail.

À la surprise des employés qui passent, Nero m'ouvre personnellement la portière : un milliardaire transformé en valet.

— Encore une fois, toutes mes condoléances, déclare Nero à Thalia avec un visage sincèrement ému. Quand tu auras déposé Kit et Felix, prends autant de temps qu'il le faut pour faire tes adieux. Je veillerai personnellement sur Sasha pendant ce temps.

Thalia hoche solennellement la tête.

Je descends et Nero claque la portière de la limousine. Il se tourne vers moi d'un air calmement furieux.

— Buyan ? Vraiment ?

Je hausse les épaules.

— Kit était avec nous, et tu ne nous aurais pas aidés de toute façon, à cause de ton précieux contrat.

Il serre violemment la mâchoire, puis il semble se reprendre en main.

— Raconte-moi tout, ordonne-t-il en me conduisant vers l'immeuble. J'ai besoin de savoir exactement ce qui est arrivé afin de découvrir qui a fait exploser la voiture et pourquoi.

Pendant que nous marchons jusqu'à l'ascenseur, je décris tout ce qui est arrivé depuis la jetée, puis, à sa demande, je lui détaille notre voyage dans les Autremondes.

Je suis si absorbée par ma narration de notre périple étrange à Buyan que je ne me rends pas compte de l'endroit où me conduit Nero… jusqu'à ce qu'il me guide dans mon nouveau bureau/coffre-fort/prison.

— Ici ?

Je lui jette un regard noir.

— Après tout ce qui est arrivé, tu vas encore m'enfermer ?

— Je n'aurais jamais dû te laisser partir, riposte-t-il sombrement. Tu as de la chance d'être sortie en vie de Buyan.

— Viens-tu de là-bas ? Est-ce pour cela que tu sais que l'endroit n'est pas sûr ?

Sans répondre, Nero s'apprête à claquer la porte. Je lui saisis le bras.

— Attends. Puis-je simplement te donner mes recommandations boursières et rentrer chez moi sans être gardée prisonnière ?

Il regarde ma main avec une telle intensité que je la retire brusquement.

— Non.

Il verrouille la porte en métal, m'enfermant dans le coffre.

— Eh bien, ma recommandation sera le Fonds des Tigres d'Asie, lancé-je au cas où il aurait collé l'oreille à la porte en métal. Leur nom abrégé est GRR.

Nero ne revient pas – je ne m'attendais pas à ce qu'il le fasse.

Irritée d'être sur le point de faire exactement ce qu'il veut, je m'assois afin de chercher une vision. Je n'ai pas jeté un coup d'œil à Vlad depuis un moment, je ferais donc bien d'en profiter.

En frissonnant à cause du souvenir de la dernière fois, j'essaie d'atteindre l'espace mental.

J'échoue.

Je ne dois pas avoir récupéré depuis mon dernier marathon.

En m'installant confortablement sur le coussin, je médite, puis j'utilise le jacuzzi, savoure un autre repas de gourmet et fais une sieste.

Quand j'essaie encore, je découvre que mon pouvoir est toujours en charge.

En faisant les cent pas dans ma stupide cellule, je suis pleine de compassion pour les criminels mis à l'isolement. Ce que je vis ressemble à de la torture.

Après ce qui me semble être deux journées entières, ma tentative réussit enfin.

Une fois que je suis dans l'espace mental, je me concentre sur Vlad.

Le résultat est un nuage de formes similaires, ce qui signifie que j'aurai une vision plus traditionnelle d'un seul événement en rapport avec Vlad. Un événement au bruit très inquiétant, avec une musique qui crispe mes terminaisons nerveuses inexistantes.

Bon, tant pis.

Il me faut savoir ce qu'il va faire.

En grimaçant métaphysiquement, je touche la forme la plus proche de moi et tombe dans la vision.

# CHAPITRE QUARANTE-QUATRE

VLAD S'AVANCE vers l'entrée ornée de pattes de poulet du restaurant Izbushka.

Vêtu d'un manteau de cuir noir, de grandes bottes et de lunettes de soleil malgré le soleil couchant, le vampire semble prêt pour un cosplay de *Matrix*.

Deux videurs solides bloquent le passage de Vlad.

— Le restaurant est fermé, indique l'un d'eux d'une voix forte.

— Nos fournisseurs n'ont rien livré aujourd'hui, renchérit l'autre. Les danseuses ne sont pas venues, les...

Le premier videur jette un regard si assassin au bavard que celui-ci se tait et canalise sa colère dans le regard noir qu'il jette à Vlad.

Vlad lève ses lunettes de soleil, révélant des yeux réfléchissants. Avant qu'ils puissent dire ou faire quoi que ce soit, il leur ordonne de dormir.

Ils font immédiatement une sieste et Vlad enjambe leur corps et se précipite à l'intérieur.

Les sols en marbre semblent particulièrement bien polis aujourd'hui et quelqu'un a ajouté des candélabres clinquants un peu partout.

Le videur n'a pas menti. L'endroit est vide de clients. Il n'y a que quelques employés faisant le ménage, et des types ressemblant à des mafieux qui se promènent en ayant l'air de s'ennuyer.

Malgré tout, quelqu'un a dû vouloir s'amuser : la boule disco au-dessus de la scène centrale tourne, les lasers sont allumés, et une musique russe retentit dans les enceintes géantes.

La chanson ressemble à une version russe de celle de t.A.T.u. que Felix m'a fait écouter il y a quelques années : *All the Things She Said*.

Quelques visages se tournent dans la direction de Vlad quand il sort un fusil et un Uzi de sous son manteau. Son Uzi arrose de balles les hommes de main les plus proches. Ils tombent, baignant de sang le sol brillant.

J'entends des cris et les employés filent vers la sortie pendant que les gangsters essaient d'attraper leurs pistolets.

Vlad tire une nouvelle volée de balles.

La plupart des hommes tombent, mais quelques-uns parviennent à tirer sur Vlad… et une balle lui pénètre l'épaule.

Ignorant sa blessure, Vlad continue à tirer jusqu'à ce que son Uzi se décharge ; il le jette alors sur le sbire le plus proche. Comme propulsé par une fusée, l'Uzi s'écrase contre le crâne du type et s'enfonce.

Utilisant sa main maintenant disponible, Vlad retire ses lunettes de soleil et fixe les ennemis restants avec des yeux prêts à ensorceler.

— Dormez, ordonne-t-il par-dessus les bruits de musique et de hurlements.

Tous ceux qui se trouvent en ligne de mire des yeux réfléchissants de Vlad s'effondrent.

Cependant, deux types derrière lui ne tombent pas.

Ils lèvent leurs armes.

Vlad doit les percevoir d'une façon ou d'une autre, parce qu'il se lance dans les airs en réalisant un salto arrière.

Les hommes de main écarquillent les yeux.

Vlad atterrit derrière eux et donne un coup de poing de sa main libre à l'un, tout en frappant l'autre avec la crosse du fusil.

Les deux hommes s'écroulent.

C'est alors que Lucretia, Ariel et Gaius atterrissent, comme tombés du ciel, entourant Vlad de trois côtés.

# CHAPITRE QUARANTE-CINQ

VLAD SORT une grenade de sa poche.

— De si près, tu es tout aussi susceptible d'exploser que nous, souligne Gaius en faisant néanmoins un pas en arrière.

Le visage fermé, Vlad retire la goupille de la grenade et la jette à ses propres pieds.

— Reculez ! aboie Gaius à Lucretia et à Ariel.

Elles obéissent immédiatement.

La grenade n'explose pas. À la place, une épaisse fumée s'en échappe.

Gaius fait un pas en arrière sans comprendre.

La fumée m'empêche de suivre les mouvements de Vlad. D'abord il se tient dans le nuage, l'instant d'après, il est à côté de Gaius et vise le visage du vampire avec son fusil.

Gaius écarquille les yeux.

— Attends…

Vlad presse la gâchette.

La tête de Gaius explose.

Vlad tire encore, cette fois vers la poitrine de Gaius, puis il continue jusqu'à ce que le fusil soit vide.

L'aura de Gaius disparaît. Il y a donc une façon plus pratique de tuer un vampire.

Ariel bondit sur Vlad, prouvant que l'ensorcellement fonctionne même quand le vampire qui en est à l'origine est mort.

Lucretia saisit Ariel par derrière, prouvant que le lien avec son maître est brisé.

— Sors-la d'ici, grogne Vlad en grinçant des dents. Toutes les deux, partez maintenant.

Lucretia traîne Ariel vers la sortie.

Après avoir jeté son fusil sur le côté, Vlad sort une machette et se dirige vers l'arrière du restaurant.

La fumée de la grenade atteint le plafond.

L'alarme incendie se déclenche et résonne par-dessus le rythme de la musique.

Les gicleurs sont enclenchés, mais au lieu d'asperger de l'eau, il s'agit d'un liquide visqueux qui sent l'essence.

Des Blouses sortent en courant et se dirigent vers Vlad. Apparemment, ils sont arrivés de façon précipitée. Certains ne portent pas de lunettes de soleil, révélant leurs yeux noirs contrôlés par Baba Yaga.

Vlad en découpe deux de façon experte avec sa machette, comme un chasseur dégageant le chemin. En essuyant l'essence sur son front, il scrute quelque chose derrière une douzaine d'autres Blouses.

C'est Koschei. Il se tient là, serrant un couteau.

La machette de Vlad traverse les Blouses restantes comme une cuillère chaude traverse la crème glacée.

Quand il a éviscéré la dernière Blouse, Vlad saute à une hauteur inhumaine et coupe le bras de Koschei qui tient le couteau en atterrissant.

Koschei hurle.

Vlad découpe son ennemi, encore et encore.

Koschei crie de plus en plus fort en perdant d'autres parties de son corps, mais il parvient à rester en vie.

Quand il n'y a plus rien d'autre à découper, Vlad lui coupe la tête, attend sa résurrection, et recommence avec l'enthousiasme d'un enfant arrachant les ailes d'une mouche.

Quand Koschei crie et se tortille sur le sol comme un serpent pour la dixième fois, Baba Yaga sort soudain de la fumée.

— Merci de m'avoir apporté le siège au Conseil sur un plateau d'argent, s'exclame-t-elle de sa voix androgyne vieille de mille ans. Son siège devait être attribué à Gaius, mais maintenant qu'il est mort, ta présence ici simplifie beaucoup mes plans.

— Tu n'aurais pas dû aider Gaius à tuer Rose.

Vlad vibre presque de colère.

— Tu parles de vengeance… reprend Baba Yaga.

Toutefois, si Vlad se rend compte qu'elle cite encore une fois *Le Parrain*, il ne le montre pas. À la place, il lève la machette comme s'il avait l'intention de la jeter à la façon d'un couteau.

Baba Yaga lève le bras, imitant le mouvement de Vlad. Avant même qu'il puisse cligner des yeux, une énergie noire s'échappe des doigts de la sorcière et entre dans sa tête.

Beaucoup d'énergie.

L'effort semble faire vieillir Baba Yaga de quelques décennies de plus.

Les yeux de Vlad se remplissent d'une énergie noire identique à celle des Blouses, et l'arme ne quitte *pas* sa main.

— Bien, prononce Baba Yaga d'une voix faible. Maintenant, utilise cette lame pour te trancher la gorge.

Elle lutte jusqu'à ce que son visage montre la douleur de l'effort mental.

Vlad se met à bouger comme un automate. Il pose la machette contre sa gorge, puis la tranche paresseusement.

La blessure au cou est sévère.

Vlad tombe à genoux.

Son sang dégouline, se mêlant à l'essence.

— Encore, siffle Baba Yaga.

Vlad se coupe encore une fois, et il commence à s'effondrer sur le sol en marbre.

Baba Yaga se laisse tomber d'épuisement.

Le corps de Vlad frappe le sol.

Un œuf d'oiseau de feu roule de sous son manteau en cuir noir et s'arrête dans la flaque d'essence aux pieds de Baba Yaga.

— Non, souffle-t-elle en baissant le regard, horrifiée. Pas après…

L'œuf se craquelle.

L'explosion transforme Vlad, Baba Yaga et Koschei qui lutte encore en cendres, et l'essence prend feu, propageant les flammes en un clin d'œil.

En quelques secondes, le restaurant ressemble au septième cercle de l'Enfer de Dante…

# CHAPITRE QUARANTE-SIX

JE SUIS de retour dans ma cellule, couverte d'une couche de transpiration si épaisse qu'on aurait pu croire que je brûlais vraiment dans le restaurant.

Je me lève d'un bond et me dirige tout droit vers l'écran du pavé numérique.

L'horloge affiche 1:49.52… C'est le temps de travail qu'il me reste.

D'un doigt tremblant, je compose le 911 sur le clavier. D'abord l'écran clignote en rouge, ensuite une application de visioconférence apparaît.

Hébétée, j'accepte l'appel.

— Tu ne m'as pas l'air d'avoir une urgence médicale, grogne Nero. Je pensais t'avoir expliqué les conséquences de…

— Vlad est sur le point de mourir. Nous devons aller le sauver. Le feu…

— Ralentis.

Nero s'approche de la caméra.

— Comment et pourquoi Vlad va-t-il mourir cette fois ?

D'une voix inhabituellement aiguë, je lui raconte ce que je viens de prévoir.

— Le soleil se couchait quand il est arrivé et le soleil se couche vers dix-huit heures à cette époque de l'année.

J'agite mon téléphone.

— Il est 15 h 45, et ça peut prendre deux heures d'arriver à Brighton Beach à cette heure de la journée. Nous devons…

J'aperçois un spasme musculaire dans la tempe de Nero.

— Je ne peux pas mettre les pieds à Brighton Beach, je te l'ai déjà dit.

— Le contrat est-il valable uniquement tant que Baba Yaga est en vie ?

— Oui.

— Eh bien, je l'ai vue mourir dans ma vision. Ne peux-tu pas…

— Non. Ça ne marche pas de cette façon. D'ailleurs, c'est un excellent argument pour ne *pas* y aller. Le faire pourrait changer la vision et causer la survie de Baba Yaga.

— Mais n'as-tu pas aussi le droit de l'attaquer si elle s'en prend à moi ?

Il fronce les sourcils.

— Elle vient de confirmer qu'elle n'a pas essayé de te tuer avec cette explosion… et elle disait encore une fois la vérité.

— C'est n'importe quoi.

Je frappe l'écran, frustrée.

— Voyons comment elle essaie de ne pas me tuer quand j'irai là-bas pour sauver Vlad.

— Tu n'iras nulle part.

Nero tend la main vers son ordinateur, sur le point de raccrocher.

Je crie vite :

— Attends ! J'ai promis à Rose de veiller sur Vlad.

Les mots « veiller sur Vlad » semblent éveiller quelque chose de sombre dans les yeux de Nero. Quelque chose d'effrayant. Son ton devient assez acerbe pour couper du verre :

— Ne vois-tu pas que c'est précisément le plan de Vlad ? Il sait que Baba Yaga a le pouvoir de prendre le contrôle de quelqu'un. L'essence dans les gicleurs, la grenade fumigène, l'œuf d'oiseau de feu… Tout cela fait partie d'une mission suicide. Vlad veut mourir. Perdre quelqu'un que l'on aime peut…

— Vlad ne réfléchit pas de façon rationnelle.

— Et toi non plus, aboie Nero. Ta charge de travail est maintenant doublée pour aujourd'hui.

Et là-dessus, il raccroche.

Je frappe vainement la porte en métal.

L'horloge s'affiche à nouveau à l'écran, montrant maintenant 9:45.12.

Résistant à l'envie de la frapper du poing, je compose encore le 911. L'écran devient rouge, l'application de visioconférence est lancée, mais elle est immédiatement déconnectée.

Nero ne décroche même pas pour me dire qu'il a encore multiplié ma « charge de travail ». L'horloge montre simplement 17:44.59.

J'arrache presque l'écran du mur, mais j'en ai besoin.

Comme je ne peux pas compter sur l'aide de cet enfoiré, je dois trouver le mot de passe.

En priant pour mon intuition de voyante, je compose le 5317. D'après Felix, si on écrit 5317 sur une vieille calculatrice à l'ancienne et qu'on la tourne à l'envers, on peut lire LIES : « mensonges », en anglais.

L'écran clignote en rouge et un bruit irritant se met à résonner dans la salle… mais la porte reste fermée et l'horloge change pour afficher : 57:44.48.

Quoi ?

Il a effectivement dit qu'il doublerait ma charge de travail de la semaine si je composais le mauvais mot de passe, mais je ne m'attendais pas à ce que cet enfoiré le fasse de cette façon.

Ma tête est prête à exploser, et il me faut toute ma volonté pour me calmer et réfléchir.

Si mes pouvoirs ne me donnent aucun mot de passe, je suis foutue. En supposant que le code possède quatre chiffres, j'ai dix mille possibilités à essayer. Si j'entre un code par seconde, il me faudra 166 minutes pour les faire tous, c'est-à-dire deux heures et quarante-deux minutes.

Et c'est en supposant que le système ne se bloque pas après avoir fait trop d'erreurs pour des raisons de sécurité, comme les mots de passe des smartphones.

Quoi qu'il en soit, Vlad ne dispose pas de tant de temps.

Si seulement je captais ici ! Je pourrais alors appeler Felix, et il découvrirait un moyen de pirater le verrou.

Penser à Felix me donne une idée.

Quand nous essayions de pirater l'ordinateur de Nero, Felix avait suggéré un moyen d'utiliser l'espace mental pour deviner le mot de passe. À l'époque, je ne savais pas du tout comment faire ce qu'il avait décrit, mais je pourrais bien avoir une idée maintenant.

— Je vais deviner le mot de passe, me dis-je avec une telle confiance que je le crois vraiment. Je vais composer le 0001, puis le 0002, et ainsi de suite jusqu'au 9999.

Pour vraiment conclure l'affaire, je tape 0001. Ça ne fonctionne pas, et je reçois quarante heures supplémentaires sur mon horloge de travail.

Je compose le 0002.

Même résultat.

Cependant, au lieu de taper le 0003, je pars dans l'espace mental.

———

IGNORANT les formes par défaut autour de moi, je me concentre sur ma situation dans la cellule… et particulièrement sur le jeu de découverte du mot de passe que j'ai initié.

Un nuage de visions se matérialise devant moi et chaque forme est extrêmement similaire aux autres.

Si je suis sur la bonne voie, ces formes se ressemblent autant parce que la seule différence entre elles est le chiffre que je tape au clavier.

Je me concentre pour étendre plusieurs volutes, comme je l'ai fait pour les visions de Vlad. Sauf que cette fois, il ne m'en faut pas une douzaine, mais dix mille.

La sensation d'être déchirée de toutes parts est exponentiellement plus forte lorsque je suis tirée dans des milliers de directions, mais je me trouve ensuite dans dix mille endroits en même temps quand les visions démarrent.

———

Je tape 0003 sur le clavier sans succès.

———

Je tape 0004 sur le clavier sans succès.

———

J'ai des visions de moi-même échouant en appuyant sur 0005, puis 0006, et ainsi de suite jusqu'à atteindre 7734.

———

Je tape le 7735 sur le pavé numérique. Une lumière verte clignote et la porte de la cellule se déverrouille.

———

J'ai des visions de moi-même appuyant vainement sur 7736, puis 7737, et ainsi de suite, jusqu'à atteindre le 9999 et les visions cessent.

———

Je suis de retour dans la salle. Les murs en métal donnent l'impression de tourner autour de moi pendant que je sautille d'un pied sur l'autre d'excitation.

J'ai réussi. J'ai utilisé la force brute de mon pouvoir pour ouvrir ce stupide verrou.

En tout cas, je l'espère.

L'index tremblant, je compose le 7735. Une lumière verte clignote et la porte de la cellule se déverrouille.

Enfin !

Maintenant, il me suffit de sortir de l'immeuble avant que Nero puisse m'arrêter.

# CHAPITRE QUARANTE-SEPT

JE COURS vers l'ascenseur comme si j'étais poursuivie par une horde d'agents du fisc zombies.

L'ascenseur semble mettre un millier de battements de cœur fébriles pour arriver jusqu'à moi, et quand je monte dedans, j'appuie si fort sur le bouton du rez-de-chaussée que je me fais mal aux doigts, puis je me ronge les ongles jusqu'en haut.

Les portes s'ouvrent.

Nero n'est pas là.

Ouf.

Je pique un sprint hors de l'ascenseur et à travers le hall d'accueil.

Mes collègues me jettent des regards étonnés, mais personne ne m'arrête.

Je me cogne contre une femme en sortant de l'immeuble. Elle me semble familière, mais je passe trop vite pour chercher d'où je peux la connaître.

J'aperçois un taxi jaune vide, saute devant lui et

agite vivement les bras. Le chauffeur s'arrête, baisse sa vitre et crie quelque chose d'inintelligible au sujet de ma santé mentale.

— Je vous donnerai deux cents dollars pour me conduire à Brooklyn, lui crié-je à mon tour. Trois cents si vous y arrivez avant le coucher de soleil.

Il déverrouille la portière pour moi et nous partons à toute vitesse. Au moment où nous passons le coin de la rue, j'aperçois Nero qui sort en courant de son immeuble.

Trop tard, enfoiré.

Je sors mon téléphone et appelle Felix.

— Sasha, répond-il. Comment vas…

— Pas le temps. Mets le haut-parleur pour que Kit entende.

Felix obtempère et je commence à expliquer ce qui est arrivé, baissant la voix jusqu'à chuchoter quand j'aborde les sujets surnaturels.

— As-tu remarqué que le mot de passe que tu as craqué est encore un de ces stupides mots de calculatrice à l'envers ? relève Felix quand j'ai terminé. C'est SELL, « vendre » en anglais, ce qui ressemble tellement à Nero, ne trouves-tu pas ?

Je ferme les yeux.

— Nous n'avons pas le temps pour ça. J'ai appelé parce que j'espérais que tu pourrais envoyer ton robot pour m'aider. C'est peut-être le seul moyen d'atteindre Baba Yaga sans se faire piéger par son sort de contrôle mental.

— Ça semble être un bon usage de Golem, approuve Felix. Je m'en occupe et je me prépare.

— Seulement Golem, pas toi, clarifié-je. Pour que ça fonctionne au mieux, j'ai besoin que tu le contrôles depuis la sécurité de notre appartement : sinon, quelqu'un pourra mettre la main sur toi avant que le robot atteigne Baba Yaga.

Je ne fais que légèrement tordre la vérité. Je ne veux simplement pas l'exposer à d'autres horreurs.

— Ça paraît logique, consent Felix avec un soulagement apparent dans sa voix.

— Et moi ? demande Kit.

— Baba Yaga peut-elle prendre *ton* contrôle ?

— Sans doute. Mais comme Vlad, je serais très difficile à contrôler pour elle, ce qui signifie qu'elle serait affaiblie si elle essaie, ce qui pourrait te donner une ouverture importante.

— Dans ce cas, j'aimerais beaucoup que tu te portes volontaire. Mais je comprendrais tout à fait que tu préfères ne pas prendre le risque.

— Est-ce que ça signifie que nous sommes amies maintenant ? demande-t-elle joyeusement. Je m'amuse tellement en traînant avec toi et…

Je suis ravie que Kit ne me voie pas lever les yeux au ciel.

— Oui. Nous sommes amies, mais pas « plus si affinités », que tu rejoignes cette mission ou pas. Mais si tu veux profiter de moi en tant qu'amie vivante pendant plus longtemps, s'il te plaît, aide-moi.

— C'est vrai, répond Kit. Tu me dois encore une vision.

— Oui, acquiescé-je en étant pour une fois heureuse de devoir une faveur à quelqu'un.

— Bon, d'accord. Je suis partante. Mais n'oublie pas que je ne tuerai personne de soumis au Mandat. Et je ne peux pas non plus faire venir des Exécuteurs avec moi, ou faire autre chose dans mon rôle officiel de Conseillère.

Merde.

Baba Yaga, Koschei et Gaius sont tous « soumis au Mandat »… ce qui signifie que Kit sera coincée.

— Kit pourra quand même t'aider avec les Blouses et les autres hommes de main, précise Felix. Je pense que ça vaut la peine de la prendre avec toi.

— Je suis d'accord. Notre objectif principal est de faire sortir Vlad, Lucretia et Ariel de là vivants. La vengeance est un plat optionnel.

— Fluffster veut ajouter quelque chose, précise Felix. Il dit : « T'as pas intérêt à mourir ».

— Dis-lui que je ferai de mon mieux. Maintenant, pour gagner du temps, Kit et le Golem peuvent-ils me rejoindre sur Broadway ? De cette façon, mon taxi peut les prendre sans s'engager dans notre rue.

— Aucun problème, répondent Kit et Felix en chœur.

— D'accord, dépêchez-vous. Nous arrivons bientôt.

Ils raccrochent et je regarde nerveusement le taxi circuler dans les embouteillages de fin de journée.

Pour ne pas devenir folle, je passe quelques minutes

à pratiquer la respiration méditative, puis, quand je suis plus calme, j'essaie de passer dans l'espace mental.

Ça ne fonctionne pas, ce qui me paraît logique. Même si les visions qui m'ont aidée à craquer le mot de passe étaient courtes, il y en avait dix mille, alors il est possible que je n'aie plus de jus.

Si j'ai de la chance, je serai rechargée le temps que nous arrivions à notre destination. Et s'il existe une sorte d'expérience de voyante dont j'aurais bien besoin, ce serait la gestion du pouvoir.

Je vois mes amis au coin de la rue à un pâté de maisons.

— Garez-vous à côté de cette femme en tenue de ninja, indiqué-je au chauffeur en montrant Kit quand nous nous approchons. Celle qui se trouve à côté du robot.

En haussant les épaules, le chauffeur de taxi se gare là où je l'ai demandé. Les New-Yorkais blasés ne semblent pas se soucier de la créature métallique qui monte toute seule dans un taxi, mais quelques touristes fixent Golem, fascinés.

Le chauffeur s'y intéresse encore moins que les habitants de la ville. Il appuie simplement sur l'accélérateur, et nous fonçons en avant dans un crissement de pneus.

Je pense trop tard que j'aurais dû demander à Kit de prendre mon Focusall, au cas où mes pouvoirs reviendraient à temps.

Tant pis, je vais devoir compter sur mon entraînement.

Kit me tend une oreillette familière.

— Mets-toi ça dans l'oreille.

— Je me suis dit que nous pourrions communiquer de la même façon que lors du sauvetage d'Ariel, résonne la voix de Felix dans l'oreillette. Tapote l'oreillette pour la rendre muette, et tapote de nouveau pour parler… Sinon, tu peux te contenter de parler à Golem. J'utilise ses yeux et ses oreilles.

— Ça me paraît bien, dis-je à Golem. Tu pourrais faire fortune si tu arrivais à fabriquer ce genre de robots pour le public.

— Pour l'instant, il faut avoir mes pouvoirs de technomancien pour contrôler Golem, explique Felix d'un ton déçu. Mais je pourrais fabriquer quelque chose que tout le monde peut utiliser, un jour.

— J'ai essayé d'appeler et d'envoyer des textos à Vlad pour l'empêcher d'entrer dans ce restaurant, intervient Kit. Je n'ai pas réussi.

Je rougis.

— Oh, je suis contente que tu aies fait ça. J'étais tellement pressée que j'ai oublié d'essayer une solution aussi simple.

— Ça m'aurait étonné qu'il écoute, de toute façon, entends-je Felix dans l'oreillette.

Mon téléphone sonne.

C'est Nero.

Je clique sur « Refuser ».

Une notification de message vocal apparaît, puis un texto.

Surprise, surprise. C'est un mélange de menaces et

de suppliques. Nero ne veut pas que je me rende à Brighton Beach.

Je ne le rappelle pas ni ne réponds à son texto. Je m'occuperai de mon patron si je survis.

Kit me tend une barre de céréales et une bouteille d'eau.

— J'ai failli oublier. Fluffster craignait que tu n'aies pas mangé.

— Fluffster avait raison, dis-je avant d'attaquer la nourriture avec enthousiasme.

Manger et boire m'occupe pendant la moitié du trajet. La deuxième moitié, je la passe à essayer de rejoindre l'espace mental, encore et encore, sans y parvenir.

À 18 h 04, nous arrivons à Brighton Beach et nous nous garons.

— Nous ferions mieux de nous dépêcher, lance Kit en jetant des billets au chauffeur lorsqu'elle descend du véhicule.

Le robot et moi nous précipitons pour la suivre.

Le soleil commence déjà à se coucher.

— Enfile ça.

Kit me tend un masque noir et elle en met un en même temps.

— Il n'y aura pas d'Exécuteurs pour effacer les souvenirs quand nous aurons terminé, alors nous devons nous inquiéter des témoins.

Ayant l'impression d'être une cambrioleuse du cinéma, j'enfile le masque qui gratte et cours vers l'entrée à pattes de poulet du restaurant Izbushka.

Kit et Golem me suivent de près.

Les deux videurs costauds sont déjà endormis sur le sol.

— Merde, grogne Kit en me rejoignant. Nous arrivons peut-être déjà trop tard.

# CHAPITRE QUARANTE-HUIT

JE ME PRÉCIPITE à l'intérieur en sortant mon pistolet.

— On entend encore la chanson de t.A.T.u, remarque Felix dans l'oreillette. Vous n'arrivez donc pas si tard que ça.

Je scrute l'endroit.

Felix a raison.

Nous sommes arrivées assez tôt.

Vlad se tient au milieu de la salle avec un fusil et un Uzi dans les mains.

— Ne bougez pas, dit inutilement Felix dans mon oreillette. Nous savons qu'il va s'en sortir, mais si tu te places dans sa ligne de tir, tu peux mourir.

Comme pour souligner les dires de Felix, Vlad tire vers les hommes de main les plus proches, comme il l'a fait dans ma vision.

Les mafieux tombent, saignant sur le sol lustré. Des cris désespérés retentissent, et nous essayons autant que possible d'éviter la débandade des employés.

Comme avant, les gangsters survivants attrapent leurs armes.

Vlad tire encore, comme prévu.

La plupart de ses adversaires tombent, mais certains parviennent à tirer sur Vlad et une balle s'enfonce à nouveau dans son épaule. Ne tenant pas compte de sa blessure, Vlad continue de tirer jusqu'à décharger son Uzi.

— Maintenant, on court, dis-je en piquant un sprint.

Je saute par-dessus les corps sanglants sur mon chemin.

Vlad jette l'arme vide vers l'homme de main le plus proche, lui enfonçant le crâne, comme dans ma prédiction.

Kit et moi baissons les yeux quand Vlad lève ses lunettes de soleil et ordonne de dormir à tous ceux qui voient son regard transformé en arme.

Tout le monde tombe, sauf deux hommes.

Dans ma vision, c'est le moment où Vlad exécute son incroyable salto arrière.

Cette fois cependant, Golem frappe les deux types sur la tête avec ses bras métalliques géants. L'impact n'est pas aussi violent que lorsque Vlad avait fait la même chose, mais ça fonctionne : les deux hommes tombent à terre.

— Vlad, c'est Kit et moi, crié-je. S'il te plaît, ne tire pas !

Vlad me regarde comme si je venais de me faire pousser une deuxième tête.

— Sasha ? Kit ?

Je hurle soudain :

— Attention ! Ils vont attaquer !

Conformément à ma vision, Lucretia, Ariel et Gaius atterrissent comme s'ils tombaient du ciel. Sauf que nous avons changé l'avenir quand nous sommes arrivés ici et que Golem a tué les hommes de main.

Nous l'avons changé pour le pire.

Comme Vlad n'a jamais fait son salto, il se tient à un endroit différent par rapport à ma vision. En atterrissant, Gaius retire le fusil des mains de Vlad d'un coup de pied.

Le fusil glisse hors de portée sur le sol trempé de sang.

— Attrapez-le, ordonne Gaius à Lucretia et à Ariel.

Il montre ensuite l'exemple en donnant un coup de poing au visage de Vlad.

# CHAPITRE QUARANTE-NEUF

— KIT, attrape Lucretia ! Je m'occupe d'Ariel, crie Felix dans l'oreillette au moment où le robot bondit vers notre colocataire.

Kit fait pousser ses muscles et sa taille et saute vers Lucretia.

Le coup de poing de Gaius fait voler Vlad en arrière de quelques mètres, mais il se remet instantanément.

Gaius le fusille du regard, puis il poursuit Vlad avec une telle vitesse que mes yeux n'arrivent pas à le suivre dans la lumière tamisée hachurée par les lasers.

Vlad glisse une main dans sa veste et en sort une grenade.

Gaius la projette hors des mains de Vlad.

Impuissante, la grenade roule sur le sol et s'arrête près du fusil.

Gaius avait-il raison en se vantant ? Est-il plus puissant que Vlad quand Rose ne lui fait plus ses boosts ?

Vlad envoie un coup de poing au visage de Gaius. Celui-ci se baisse et frappe la taille de son adversaire.

Je grimace. Si le poing de Gaius frappe l'œuf d'oiseau de feu, ils partiront en fumée, tout comme ceux qui se trouvent à proximité.

Bien sûr, si cette grenade avait fonctionné, déclenchant les gicleurs pleins d'essence, une explosion de l'œuf d'oiseau de feu aurait tué tout le monde.

Vlad est encore projeté en arrière.

Gaius fonce sur lui.

Je lève mon pistolet et tire à l'endroit où j'espère que Gaius se trouvera dans un instant.

Je touche la boule disco au lieu de Gaius.

Les deux vampires sont maintenant trop rapprochés pour que je prenne le risque de tirer. Ils échangent d'autres coups.

— Ariel, je ne veux pas te faire de mal, dit Felix avec la voix robotique de Golem.

Je leur jette un coup d'œil.

Le robot tient les mains d'Ariel dans son dos, mais Ariel se débat violemment, comme si elle se faisait exorciser.

Lucretia a dû bien se défendre aussi. Le masque de Kit est en lambeaux. Cependant, Kit tient maintenant Lucretia dans ses bras et cette dernière ne pourra pas s'échapper.

Je me retourne à temps pour voir Gaius frapper Vlad avec tant de force que le vampire vole plus de trois mètres en arrière.

Gaius court vers lui.

Je tire… et je rate encore une fois le vampire super rapide.

Vlad passe la main dans son manteau, en sort la machette et donne un coup en direction de la tête de Gaius.

Celui-ci saisit le poignet de Vlad et fait une sorte de manœuvre d'aïkido. La machette transperce la cuisse de Vlad, lui faisant pousser un grognement de douleur.

Je cours vers eux. Si je tire à bout portant, je risque moins de toucher Vlad.

Lorsque je me trouve à trente centimètres, je lève le pistolet.

Gaius a dû percevoir mon arrivée, car il me chasse comme une mouche.

Je me sens comme une balle de base-ball ayant rencontré la batte de Babe Ruth. Mon pistolet vole dans une direction, et moi dans l'autre.

Quelque chose craque quand je heurte un mur et tout l'air quitte mes poumons pendant que je glisse sur le marbre sanglant. Mes terminaisons nerveuses semblent exploser et je crois que je m'évanouis.

Quand je reviens à moi, je n'ai qu'une envie, c'est de me rouler en boule en attendant d'aller mieux, mais je ne le peux pas.

Vlad a besoin de moi.

Avec un effort de volonté suffisant pour terminer deux marathons, je rampe à plat ventre.

C'est alors que je remarque où j'ai atterri : tout près de la grenade et du fusil.

Malgré la douleur, une ébauche de plan désespéré

se forme dans ma tête. Ce n'est même pas un plan, juste une pensée.

Quand Vlad a gagné dans ma vision, c'était sous couvert de la fumée, et il l'a fait en tirant dans la tête de Gaius. Le futur se remettrait-il en place si les mêmes variables étaient en jeu ?

Je rampe jusqu'à attraper la grenade et le fusil. Utilisant le fusil comme une béquille, je me lève sur des jambes chancelantes.

En inspirant profondément, j'avance d'un pas traînant en direction des vampires.

Gaius a volé la machette de Vlad et il essaie de le découper en morceaux. Vlad ne parvient à éviter que la moitié des coups, les autres réduisent les vêtements et sa chair en lambeaux. Son corps est couvert de nombreuses blessures mortelles pour les humains.

Je me prépare à leur jeter la grenade pour aider Vlad à se mettre à l'abri, et je me souviens alors que la fumée conduit à l'essence des gicleurs… ce qui se finira mal si Gaius touche l'œuf d'oiseau de feu… ou si Vlad tombe.

J'essaie de jeter un coup d'œil dans l'avenir pour voir si je peux utiliser la grenade en toute sécurité, mais je n'y arrive pas.

Soit je n'arrive pas à me concentrer pour entrer dans l'espace mental, soit je n'ai pas encore rechargé mon pouvoir.

En rangeant la grenade dans ma poche pour l'instant, je fais un autre pas, puis un autre et un autre.

Je vois que mes jambes sont fonctionnelles. J'espère donc n'avoir rien cassé d'important.

Après encore une douzaine de pas douloureux, j'arrive à nouveau à portée de bras de Gaius. Je parie sur le fait qu'il est trop occupé à essayer de retirer la machette de l'épaule de Vlad.

En silence, je pointe le fusil sur lui, mais j'hésite alors. Une cartouche peut toucher Vlad. D'un autre côté, ça ne sera sans doute pas aussi terrible que de recevoir un autre coup avec cette machette.

Sauf si la cartouche atteint l'œuf. Si ça arrive, nous serons tous les trois grillés comme des toasts en un clin d'œil.

Bon. Comme le dit Felix : « Celle qui ne prend pas de risque ne boira jamais de champagne ».

J'appuie sur la gâchette en retenant ma respiration.

# CHAPITRE CINQUANTE

UN TROU béant explose au milieu du torse de Gaius.

Vlad semble aller bien… si par « bien », je veux dire découpé sauvagement avec une machette, mais sans avoir été touché par une cartouche de fusil.

Abandonnant l'arme fichée dans l'épaule de Vlad, Gaius pose sa main sur sa poitrine.

— Comment fait-il pour rester debout ? chuchote Felix dans mon oreillette.

Avec un grognement, Vlad saisit la machette plantée dans son épaule des deux mains et l'arrache… faisant gicler une fontaine de sang.

Gaius écarquille les yeux et commence à reculer, mais c'est trop tard.

Vlad coupe la tête de Gaius.

Sa tête s'éloigne en roulant pendant que son corps s'effondre, et son aura du Mandat disparaît.

Vlad s'affaisse également. Il y a une flaque de sang à ses pieds.

J'espère qu'il restera assez droit pour ne pas déclencher cet œuf.

— Tu peux me laisser partir, articule Lucretia d'une voix rauque. Je ne suis plus sous les ordres de Gaius.

Je regarde derrière moi.

Comme dans ma vision, la mort de Gaius a rompu son emprise sur Lucretia, mais pas l'ensorcellement d'Ariel.

Kit laisse partir sa captive.

— Je crois que tu m'as cassé des côtes, marmonne Lucretia.

— Est-ce que ça va ? demandé-je à Vlad.

— Je survivrai, répond-il en serrant les dents, du sang s'écoulant de sa bouche. Mais je ne sais pas si je vais pouvoir me battre.

Je regarde Lucretia :

— Peux-tu le traîner dehors ?

Elle hoche solennellement la tête et se dépêche d'attraper Vlad sous les aisselles.

— Kit, aide Golem à sortir Ariel ici pendant que je couvre nos arrières.

— Si je me souviens correctement de ta vision, il y a des Blouses à l'arrière, rappelle Felix. Et Koschei et Baba Yaga.

— C'est pour ça que j'ai dit que j'allais les couvrir.

Je grommelle avant de me déplacer pour récupérer mon pistolet.

Kit court aider Golem.

Une Blouse apparaît, sortant de l'arrière du

restaurant juste au moment où je lève mon pistolet et tire.

La Blouse s'éloigne en courant.

Je l'ai clairement ratée.

Je tire encore… et cette fois, je touche la Blouse entre ses yeux noirs.

Une autre reçoit le même traitement, puis une autre.

Quelque chose me tire si soudainement la tête en arrière que ça me fait presque le coup du lapin.

Je me baisse, laissant mon masque dans la main de la Blouse qui m'a attrapée et je lui colle une balle dans le cerveau.

— Tout le monde est dehors, m'informe Felix dans mon oreille. Lucretia retient Ariel et Kit donne du sang à Vlad afin qu'il ne meure pas. Je te renvoie Golem pour t'aider.

— Merci, réponds-je lorsqu'une autre Blouse saute de la scène.

Je lui tire aussi dessus, puis je me demande si la grenade fumigène n'aiderait pas à cacher le robot et moi.

Vais-je déclencher un incendie si j'utilise mon pistolet dans la pluie d'essence qui s'en suivra ? Ce n'était pas le cas quand Vlad a abattu Gaius dans ma vision, mais il a peut-être eu de la chance.

D'un autre côté, Vlad se moquait de brûler cet endroit avec lui dedans, alors que c'est un scénario qui m'ennuierait beaucoup. Si seulement je pouvais voir l'avenir, je pourrais alors prendre cette décision avec certitude.

En inspirant profondément, je canalise toute ma pratique en un besoin écrasant d'atteindre l'espace mental.

Un type en blouse d'hôpital rompt ma concentration et le paie de sa vie.

Puis un autre apparaît.

Dans un creux entre deux tueries, j'essaie encore de me concentrer.

À ma grande surprise, ça fonctionne.

Pour la toute première fois, je passe dans l'espace mental au milieu d'une fusillade.

———

Flottant entre les formes, je reprends mon souffle métaphysique et profite de ne pas avoir à lutter pour ma survie pendant un moment.

Même si je suis à peu près certaine que le temps ne s'écoule pas dans le monde extérieur pendant que je me trouve dans l'espace mental, je veux quand même en finir aussi rapidement que possible.

Sur quoi dois-je donc me concentrer ?

La grenade ?

Jusqu'ici, j'ai eu plus de réussite en ciblant les visions à partir des gens, ou quand je me suis fiée aux formes se trouvant par défaut autour de moi.

J'examine d'un air dubitatif les flocons pyramidaux

noirs, glacés et au goût amer autour de moi. Leur musique n'annonce rien de bon.

C'est exactement la raison pour laquelle je dois voir quel avenir ils prédisent.

Ainsi décidée, je m'étire vers une seule cible pour garder un peu de pouvoir, puis je laisse ma volute faire ce qu'il faut… et je plonge.

# CHAPITRE CINQUANTE-ET-UN

BABA YAGA se tient au-dessus d'un corps féminin familier étalé comme un cadavre sur une scène de crime. Il ne manque que le contour à la craie.

Baba Yaga tient une énorme poêle en fonte couverte de sang. Une marque sur la tête du corps immobile correspond à cette partie de la poêle.

— Grâce à cette attaque, tu as annulé mon contrat avec Nero, déclare Baba Yaga au corps. Maintenant, je peux m'occuper de toi pour de bon.

Bien que je ne ressente généralement pas d'émotions dans cet état, un froid arctique parcourt mon être désincarné.

Pas étonnant que ce corps me semble familier.

C'est le mien.

En fait, je me suis déjà vue ainsi une fois : pendant le combat avec Béatrice, après qu'elle m'a tuée dans une vision. Cette fois-là, j'avais pu empêcher ce triste sort en modifiant les circonstances qui y menaient.

Avec un peu de chance, je pourrai le refaire cette fois.

Quelqu'un marche sur un morceau de métal derrière Baba Yaga.

C'est Kit.

Elle vise la tête de Baba Yaga avec un fusil.

Avant que la vieille sorcière ait le temps de se retourner, Kit presse la gâchette. Le pistolet n'émet qu'un clic… il doit être grippé ou déchargé.

— On dirait que c'est *ton* siège au Conseil que j'aurai finalement.

Baba Yaga se retourne brusquement pour fixer Kit avec un sourire carnivore.

— J'ai envoyé mes gens pour essayer de t'abattre, puis te faire exploser, mais en vain. Maintenant, tu viens volontairement à moi… et je pourrai faire en sorte que tout cela ressemble à un suicide légitime. Comme…

Sans terminer sa tirade, Baba Yaga jette la poêle très lourde à la tête de Kit.

Kit a dû baisser sa garde à cause de la confession de Baba Yaga, car elle n'évite pas le projectile.

Elle chancelle.

Comme dans la vision au sujet de Vlad, Baba Yaga lève son bras.

Une énergie noire se forme au bout de chaque doigt.

Elle semble vieillir de plusieurs décennies à cause de l'effort, puis l'énergie est projetée.

Sauf qu'elle ne vole pas vers Kit. Elle s'éloigne de Kit pour se diriger vers la Sasha immobile sur le sol.

Pourquoi tirer là-bas ?

C'est alors que je le vois.

Le collier du Jubilé avec sa pierre géante.

Je l'ai toujours autour du cou et il absorbe l'énergie de Baba Yaga… comme la bague que Rose m'a un jour donnée.

Bien sûr. C'est pour cela que Rose m'a demandé de la porter. Elle savait pour qui travaille Koschei, et ce qui pouvait arriver après sa disparition.

On peut compter sur Rose pour une dernière vengeance par-delà la mort.

Kit retrouve ses esprits et ricane en voyant la situation. Puis elle grandit et se transforme en drekavac, la créature cauchemardesque de style xénomorphe-détraqueur dont nous avons appris l'existence à la dernière Orientation.

— Non, supplie Baba Yaga, affaiblie. Tire-moi juste dessus. Ne…

Kit-drekavac s'avance vers Baba Yaga et tend ses nombreux membres infestés de pustules.

Le hurlement torturé de Baba Yaga ne semble pas venir de sa gorge. On dirait plutôt un instrument à cordes infernal jouant une seule note retentissante.

En s'agitant si violemment qu'elle déchire probablement ses propres ligaments, la vieille sorcière s'effondre sur le sol.

Kit surplombe sa victime.

Une langue horrible se faufile lentement hors de la

gueule du drekavac. Partout où la chose lèche la peau de Baba Yaga, celle-ci fond comme si elle n'avait jamais existé, ne laissant que de la viande crue.

« Être tué par un drekavac est le pire sort qui puisse vous arriver », a affirmé le docteur Hekima. Il n'a manifestement pas exagéré.

Si j'avais un corps, je serais en train de vomir.

Au troisième coup de langue, la gorge de Baba Yaga produit un dernier cri d'agonie, puis elle s'effondre, enfin morte.

Kit se transforme en orque, pousse les restes de Baba Yaga sur le côté d'un coup de pied, et marche jusqu'à mon corps immobile.

En me soulevant précautionneusement, l'orque se dirige vers la sortie du restaurant.

## CHAPITRE CINQUANTE-DEUX

JE SUIS REJETÉE dans la réalité de la fusillade et, maintenant que j'ai un corps, je dois respirer profondément pour ne pas vomir à cause de ce que je viens de voir. Ce que Kit a fait à Baba Yaga dans cette vision va me hanter davantage que le corps brûlé de Bentley... et je ne pensais pas que c'était possible.

En parlant du pauvre Bentley : il semblerait que la bombe qui l'a tué visait Kit et non moi. De même pour cette attaque dans les toilettes... Gaius aidait Baba Yaga quand il a attiré Kit à l'hôtel en lui promettant du sexe. C'est pour cela que Baba Yaga a été capable de soutenir sincèrement à Nero qu'elle n'essayait pas de me tuer *moi*. C'était vrai. Il se trouve simplement que j'étais près de Kit quand elle a frappé.

Si je n'avais pas été aussi égocentrique, je l'aurais deviné plus tôt.

Plus je réfléchis aux événements récents, plus je me

rends compte que Baba Yaga mérite le sort qu'elle a subi dans cette vision.

Elle a tué Rose. Elle a tué Kevin et Bentley. Dans la vision, elle s'en est même prise à moi… ou elle va le faire.

Oui.

Elle va le faire.

Ma priorité doit sûrement être de m'empêcher de finir comme ce corps immobile. Mais comment ? Je n'ai pas vu ce qui conduisait à cette situation, alors j'ai besoin de plus d'informations.

Mes tentatives pour retourner dans l'espace mental échouent. Soit je suis trop stressée après ce que j'ai vu, soit je n'ai plus assez de pouvoir.

Une Blouse apparaît depuis l'arrière du restaurant, et je lui tire une balle dans la tête sans réfléchir. Une autre apparaît à son tour et je l'abats également.

— Je viens d'avoir une vision horrible, dis-je à Felix. Je dois faire quelque chose pour l'empêcher, mais…

Je ne termine pas ma phrase, car je le vois.

Koschei.

Il tient le couteau et ses yeux verts brillent d'une détermination mortelle lorsqu'il bondit sur moi.

Je lui tire dans la tête.

Le pistolet est déchargé.

Je lève le fusil, mais c'est trop tard.

Koschei le projette hors de mes mains, puis il me lance contre le mur le plus proche comme un frisbee.

Je frappe le mur avec mon dos blessé et glisse sur le sol, encore.

Je perds connaissance.

# CHAPITRE CINQUANTE-TROIS

J'OUVRE les yeux en clignant des paupières et vois le couteau de Koschei descendre vers ma poitrine.

Ça y est.

Je suis fichue.

# CHAPITRE CINQUANTE-QUATRE

UN BRAS ARTICULÉ SAISIT le poignet de Koschei avant qu'il puisse terminer son mouvement, et un poing métallique géant frappe sa mâchoire avec un craquement audible.

Koschei est projeté en arrière.

Golem lui saute dessus.

L'Immortel lacère le torse du robot avec le couteau, laissant un sillon profond dans le métal et brisant la lame.

Il jette alors les restes du couteau vers le robot. L'impact cabosse bruyamment la carapace en métal, puis les morceaux tombent sur le sol.

Golem donne un coup de pied dans le tibia de Koschei.

J'entends le bruit de l'os qui se brise.

Golem frappe encore le même endroit.

La jambe de Koschei se casse et un morceau d'os apparaît quand il tombe.

Le robot l'écrase si fort avec le pied que quelques boulons de sa jambe volent dans différentes directions.

En sifflant de douleur, Koschei essaie néanmoins d'attraper le pied en métal. Golem lui flanque un coup de pied en pleine tête comme dans un ballon de football.

Koschei meurt, mais il ressuscite immédiatement et balance un coup de poing dans le ventre du robot.

Le métal se tord et l'os se brise.

J'inspire profondément et m'évanouis presque de douleur. J'ai peut-être des côtes cassées. Potentiellement d'autres choses également. En serrant les dents, je roule sur le côté et commence à ramper jusqu'au fusil.

Les bruits du métal et de l'os qui s'entrechoquent deviennent plus forts et plus dérangeants.

On dirait que Koschei se fait massacrer encore et encore pour gagner.

Je jette un rapide coup d'œil en arrière et vois Koschei arracher la jambe droite de Golem. Celui-ci tombe sur le côté.

Koschei se précipite vers moi, mais Golem fonce sur lui avec ses trois membres restants, comme un *Terminator* blessé.

En un clin d'œil, un bras métallique enserre la cheville de Koschei. Ce dernier utilise la jambe arrachée comme une massue, assénant un coup terrible sur la tête de Golem.

L'adrénaline surmonte la douleur pendant que je

rampe jusqu'au fusil avec une détermination renouvelée.

Les bruits de robot déchiqueté s'intensifient.

Je rampe plus vite.

Les bruits s'arrêtent.

Je suis à trente centimètres de l'arme lorsque des mains brutales me font rouler, plaquant mon dos endommagé contre le marbre.

Je pousse un cri de douleur.

Avec un regard perçant, Koschei attrape mon cou d'une main et me soulève.

# CHAPITRE CINQUANTE-CINQ

JE VOIS BRILLER un plaisir sadique dans les yeux verts de Koschei lorsqu'il me regarde pendre devant lui. Sa prise autour de mon cou écrase ma trachée et m'empêche de respirer.

D'après mon expérience de noyade et mon entraînement à m'évader hors de l'eau, je sais que je n'ai pas beaucoup de temps.

Canalisant désespérément toutes mes leçons d'arts martiaux, je vise le visage de Koschei avec le poing droit. Mes articulations touchent sa mâchoire et j'ai l'impression de m'être brisé la main.

En grimaçant, il essaie de me gifler de sa main libre.

Comme Thalia me l'a appris, je bloque son coup avec mon avant-bras droit. Quelque chose craque, mais j'ignore la douleur et le frappe de mon poing gauche en même temps que je lui donne un coup de pied.

Le visage tordu par une grimace hideuse, Koschei

serre mon cou avec encore plus de force. Je crois qu'il a l'intention de me le briser pour accélérer ma mort.

En se penchant, il chuchote :

— Je ne pensais pas que j'allais tant apprécier ça. Tu es…

Je ne saurai jamais ce qu'il allait dire, car je choisis ce moment pour tenter une dernière tactique.

Tout comme je m'y suis entraînée si souvent pour le tour des aiguilles, je crache l'aiguille de Buyan en visant l'œil droit de ce salopard.

L'aiguille pénètre l'iris de Koschei comme un pic à glace traverserait de la gelée… et dès que cela arrive, la partie encore exposée de l'aiguille se met à briller.

# CHAPITRE CINQUANTE-SIX

KOSCHEI ME LÂCHE LE COU, rugit comme un ours blessé et s'agenouille.

En tombant à quatre pattes sur le sol, je serre les dents à cause de la douleur et rampe vers le fusil.

Les cris de Koschei s'intensifient.

Avec toutes mes forces restantes, j'attrape l'arme.

L'aura du Mandat de Koschei semble clignoter.

Je place le fusil à bout portant contre l'aiguille dans son œil et j'appuie sur la gâchette.

La moitié de la tête de Koschei disparaît, et des éclats d'aiguille brillants se répandent à travers le reste de son corps.

— Ça, c'est pour Rose, grondé-je en faisant un trou dans son torse. Et ça, c'est pour Kevin.

Je tire jusqu'à ce que le fusil se décharge et Koschei est allongé, prostré sur le sol.

Les éclats d'aiguille scintillants semblent absorber ce qu'il reste de son aura, puis son corps se transforme en cendres sous mes yeux. Une seconde plus tard, les cendres disparaissent sans laisser de traces.

En fixant l'endroit vide sur le sol, je jette le fusil maintenant inutile sur le côté.

Une minute. Dans ma vision, Kit avait un fusil vide dans les mains, est-ce que ça…

— Pauvre Koscheiushka, s'exclame Baba Yaga derrière moi lorsque quelque chose de dur me frappe à l'arrière de la tête. Tu n'étais pas si immortel, finalement.

Je comprends vaguement que je viens d'être frappée par une poêle géante. C'est ainsi que j'ai fini étalée sur le sol dans ma vision.

Et puis toutes mes pensées s'éloignent quand je perds connaissance en plongeant dans l'obscurité.

# CHAPITRE CINQUANTE-SEPT

JE M'ÉVEILLE dans la douleur.

Une douleur atroce.

J'ai l'impression que mon cerveau coule de ma tête, et mon dos est un seul spasme géant. Le côté positif est que je ne suis pas morte… même si je le souhaite presque.

En ouvrant les yeux, je me découvre dans les bras d'un orque qui me porte hors du restaurant Izbushka.

— Kit, prononcé-je d'une voix éraillée, avant de grimacer parce que mes côtes protestent.

— Tu es en vie, gronde la voix d'orque de Kit. Continue comme ça.

— Tu étais là, quand Baba Yaga m'a assommée avec cette poêle. Puis tu t'es transformée en drekavac et tu l'as tuée, n'est-ce pas ?

— Comment sais-tu…

— C'est sans doute une vision, intervient Felix dans nos oreilles. Sasha, je suis tellement content que tu ailles bien. J'espère que ça ne te gêne pas, mais j'ai envoyé un texto à Nero quand Baba Yaga a été tuée. Il m'avait demandé de le faire. Je crois que sa limousine était garée juste à l'extérieur de Brighton Beach, attendant sa mort pour être débarrassé du contrat afin de pouvoir venir nous aider.

La douleur rend l'analyse des paroles de Felix difficile.

Kit sort du restaurant et sa démarche irrégulière est une torture pour mon corps brisé.

Vlad est allongé sur le trottoir, il semble déjà aller mieux. Lucretia maintient toujours Ariel qui s'agite.

Une limousine s'arrête à côté du trottoir en faisant crisser ses pneus.

C'est vrai. Felix a mentionné une limousine il y a une seconde.

La portière du conducteur s'ouvre et Nero en sort à une vitesse surnaturelle. Une femme qui me paraît familière descend du côté passager. C'est celle que j'ai heurtée en sortant de l'immeuble du travail.

Maintenant que je ne cours plus, je la reconnais : c'est Isis, la soigneuse aux tarifs que Nero est le seul à pouvoir se permettre.

La douleur m'empêche de réfléchir, mais je me demande encore pourquoi Isis entrait dans le bâtiment de Nero juste au moment où j'en sortais. L'a-t-il convoquée à l'avance ? Ça le rendrait meilleur voyant que moi. De plus, ça voudrait dire qu'il savait que j'allais m'échapper de la cellule. Mais si c'est vrai, pourquoi ne m'a-t-il pas arrêtée ? Et comment peut-il avoir…

— Pose-la à l'arrière, grogne Nero. Doucement.

Kit accélère le pas et tout me fait si mal que j'arrête de réfléchir et prie pour m'évanouir. L'agonie devient presque intolérable lorsque Kit me pose sur le siège. Je dois avoir d'innombrables os cassés, ou pire.

— Il faudra quadrupler le tarif habituel, indique Isis à Nero après un examen rapide. Ça va me faire très mal.

— Très bien, répond Nero sans un instant d'hésitation. Dépêche-toi.

Isis pousse un soupir exagéré, puis elle pointe les mains vers moi.

L'énergie dorée s'écoule d'elle et je sens mes blessures se refermer et mes os cassés se reformer.

Quand elle nous a guéris l'autre fois, Isis avait une belle peau d'olive. Aujourd'hui, elle est plus pâle, et plus elle envoie son énergie, plus elle paraît maladive. Quelques-uns de ses cheveux noirs deviennent gris sous mes yeux.

Une chaleur agréable me traverse et ma douleur se transforme en plaisir.

— Fais-la dormir, ordonne Nero.

— Attends, dis-je en mettant la main dans ma poche pour en sortir la grenade fumigène. Jette ça dans le restaurant et demande à Vlad d'y jeter l'œuf de l'oiseau de feu.

Nero prend la grenade, retire la goupille et la jette vers la vitre au-dessus de la porte.

La vitre se brise en mille morceaux et, quelques respirations plus tard, l'alarme incendie se déclenche.

— Fais-le, ordonne Nero en regardant Vlad allongé sur le trottoir. Rase cet endroit.

En grognant de douleur, Vlad sort l'œuf et le jette dans le restaurant. Mes lèvres esquissent un sourire malveillant pendant que je regarde l'Izbushka partir en fumée.

— Une heure de sieste te fera du bien, chuchote Isis en lançant un flot d'énergie plus marqué.

— Attends, ai-je envie de répéter, mais mes paupières deviennent lourdes et je sombre dans un sommeil réparateur.

———

J'ouvre les yeux et découvre Nero qui me tient au-dessus de mon lit.

Nero est dans ma chambre ?

— Ce doit être un rêve, marmonné-je tandis qu'il me dépose doucement.

— Oui, chantonne-t-il de sa voix grave. Ce n'est qu'un rêve.

— J'aime ce genre de rêve, balbutié-je, groggy, avant de le saisir par le col. Es-tu certain que c'est un rêve ?

Nero ne répond pas, mais ses anneaux cornéo-limbiques recouvrent presque entièrement ses yeux.

En tirant sur son col, je me hisse jusqu'à ce que nos lèvres se touchent presque. Il ne s'écarte pas, mais il ne se penche pas non plus vers moi.

Aucun problème.

Toute l'énergie des soins qui parcourent mon corps me donne une force presque surhumaine… et la libido d'une succube.

Me soulevant facilement pour parcourir le reste de la distance, je pose les lèvres sur celles de Nero. Les siennes sont étonnamment douces, son souffle ayant vaguement un goût de menthe…

Quelqu'un se racle la gorge près de là.

— Est-ce pour cela que tu me voulais ici ? demande Isis. Parce que je ne suis pas sûre qu'il me reste assez de force pour la guérir si…

— Non.

Nero s'écarte de moi à contrecœur.

— Termine ton travail, ajoute-t-il.

L'énergie de soin alourdit à nouveau mes paupières.

— Dors bien, souffle Nero de loin, et l'énergie chaude ne me laisse d'autre choix que d'obéir.

# CHAPITRE CINQUANTE-HUIT

JE ME RÉVEILLE avec l'impression de sentir quelque chose de poilu se pelotonner contre ma poitrine et dans mon dos.

Une seconde. Devant *et* derrière ?

Je soulève la couverture.

Oui. Il y a quelque chose de poilu des deux côtés. Un chat et un chinchilla.

— Bonjour, me salue Fluffster dans ma tête.

— Salut, mon vieux, lui réponds-je en chuchotant.

Lucifer me regarde avec des yeux verts qui semblent affirmer : « Si tu as envie de garder tes intestins, vassal, tu vas immédiatement remettre cette couverture sur moi ».

Je la recouvre, heureuse de voir qu'elle va mieux.

— Comment te sens-tu ? demande Fluffster en se levant sur ses pattes arrière. J'ai appris que tu as été vraiment blessée.

Je sors les jambes du lit et examine mon corps à la recherche des dégâts de la veille.

Rien.

Non, c'est encore mieux que rien.

— J'ai l'impression d'avoir pris deux ans de vacances, lui avoué-je. Avec des spas, des garçons de plage qui me faisaient manger des raisins, du sable blanc…

— Sasha ? crie Felix derrière la porte. Fluffster me dit que tu es réveillée.

Je fronce les sourcils en fixant ce traître de chinchilla.

— Et si je voulais dormir un peu plus ?

— Il est treize heures, répond Fluffster sans le moindre remords. Tu as de la chance que Nero t'a donné un jour de congé, sinon tu serais tellement en retard que tu perdrais ton travail.

— Il m'a donné un jour de congé ? répété-je, peut-être un peu trop fort.

Je me souviens vaguement d'un fantasme plus étrange que d'habitude, car il contenait Isis en plus de Nero.

Une seconde. Ce baiser était-il réel ? Si oui, que signifiait le commentaire bizarre d'Isis ? Elle donnait presque l'impression que j'allais avoir besoin d'être soignée si nous faisions quelque chose.

Et cela conduit à la question que je ne pensais pas un jour me poser au sujet de mon patron : quelle taille fait-il, exactement ?

— Tu parles de Nero ? lance Felix derrière la porte,

et je sens mes joues se mettre à brûler. Il a dit que tu pouvais revenir au travail quand tu te sentais prête.

— Nero est gentil ? m'étonné-je.

Je repousse toutes mes pensées de mensurations phalliques.

— Je devais être vraiment *très* mal en point.

Fluffster et Felix ne disent rien, alors je me lève et cherche quelque chose à me mettre.

— Nous déjeunons dans la cuisine, m'informe Felix lorsque j'enfile mon peignoir. Rejoins-nous dès que tu peux.

D'un pas léger grâce aux soins, je pars à la salle de bains et fais vite ma toilette avant de me rendre à la cuisine.

De nombreuses voix m'accueillent quand je m'approche.

— Si j'étais toi, je me donnerais toujours l'apparence d'un des Batman, entends-je Ariel dire. Ou au moins Christian Bale.

— Non, tu devrais prendre l'apparence d'un des personnages de *Matrix*, rétorque Felix. Particulièrement Neo.

— Je m'ennuie quand j'ai le même physique pendant trop longtemps, se plaint Kit quand j'entre dans la pièce.

— Sasha !

Ariel pose sa fourchette, bondit vers moi et me serre dans ses bras.

— Je suis tellement contente de te voir avant de partir.

— De partir ?

Je la dévisage. On peut compter sur Ariel pour avoir l'air de se rendre à une séance photo pour la couverture d'un magazine, même après l'épreuve d'hier.

— Je vérifie juste : tu n'es plus ensorcelée, n'est-ce pas ?

— Non. Après la mort de Gaius...

Elle arrête de parler et son visage s'assombrit. Est-elle vraiment en deuil pour Gaius après tout ce qu'il a fait ? Je suis tentée de poser la question, mais je me retiens. Elle a sûrement besoin de temps pour passer à autre chose.

Felix se lève, attrape une assiette vide et marche vers la cuisinière.

— Elle est revenue à elle une heure après notre retour à la maison. Maintenant, grâce à la soigneuse de Nero, elle est presque comme avant.

— Et j'ai décidé de retourner en cure de désintoxication.

Le visage d'Ariel redevient lisse quand elle s'assoit et qu'elle se remet à manger ce qui ressemble au fameux Stroganoff aux champignons de Felix.

Je m'assois également.

— Kit et moi l'accompagnerons à Gomorrah dès que nous aurons fini de manger.

Felix pose une assiette pleine de Stroganoff devant moi avant de me tendre une fourchette.

— Alors...

Je fixe ma nourriture, ne sachant pas comment

aborder ma question sans insulter mon amie ou lui évoquer des souvenirs douloureux.

— Gaius a-t-il…

— Je ne crois pas avoir bu plus de son sang, répond Ariel, le visage indéchiffrable. Ou quoi que ce soit d'autre.

Elle rassemble un gros tas de nouilles sur le bord de son assiette, puis elle pique tout ensemble avec sa fourchette.

— Les envies sont bien plus tolérables maintenant. Je me sens presque comme une personne normale, ce qui est la raison pour laquelle je dois m'éloigner de la tentation et devenir complètement sobre. De plus, la thérapie des rêves de Bailey m'aide pour d'autres choses…

Elle porte la fourchette à sa bouche, puis recommence à rassembler les nouilles en un gros tas.

Felix et moi échangeons des regards furtifs. Ariel n'a jamais été aussi près d'admettre son stress post-traumatique, ce qui est déjà un progrès énorme. Si je rencontre un jour Bailey, il faudra que je la remercie.

— Je vous accompagne.

Je pique plein de nourriture au bout de ma fourchette.

— Laissez-moi juste finir de manger.

— Désolé, mais non, s'oppose Felix sans me regarder dans les yeux. Nero m'a demandé de m'assurer que tu te reposes aujourd'hui.

— Nero n'est pas mon patron. Et toi non plus.

— En fait, rétorque Felix, à strictement parler, il est bien ton...

— Repose-toi un peu à la maison, intervient Ariel d'un ton conciliant. Nero pourrait faire du mal à Felix si ton garde du corps te voit quitter l'immeuble.

En fulminant, je porte la fourchette à ma bouche et mâche violemment.

— En parlant de Nero, ajoute Kit en se donnant l'apparence de mon patron, mais torse nu. Lui, Vlad et moi avons conclu un marché qui vous concerne tous.

Elle se transforme en Vlad torse nu.

— Si le Conseil apprend un jour les meurtres auxquels nous avons participé – et c'est un « si » improbable –, Vlad prendra la responsabilité pour tout, même pour Koschei et Baba Yaga, si vous voyez ce que je veux dire.

Elle me regarde avec les yeux perçants de Vlad.

Je finis de mâcher et j'avale.

— C'est pour que je n'aie pas d'ennuis pour avoir tué Koschei, un Conscient sous le Mandat, et pareil pour toi et Baba Yaga ?

— Exactement. C'est juste une précaution, parce que personne ne devrait se rendre compte qu'ils sont morts.

— Ah bon ? relève Felix avec curiosité.

— Pada a rendu visite au restaurant brûlé et a nettoyé les restes, précise-t-elle. Et j'utiliserai mes pouvoirs pour faire en sorte que les morts apparaissent de temps en temps sur les radars du Conseil.

Elle se donne brièvement l'apparence d'un des

Exécuteurs tués par Vlad sur la jetée, puis elle alterne encore plus vite celles de Gaius, de Koschei et de Baba Yaga.

En voyant les deux derniers, je suis parcourue d'un frisson, même si je sais qu'il ne s'agit que de Kit. Il faudra que j'en parle à Lucretia.

En supposant que les nouveaux vampires se chargent encore des thérapies.

— Nous pouvons donner l'impression que Baba Yaga et Koschei ont fait un tour en Russie, suggère Felix avec enthousiasme. Je peux même créer une piste électronique.

— Bonne idée, approuvé-je en souriant.

Sa proposition m'évoque un tour de magie, et rien ne me rend aussi joyeuse que créer une bonne illusion.

— Gaius pourrait aussi déménager quelque part. Puis, au bout d'un moment, une rumeur pourrait naître sur le fait qu'ils sont partis en voyage dans un Autremonde avec un flot temporel étrange.

L'air sournois de Kit rivalise avec le mien.

— Ça pourrait fonctionner. Vlad et Lucretia ont déjà effacé la mémoire des humains survivants, mais nous pouvons leur demander d'y retourner et d'implanter des souvenirs en accord avec cette histoire. Pareil pour les flics humains qui enquêtent là-dessus.

— Je suis désolée d'interrompre votre petit jeu, mais j'aimerais vraiment partir.

Ariel pose sa fourchette avant d'ajouter :

— Même quand on ne fait que mentionner les vampires…

— N'en dis pas plus.

Felix enfourne le reste de sa nourriture dans sa bouche et Kit fait de même.

— Nous revenons vite, annonce Felix en se levant.

Ariel se lève également.

— Quand tu verras Lucretia, peux-tu s'il te plaît la remercier d'avoir convaincu mon école de médecine de m'accorder un sursis ? Je ne sais pas si je me sentirai un jour assez bien pour risquer de lui parler en face à face.

— Bien sûr. C'est drôle qu'il faille utiliser un sort pour obtenir ce report.

— C'est aussi ce que j'ai dit, intervient Felix avant de sortir de la cuisine.

Kit se racle la gorge et jette un regard appuyé à Ariel.

— Ah oui, reprend Ariel en levant les yeux au ciel de façon presque imperceptible. Kit peut loger dans ma chambre jusqu'à ce que j'en aie besoin.

— Il nous faudra brûler les draps après ça, dit mentalement Fluffster… sans doute à tout le monde sauf à Kit.

— Je te verrai à l'enterrement.

Ariel pose un baiser sur ma joue et suit Felix hors de la cuisine.

Je reste assise là, hébétée, mon appétit ayant disparu d'un seul coup.

Ariel parlait de l'enterrement de Rose.

Un événement que j'avais chassé de mon esprit, sans doute pour ne pas perdre la tête. Maintenant que…

Kit interrompt mes pensées en posant un bisou sur mes lèvres couvertes de sauce.

Ils partent, et je picore sombrement le reste de mon repas pendant que Fluffster mange son foin.

Quand nous avons tous les deux fini, je nettoie la cuisine, ce qui me fait me sentir un peu mieux. En tout cas, jusqu'à ce que je retourne dans ma chambre et que je trouve les vêtements abîmés d'hier soigneusement pliés sur la chaise.

Ah.

Je me suis réveillée nue et je ne me suis même pas posé de questions, mais j'aurais sans doute dû.

Nero m'a-t-il déshabillée ?

Mes joues se remettent à brûler, comme d'autres parties de mon corps.

Chassant le film X de mes pensées, je fouille dans les poches de mon pantalon ensanglanté, en sors la carte qui conduit à Buyan, puis jette mes haillons à la poubelle.

— Vas-tu encore jouer avec l'espace mental ? demande Fluffster quand je m'assois et que je commence la respiration méditative.

— Oui, réponds-je alors que j'essayais seulement de me calmer.

Fluffster saute sur le lit pour m'observer. Un œil de félin lui jette un regard féroce sous la couverture, mais je suis surprise de voir que Lucifer ne l'attaque pas.

— Ce chat apprend vite, note Fluffster d'un ton satisfait dans ma tête. Maintenant, si je pouvais l'entraîner à aimer une marque de nourriture pour chats moins chère, elle serait parfaite.

Je secoue la tête et tente d'accéder à l'espace mental.

Mon pouvoir doit être pleinement rechargé, car cela fonctionne immédiatement.

———

Je flotte pendant un moment, profitant simplement de la sensation de légèreté. Ne pas avoir de corps peut être assez apaisant… particulièrement quand je sais que je ne suis pas en train de me battre pour survivre dans le monde extérieur.

Je n'y avais jamais pensé avant, mais l'espace mental est un endroit excellent pour s'isoler et réfléchir. En fait, parce que le temps ne semble pas s'écouler dans le monde extérieur, je peux réfléchir sans gâcher des moments précieux de ma vie.

Hé, la prochaine fois que j'aurai besoin de temps pour imaginer un tour de magie, je le ferai dans l'espace mental. C'est peut-être ainsi que j'inventerai un spectacle qui impressionnera les Conscients. Après tout, si Nero a vraiment aimé ma démonstration de triche aux cartes, ça pourrait également être le cas d'autres êtres surnaturels.

Je flotte pendant un moment, essayant de décider quoi faire avec cette séance d'espace mental, lorsque je pense soudain à quelque chose.

Je n'ai pas essayé d'invoquer Raspoutine, mon père biologique, depuis un moment. Maintenant que j'en ai appris davantage sur lui au cours d'un moment rare de candeur de Nero, ce devrait être plus facile de le joindre.

Oui, c'est ça.

J'aurais dû commencer par là.

Nero a dit qu'il était imaginatif, et je parie que c'est vrai… en supposant qu'il a volontairement conçu son personnage mystérieux dans les histoires humaines.

« Original » est un autre adjectif que Nero a utilisé pour le décrire, et cela paraît logique. Quand je pense à la photo de cet homme barbu, « original » et « excentrique » sont des termes qui me viennent à l'esprit.

Nero a aussi dit qu'il était ingénieux. C'est également facile à croire. D'après l'histoire, mon père s'est montré excellent pour manipuler la famille royale russe… à tel point que les gens ont fini par vouloir le tuer pour ça.

La description de Nero avec laquelle je ne suis pas d'accord, c'est le terme « loyal ». Comment cela peut-il être vrai pour un homme qui a abandonné sa fille afin qu'elle soit élevée par des inconnus dans un pays étranger ?

Malgré tout, je fais de mon mieux pour me concentrer sur l'essence de cet homme en incluant *tout* ce que Nero a dit.

Je suis extrêmement surprise de voir que ça fonctionne.

En tout cas, c'est ce que je suppose, car une entité de

l'espace mental apparaît à côté de moi. Une entité qui n'est pas Darian ni le bannik.

L'entité émet une pulsation de curiosité et de crainte.

Je m'étire vers la chose.

L'entité fait de même, à contrecœur.

C'est peut-être mon imagination, mais le contact métaphysique mutuel m'évoque des scènes de retrouvailles familiales après une longue séparation.

Nos esprits fusionnent et je me prépare à être secouée.

# CHAPITRE CINQUANTE-NEUF

JE SUIS ASSISE sur un lit et je coiffe les cheveux d'une femme avec une brosse aux décorations complexes.

Ma main est forte et masculine, ce qui prouve que je suis sans doute dans les souvenirs de Raspoutine, ou dans ceux d'un autre voyant masculin.

La femme me tourne le dos, alors je ne peux voir son visage. Ses épaules pâles et son dos gracieux rappellent ceux d'une ballerine, et la façon dont elle gémit et ronronne de plaisir quand il/je la brosse est le genre de séduction qui frise la pornographie.

Est-ce ma mère ?

Suis-je sur le point de voir le souvenir de ma conception ?

Ce serait comme surprendre ses propres parents dans l'acte, mais en beaucoup plus bizarre.

Ou est-ce leur bonheur post-coïtal ?

— J'aime ton côté imprévisible, déclaré-je en russe d'une voix masculine grave.

Le langage est une autre preuve qu'il s'agit d'un souvenir de mon père.

— Ce n'est pas la seule chose que tu aimes chez moi, répond la femme d'une voix douce et chantante.

Même si elle prononce les mots en russe, je les comprends : c'est l'avantage d'être dans la tête d'une personne dont la langue natale est le russe. Je décèle même qu'elle a un accent quand elle parle, mais je ne sais pas lequel.

Elle commence à se retourner, mais avant que je puisse voir son visage, le souvenir change.

———

Je me tiens dans un bâtiment opulent avec un clocher à bulbe aux décorations dorées et aux icônes religieuses dans le style de l'Église orthodoxe russe.

Si je me trouve vraiment dans les souvenirs de Raspoutine, il s'agit peut-être d'une église dans le Palais d'Hiver.

Nero se tient à côté d'un candélabre luxueux vêtu d'habits que l'on dirait tout droit sortis d'une photo en noir et blanc prise en Russie aux environs des années 1900. Raspoutine doit être *très* grand : je baisse la tête pour regarder Nero, ce qui est une expérience étrange.

Pour quelqu'un qui va devenir mon patron dans une centaine d'années, Nero n'a pas l'air différent. Enfin, en dehors de cette barbe parfaitement taillée qui évoque un hipster un peu trop zélé.

— Si nous poursuivons sur cette voie, elle aura une vie paisible jusqu'à sa vingt-quatrième année, déclare Raspoutine/moi. Je ne peux pas voir au-delà, mais je vois qu'il arrivera quelque chose cette année-là qui fera voler en éclats ses avenirs possibles.

— Je serai particulièrement vigilant quand nous arriverons à ce moment, lui assure Nero. Maintenant, en ce qui concerne...

———

LE CHANGEMENT de souvenir se produit encore, et je suis entourée de tous côtés par le brouhaha de JFK.

Je tiens une petite fille par la main. Sa peau est pâle et ses grands yeux bleus révèlent sa frayeur.

Je reconnais ce visage.

C'est à ça que je ressemble sur les premières photos prises par mes parents adoptifs.

*Comment puis-je abandonner mon enfant?* est une pensée qui tourne dans sa/ma tête, et la douleur qu'il ressent est atroce. *C'est le seul moyen*, se répète-t-il encore et encore.

— C'est le seul moyen auquel j'ai pu penser, chuchote-t-il à la fillette.

Une part sadique de moi aime qu'il soit aussi bouleversé.

Il est sur le point de m'abandonner comme un sac-poubelle. Il a raison de se sentir comme une merde.

Il/je regarde le bar près de là.

Papa et maman, plus jeunes, sont assis là à boire des cocktails.

— Ils seront de bons parents pour toi, promet-il en russe à la mini moi. C'est le seul...

———————

Les yeux de Raspoutine/les miens sont fermés.

Je reconnais les liens autour de mes poignets et de ma poitrine grâce à mon entraînement aux tours d'évasion. C'est ce que l'on ressent quand on est attaché par une corde à une chaise.

Si je le pouvais, je me pincerais le nez. L'endroit où nous nous trouvons a une odeur de morgue souterraine.

Un poing me frappe soudain à l'estomac.

Enfin, celui de Raspoutine, pas le mien, mais la douleur me fait oublier qui est qui pendant un instant.

L'air s'échappe de nos poumons et nous luttons pour respirer, mais nous gardons le visage impassible, autant que possible dans ces circonstances, et les yeux fermés.

*Quand ce bourreau verra une expression de douleur, les coups seront bien pires*, pense Raspoutine en résistant à la tentation de serrer les poings.

Le coup suivant atterrit sur la rotule, et la douleur est si intense qu'il ne parvient pas à retenir un petit cri de douleur.

Aïe, aïe, aïe.

Je dois trouver un moyen de me déconnecter de ce souvenir, et vite.

La douleur est bien trop réelle.

*Je mérite ça,* pense Raspoutine lorsqu'un autre coup lui donne envie de hurler. *Je mérite tout ce qu'ils me font, car j'ai abandonné mon enfant.*

# CHAPITRE SOIXANTE

JE ME TROUVE dans l'obscurité du vide pour la troisième fois, face à l'hologramme de synapses d'un homme que je ne reconnais pas.

Chauve et sans barbe, au début il ne ressemble pas du tout aux images de Raspoutine que j'ai vues en ligne.

Sauf ses yeux.

Ses yeux sont les mêmes.

Et puis il y a son menton maintenant exposé.

Il ressemble à celui sur lequel j'ai eu des boutons d'acné à l'adolescence.

*Mon* menton.

— Grigori Raspoutine ? articulé-je d'une voix tremblante.

Toutes les émotions humaines possibles semblent passer en kaléidoscope sur son visage transparent lorsqu'il hoche la tête et me montre du doigt.

— Sasha ? demande-t-il en prononçant mon nom à la russe, comme les parents de Felix.

Je hoche la tête.

Il ajoute quelque chose dans un russe rapide et flotte un peu plus bas.

— Je ne comprends pas.

Je flotte à sa hauteur.

— Je ne parle pas le russe.

La douleur dans ses yeux semble augmenter.

— *Ya ne govoryu po-angliyski*, articule Raspoutine très lentement en se montrant lui-même, puis sa bouche, puis ma bouche.

— Tu ne parles pas anglais.

Il hausse les épaules.

S'il ne parle pas anglais au point de ne pas savoir le dire, son anglais doit être aussi mauvais que mon russe.

Ou peut-être pire. Felix m'a appris à dire bonjour et quelques versions d'au revoir en russe… et au moins plusieurs jurons.

— *Opasno*.

Poutine montre notre environnement, puis les entités, lui et moi.

— *Opasno*, répète-t-il plusieurs fois.

— *Opasno*, dis-je en l'imitant, et il hoche la tête.

Je ne sais pas du tout ce que cela veut dire, mais je le découvrirai dès que je sortirai d'ici.

Il hausse les épaules et répète le mot une fois de plus.

— Comment puis-je te trouver ?

Je le montre du doigt, puis j'imite des jambes qui marchent avec mon index et mon majeur.

— Je veux te rencontrer.

— *Nyet.*

Il secoue vigoureusement la tête, puis il me montre du doigt, ensuite lui. Il fait alors le mouvement de marche et mime une croix avec ses bras.

Le message est clair.

Il ne veut pas que je vienne le trouver.

— Pourquoi pas ? Où es-tu ? Qui te torturait ? Pourquoi ?

— *Proschay*, dit-il solennellement, et je sens que je suis arrachée à lui.

Felix m'a appris ce mot.

Il signifie « au revoir »… mais le genre d'au revoir qui sous-entend que nous ne nous verrons plus jamais.

— Non, attends !

Je crie, mais la sensation d'être déchiquetée en morceaux s'intensifie jusqu'à ce que quelque chose se déconnecte, et je suis renvoyée dans le monde réel.

———

Je reste assise sans bouger pour me remettre de mes émotions. Mon père a dû utiliser une poussée de pouvoir pour se déconnecter de moi. Il a raccroché à la façon d'un voyant.

Je sors mon téléphone et cherche le mot « *opasno* ».

Il est traduit par « danger ».

D'accord. Qu'a-t-il voulu dire ?

Il pointait le doigt tout autour de nous en le prononçant, alors il me disait peut-être la même chose que Darian : il est très dangereux de parler de cette façon dans l'espace mental.

Je me lève et commence à faire les cent pas dans la chambre.

— Quel est le problème ? demande Fluffster. As-tu eu une vision dérangeante ?

Me sentant bête d'avoir oublié sa présence, je lui raconte ce qui est arrivé. Quand j'ai terminé, il confirme que *opasno* veut bien dire « danger » et que *proschay* signifie « adieu ».

— Ces conversations sont peut-être dangereuses parce qu'elles rendent le futur plus difficile à prédire ?

Fluffster incline la tête.

— Darian a affirmé que personne ne pouvait les prévoir, alors…

— Peut-être, dis-je en laissant tomber le regard sur la carte pour Buyan. Attends une seconde.

Je fixe la carte comme si je la voyais pour la première fois.

Un élément me dérange depuis que Kit l'a dessinée, et le contexte actuel semble m'aider.

Oui. Elle m'a toujours rappelé quelque chose, quelque chose en rapport avec Raspoutine, mais je ne sais pas quoi.

Suivant une intuition, je déverrouille mon téléphone et commence à parcourir les photos. Ce faisant, je me souviens enfin d'où j'ai vu ce genre de croisement entre une carte et un diagramme de Venn.

Et en quoi c'est relié à Raspoutine.

En passant les photos du contrat entre Nero et mon père, je le trouve.

C'était sur mon téléphone depuis le début.

La photo d'autre chose dans le coffre de Nero.

Une *autre* carte des Autremondes dans le style utilisé par Kit.

Une carte que Nero a conservée dans le même dossier que tout le reste qui concerne Raspoutine et moi.

Est-ce possible ?

Ai-je trouvé un moyen de rejoindre mon père ?

Quelque chose – sans doute mon intuition de voyante – me remplit de certitude.

Oui.

Je sais que je l'ai trouvé.

Tout comme je sais autre chose.

Où que se trouve Raspoutine, il est en train de se faire torturer… et ses mécanismes de défense impliquent que cela lui arrive souvent, peut-être même chaque jour.

Ce qui ne me laisse plus qu'une seule ligne de conduite.

Peu importe ce qu'il m'a dit, je ne peux pas rester loin de lui.

C'est mon père.

Il a fait son choix en ne m'élevant pas, et ceci sera le mien.

D'une façon ou d'une autre, je vais le retrouver.

Même si cette carte me conduit jusqu'au fond des enfers.

EXTRAIT EN AVANT-PREMIÈRE

J'espère que vous aimez l'histoire de Sasha ! Ses aventures continuent dans *Une feinte paranormale (série Sasha Urban : Tome 5).* Si vous souhaitez être averti de ma prochaine parution, inscrivez-vous à ma liste de diffusion sur www.dimazales.com/book-series/francais/.

Vous souhaitez lire mes autres livres ? Vous pouvez aller voir :

- *Les Dimensions de l'esprit* : les aventures d'urban fantasy trépidantes de Darren, qui peut arrêter le temps et lire dans les pensées.
- *Humain++* : l'histoire de science-fiction palpitante de Mike Cohen, dont la nouvelle technologie transformera nos cerveaux *et* le monde.
- *Les Derniers Humains* : l'histoire futuriste et

dystopique de Theo, qui vit dans un monde
où les apparences sont trompeuses.

- *Le Code arcane* : les aventures de fantasy
épiques du sorcier Blaise et de sa création, la
magnifique et puissante Gala.

Je collabore également avec ma femme Anna Zaires sur
de la romance de science-fiction, alors si les textes
érotiques ne vous dérangent pas, vous pouvez aller
jeter un œil aux *Liaisons Intimes* sur
www.annazaires.com/book-series/francais/.

Anna et moi écrivons aussi des comédies romantiques
osées et un peu geeks sous le nom de plume Misha Bell.
Découvrez notre tout premier roman, *Teste-moi si tu
peux*, et rencontrez Fanny, la codeuse informatique
maladroite qui reçoit pour mission de tester la qualité
de nouveaux sex-toys, ainsi que son mystérieux patron
russe qui se fait un plaisir de l'aider. Si vous souhaitez
en savoir plus, veuillez consulter
www.mishabell.com/fr/.

Et maintenant, veuillez tourner la page pour un aperçu
palpitant *des Lecteurs de pensée*.

# EXTRAIT DES LECTEURS DE PENSÉE

Tout le monde pense que je suis un génie.

Tout le monde a tort.

Oui, je suis sorti de Harvard à dix-huit ans et je me
remplis les poches dans un fonds spéculatif. Mais ce
n'est pas parce que je suis extraordinairement
intelligent ou travailleur.

C'est parce que je triche.

J'ai un talent unique, voyez-vous. Je peux sortir du
temps pour entrer dans ma version personnelle de la
réalité – un endroit que je nomme 'le Calme' – où je
peux explorer mon environnement pendant que le
reste du monde est immobile.

Je pensais être le seul à pouvoir le faire – jusqu'à ce que je la rencontre.

Je m'appelle Darren et voici comment j'ai appris que j'étais un Lecteur.

———

Parfois, je pense que je suis fou. Je suis assis à une table de casino à Atlantic City et tout le monde autour de moi est immobile. J'appelle cela le *Calme*, comme si le fait de donner un nom au phénomène le rend plus réel, comme si lui donner un nom change le fait que tous les joueurs autour de moi sont assis là comme des statues et que je marche parmi eux en regardant les cartes qu'on leur a distribuées.

Le problème avec cette théorie sur ma folie est que quand je 'dégèle' le monde, comme je viens de le faire, les cartes que les joueurs retournent sont celles que j'ai vues dans le Calme. Si j'étais fou, ces cartes ne seraient-elles pas des cartes au hasard ? Sauf si j'en suis au point d'imaginer les cartes sur la table.

Et ensuite, je gagne. Si c'est aussi une hallucination — si la pile de jetons à côté de moi est une hallucination — alors je pourrais bien tout remettre en question. Peut-être que je ne m'appelle même pas Darren.

Non. Je ne peux pas penser de cette façon. Si je suis vraiment si perdu, alors je ne veux pas sortir de cet état de confusion : car si j'en sortais, je me réveillerais probablement dans un hôpital psychiatrique.

En outre, j'adore ma vie, aussi folle soit-elle.

Ma psy pense que le Calme est une façon inventive de décrire 'le fonctionnement intérieur de mon génie'. Alors ça, cela me paraît vraiment fou. Il se peut aussi qu'elle soit attirée par moi, mais c'est une autre histoire. Disons simplement que pour sortir avec elle, il faudrait qu'elle ait un âge beaucoup plus proche de ce que je cherche, c'est-à-dire autour de vingt-quatre ans. Encore jeune et sexy, mais qui a fini les études et qui ne fait plus de soirées en boîte. Je déteste sortir en boîte presque autant que ce que j'ai détesté étudier. En tout cas, l'explication de ma psy ne fonctionne pas, car elle ne tient pas compte de la façon dont je sais des choses que même un génie ne pourrait pas savoir : par exemple la valeur et la couleur exactes des cartes des autres joueurs.

Je regarde le croupier commencer à distribuer les nouvelles cartes. Il y a trois joueurs à côté de moi à la table. Le Cowboy, la Grand-mère et le Professionnel, comme je les surnomme. Je ressens cette peur désormais presque imperceptible qui accompagne mon déphasage — c'est comme cela que j'appelle le processus : déphaser vers le Calme. L'inquiétude au sujet de ma santé mentale a toujours facilité le déphasage. La peur semble être utile au procédé.

Je déphase et tout devient calme. D'où le nom de cet état.

C'est étrange pour moi, même maintenant. Ce

casino est très bruyant en général. Les gens ivres qui parlent, les machines à sous, le bruit des jackpots, la musique — seuls les concerts ou les boîtes de nuit sont plus bruyants. Et pourtant, en ce moment précis, j'aurais pu entendre une mouche voler. C'était comme si j'étais devenu sourd au chaos qui m'entoure.

Les personnes figées autour de moi augmentent l'étrangeté du phénomène. Ici, la serveuse qui porte un plateau de boissons est arrêtée au milieu d'un pas. Là, une femme est sur le point de tirer sur le levier d'un bandit manchot. À ma table, la main du croupier est levée et la dernière carte qu'il a distribuée flotte dans l'air. Je m'avance vers elle depuis mon côté de la table et je l'attrape. C'est un roi, destiné au Professionnel. Quand je lâche la carte, elle tombe sur la table au lieu de continuer à flotter comme avant — mais je sais très bien qu'elle retournera en l'air, exactement à l'endroit où je l'ai touchée, quand je sortirai du déphasage.

Le Professionnel a l'air de gagner sa vie au poker, ou en tout cas il correspond parfaitement à la façon dont j'imagine ce genre de personnes. Mal habillé, lunettes de soleil, et un peu étrange. Il a très bien maintenu son *poker face*, n'ayant pas bougé le moindre muscle de toute la partie. Son visage est si inexpressif que je me demande s'il ne s'est pas injecté du Botox pour l'aider à maintenir une telle contenance. Sa main est sur la table, recouvrant et protégeant les cartes qui lui ont été distribuées.

Je déplace sa main molle. Elle est normale au toucher. Enfin, façon de parler. La main est moite et poilue, alors c'est désagréable et anormal de la toucher. Ce qui est normal, c'est qu'elle est chaude au lieu d'être froide. Quand j'étais enfant, je m'attendais à ce que les gens soient froids dans le Calme, comme des statues de pierre.

Une fois que la main du Professionnel est déplacée, je ramasse ses cartes. Avec le roi qui flotte en l'air, il a une jolie paire. C'est bon à savoir.

Je m'avance vers Grand-mère. Elle tient déjà ses cartes en éventail pour moi. Je peux éviter de toucher ses mains ridées et tâchées. C'est un soulagement, car j'ai récemment commencé à avoir des réserves sur le fait de toucher les gens — plus particulièrement les femmes — dans le Calme. Si j'étais obligé, je raisonnerais sur le fait que toucher la main de Grand-mère était inoffensif — ou du moins, pas pervers — mais il vaut mieux l'éviter si possible.

Dans tous les cas, elle a une petite paire. Je me sens mal pour elle. Elle a perdu pas mal d'argent ce soir. Ses jetons diminuent. Ses pertes sont peut-être dues, au moins partiellement, au fait qu'elle ne sait pas garder un visage neutre. Même avant de regarder ses cartes, je savais qu'elles ne seraient pas bonnes parce que j'ai vu qu'elle était déçue de sa main au moment où elle l'a regardée. J'avais aussi remarqué un éclat joyeux dans ses yeux quelques tours plus tôt, quand elle avait eu un brelan gagnant.

Ce jeu de poker est, en grande partie, un exercice de lecture des gens : un domaine dans lequel j'aimerais vraiment m'améliorer. On me dit très fort pour lire les gens dans mon travail, mais ce n'est pas vrai. Je suis juste doué pour utiliser le Calme et faire comme si j'étais doué. Mais je veux vraiment apprendre à analyser les gens réellement.

Ce qui ne m'intéresse pas tellement dans ce jeu de poker, c'est l'argent. Je m'en sors assez bien financièrement pour ne pas dépendre d'un gros gain aux jeux de chance. Peu importe que je perde ou que je gagne, même si cela avait été amusant de quintupler mon argent à la table de blackjack. J'ai fait tout ce voyage pour jouer parce que je le peux enfin, ayant vingt-et-un ans maintenant. Je n'ai jamais aimé les fausses cartes d'identité, alors ceci est une première pour moi.

Je laisse la Grand-mère tranquille, et je passe au joueur suivant : le Cowboy. Je ne peux pas résister à la tentation d'enlever son chapeau de paille et de l'essayer. Je me demande si c'est possible d'attraper des poux comme ça. Parce que je n'ai jamais pu rapporter un objet inanimé du Calme, ni affecter le monde de manière durable, je me dis que je ne peux pas non plus ramener de créatures vivantes avec moi.

Je laisse tomber le chapeau et je regarde ses cartes. Il a une paire d'as — sa main est meilleure que celle du Professionnel. Le Cowboy est peut-être un pro lui aussi. Il a un bon *poker face*, d'après ce que je peux voir. Ce sera intéressant de les observer pendant ce tour.

Ensuite, je m'avance vers le deck et je regarde les cartes supérieures pour les mémoriser. Je ne laisse aucune place au hasard.

Quand j'ai fini, je reviens vers moi. Ah oui, est-ce que j'ai dit que je peux me voir assis là, figé comme les autres ? C'est le plus bizarre. C'est comme de vivre une expérience extracorporelle.

Je m'approche de mon corps figé et je le regarde. En général, j'évite de le faire, parce que c'est trop perturbant. On a beau se regarder dans le miroir ou dans des vidéos sur YouTube, rien ne peut préparer à voir son propre corps en 3D. Ce n'est pas quelque chose qu'on est censé vivre. Enfin, sauf pour les vrais jumeaux, je suppose.

Il est difficile de croire que ce corps, c'est moi. Il ressemble plutôt à n'importe qui. Enfin, peut-être un peu mieux que ça. Je le trouve assez intéressant. Il a l'air cool. Il a l'air classe. Je pense que les femmes le considèreraient probablement comme beau, même si ce n'est pas modeste de l'admettre.

Je ne suis pas un expert pour évaluer le degré de beauté des hommes, mais certaines choses sont évidentes. Je sais quand un type est laid et mon corps figé ne l'est pas. Je sais aussi qu'en général il faut des traits symétriques pour être perçu comme étant beau, et ma statue les a. Une mâchoire prononcée n'est pas mal non plus. Check. Avoir les épaules larges, c'est positif, et être grand aide beaucoup. Tout est bon. J'ai des yeux bleus, ce qui semble être une bonne chose. Des filles m'ont dit qu'elles aimaient mes yeux, même si maintenant, sur mon corps figé, ils ont l'air effrayants. Ils sont tout vitreux. On dirait les yeux d'une statue de cire.

Je me rends compte que je passe trop de temps sur ce sujet, et je secoue la tête. Je peux déjà voir ma psy en train d'analyser ce moment. Qui pourrait imaginer que le fait de s'admirer de cette façon soit un symptôme de sa maladie mentale ? Je l'imagine en train de griffonner des mots comme 'narcissique' et de le souligner.

Bon, ça suffit. Je dois quitter le Calme. Je lève la main et je touche le front de ma silhouette figée. J'entends les bruits à nouveau en sortant de mon déphasage.

Tout est de retour à la normale.

Le roi que j'ai regardé un instant auparavant — le roi que j'ai laissé sur la table — est de retour en l'air et de là, il suit la trajectoire normale pour atterrir près des mains du Professionnel. La Grand-mère regarde toujours ses cartes avec déception et le Cowboy porte de nouveau son chapeau, même si je le lui avais enlevé dans le Calme. Tout est exactement comme c'était avant.

D'une certaine façon, mon cerveau ne cesse jamais de s'étonner de la discontinuité entre l'expérience dans le Calme et celle d'en dehors. Notre condition d'humains fait que nous sommes programmés pour nous interroger sur la réalité lorsque ce genre de chose se produit. Quand j'essayais d'être plus malin que ma psy, au début de la thérapie, j'avais un jour lu tout un manuel de psychologie pendant notre session. Elle n'avait rien remarqué, bien sûr, puisque je l'avais fait dans le Calme. Le livre disait comment les bébés, dès l'âge de deux mois, pouvaient être surpris s'ils voyaient quelque chose qui sortait de l'ordinaire, comme la gravité semblant fonctionner à l'envers, par exemple. Ce n'est pas étonnant que mon cerveau ait du mal à s'adapter. Jusqu'à mes dix ans, le monde se comportait normalement, mais depuis, tout est bizarre et c'est peu dire.

Je baisse les yeux et je me rends compte que j'ai un brelan. La prochaine fois, je regarderai mes cartes avant de déphaser. Si j'ai une combinaison aussi forte, je pourrais tenter le coup et jouer sans tricher.

Le jeu se déroule de façon prévisible parce que je connais les cartes de tout le monde. À la fin, Grand-mère se lève. Elle a manifestement perdu assez d'argent.

C'est alors que je vois la fille pour la première fois.

Elle est superbe. Mon ami Bert du travail prétend que j'ai un type de femmes, mais je rejette cette idée. Je n'aime pas me voir aussi creux ou prévisible. Mais il se pourrait que je sois un peu des deux, car cette fille correspond parfaitement à la description de Bert. Et je réagis de façon extrêmement intéressée, c'est le moins qu'on puisse dire.

De grands yeux bleus. Des pommettes bien définies sur un visage fin, avec une pincée d'exotisme. Des jambes longues et très bien formées, comme celles d'une danseuse. Des cheveux sombres ondulés attachés en queue de cheval, ce qui me plaît. Et pas de frange : encore mieux. J'ai horreur des franges, je ne sais pas pourquoi les filles s'infligent ça. Même si l'absence de frange ne faisait pas partie de la description de Bert, cela aurait probablement dû y figurer.

Je continue à la dévisager. Avec ses talons hauts et sa jupe serrée, elle est un peu trop bien habillée pour cet endroit. Ou alors c'est moi qui ne suis pas assez bien habillé, en jean et tee-shirt. Quoi qu'il en soit, je m'en moque. Il faut que j'essaie de lui parler.

J'hésite à passer dans le Calme et à l'approcher pour faire quelque chose de louche, du genre la regarder de près ou peut-être même inspecter le contenu de ses poches. Faire quelque chose qui m'aiderait quand je lui parlerai.

Je décide de ne pas le faire, ce qui est probablement la première fois.

Je sais que le raisonnement qui me pousse à casser mon habitude est très étrange. Si l'on peut appeler ça un raisonnement. J'imagine l'enchaînement suivant : elle accepte de sortir avec moi, on sort ensemble pendant quelque temps, ça devient sérieux, et à cause de la connexion profonde entre nous, je lui parle du Calme. Elle apprend que j'ai fait un truc pervers, elle pique une crise et elle me largue. C'est ridicule de penser tout ça, étant donné que je ne lui ai pas encore parlé. Je brûle carrément les étapes. Elle a peut-être un QI de moins de 70 ou la personnalité d'un morceau de bois. Il peut y avoir vingt raisons différentes qui expliqueraient que je ne veuille pas sortir avec elle. En outre, cela ne dépend pas que de moi. Elle pourrait me dire d'aller me faire voir dès que j'essaie de lui parler.

Malgré tout, le fait de travailler dans les fonds

spéculatifs m'a appris à spéculer. Même si le raisonnement est dingue, je m'en tiens à ma décision de ne pas déphaser, parce que c'est ce qu'un gentleman aurait fait. En accord avec cette galanterie qui ne me ressemble pas, je décide également de ne pas tricher pour ce tour de poker.

Pendant que les cartes sont distribuées, je songe à quel point, c'est agréable de se comporter honorablement, même si personne ne le sait. Je devrais peut-être essayer de respecter plus souvent la vie privée des gens. *Ouais, c'est ça.* Il faut rester réaliste. Je ne serais pas là où j'en suis aujourd'hui si j'avais suivi ce conseil. En fait, si je prenais l'habitude de respecter la vie privée, je perdrais mon travail en l'espace de quelques jours, et avec lui, beaucoup du confort auquel je me suis habitué.

Je copie le geste du Professionnel et je couvre mes cartes de la main dès que je les reçois. Je suis sur le point de jeter un coup d'œil à mes cartes quand quelque chose d'inhabituel se produit.

Le monde devient silencieux, exactement comme quand je déphase... Mais je n'ai rien fait cette fois.

Et à ce moment-là, je la vois : la fille assise à l'autre bout de la table, la fille à qui je viens de penser. Elle est debout à côté de moi et elle retire sa main de la mienne. Ou, plus précisément, de la main de mon corps figé : moi je suis un peu plus loin et je la regarde.

Elle est également assise en face de moi à la table, une statue figée comme toutes les autres.

Mon cerveau se met à turbiner et mon cœur se met

à battre plus vite. Je n'envisage même pas la possibilité que cette seconde fille soit une sœur jumelle ou un truc du genre. Je sais que c'est elle. Elle fait ce que j'ai fait quelques minutes auparavant. Elle marche dans le Calme. Le monde autour de nous est figé, mais pas nous.

Elle a un regard horrifié quand elle se rend compte de la même chose. Elle se précipite de l'autre côté de la table et elle se touche le front.

Le monde redevient normal.

Elle me fixe, choquée, avec des yeux immenses, le visage pâle. Je vois ses mains trembler quand elle se lève. Sans un mot, elle me tourne le dos et elle se met à courir.

Me remettant de ma surprise, je me lève et je la suis en courant. Ce n'est pas très élégant. Si elle remarque qu'un type qu'elle ne connaît pas lui court après, elle aura autre chose en tête que sortir avec. Mais je n'en suis plus là maintenant. C'est la seule personne que j'ai rencontrée et qui sache faire la même chose que moi. Elle est la preuve que je ne suis pas fou. Elle a peut-être ce que je désire le plus au monde.

Elle a peut-être des réponses.

———

Si vous souhaitez en savoir plus, veuillez consulter www.dimazales.com/book-series/francais/.

## AU SUJET DE L'AUTEUR

Dima Zales est un auteur de science-fiction et de fantasy dont les romans sont classés parmi les best-sellers du *New York Times* et de *USA Today*. Avant de devenir écrivain, il a travaillé à New York dans l'industrie du développement de logiciels en tant que programmeur et en tant que cadre. Depuis les logiciels de trading haute fréquence pour les grosses banques jusqu'aux applications mobiles pour des magazines populaires, Dima a tout fait. En 2013, il a quitté l'industrie des logiciels pour se concentrer sur sa carrière d'écrivain et il a déménagé à Palm Coast, en Floride, où il vit actuellement.

Vous pouvez consulter le site www.dimazales.com/book-series/francais/ pour en savoir plus.

www.ingramcontent.com/pod-product-compliance
Lightning Source LLC
Chambersburg PA
CBHW011914130726
47903CB00016B/2806